Leben wie in der Toskana

FERENC MÁTÉ

Leben wie in der Toskana

Wie man Einfachheit, Warmherzigkeit und Leichtigkeit für sich entdecken kann

Übersetzt aus dem amerikanischen Englisch
von Martin Bauer

Illustriert von Christine Paxmann

THIELE VERLAG

Inhalt

Brief an die Leserinnen und Leser 7

Eine Kindheit in der Toskana 9

Lebensqualität 14

Gesundheit............................. 21

Wohin sind all unsere Nachbarn verschwunden?..... 26

Sonntag................................ 41

Wo wir uns heimisch fühlen 53

Was Kleinstädte uns geben 64

Eine sichere Umgebung, um Kinder großzuziehen ... 82

Nahe an der Natur 96

Echte Sicherheit auf dem Land.................. 110

Der alte und der neue Familienbetrieb auf dem Land.. 132

Der toskanische Gemüsegarten 152

Das toskanische Haus 176

Bauen Sie sich Ihr eigenes Leben 193

Hausgemachter Spaß 206

Ein toskanisches Familienunternehmen 210

Die Mehrgenerationen-Familie 219

Den Platz im Leben finden 228

Auf falschem Kurs 232

Die eigene Toskana 244

Die Zypressen der Toskana 255

Ein Toskaner in der Küche 257

Rezepte 267

Liebe Leserinnen und Leser

Die Weisheit der Toskana fand ich noch nirgendwo in einem Buch beschrieben. Keine Slogans preisen sie, kein Lied singt ihre Tugenden. Sie schlägt sich lediglich in einigen Sprichwörtern nieder. Nein, die Weisheit der Toskana scheint die Menschen still zu umgeben, sie unbemerkt zu erfassen, wie die Wärme einer Sommernacht. Sie ist da, in der beschaulichen Landschaft, den stolzen Hügelstädten, der Vitalität der Florentiner Kunst, der Heiterkeit der Malereien und Gebäude von Siena.

Vor allem aber drückt sie sich in der *vita quotidiana* aus, dem täglichen Leben, in den Begegnungen der Menschen auf der Straße, auf den Märkten, in Cafés und Läden. Sie schlägt sich nieder im engen Zusammenhalt der Menschen – zwischen Angehörigen, Nachbarn, Bekannten und Freunden. Und sie zeigt sich in der Kunst der Handwerker, in den liebevoll gepflegten Weinbergen und Olivenhainen, in den sattgrünen Gemüsegärten, den langen Mahlzeiten, den knusprigen Brotkrusten, den komplexen Pastasoßen, der Robustheit des Weins.

Ich habe nicht den Ehrgeiz – oder Größenwahn –, hier das Leben in Europa als Gegenentwurf zum amerikanischen Lifestyle zu preisen. Obwohl ich die Hälfte meines Lebens in Europa verbracht habe und die andere in Nordamerika – Kindheit in Ungarn, Jugend in Kanada, Jahre in Kalifornien und New York, und nun die letzten zwanzig

Jahre in der Toskana – muss ich noch immer damit kämpfen, die verblüffenden Unterschiede zwischen den beiden Welten zu verstehen. Jeder Kontinent kann zwar vom anderen lernen, aber die Balance verschiebt sich meiner Ansicht nach immer mehr in Richtung des alten Europa, in Richtung Italiens und vor allem der Toskana, wo der Inbegriff des guten Lebens zu Hause zu sein scheint. Immer mehr verblasst der Glanz materiellen Reichtums im Vergleich zum einfachen Reichtum des toskanischen Alltags.

Dieses manchmal abschweifende, immer kritische, gelegentlich chaotische, meistens aber bewundernde Buch soll Sie – und mich – wieder an die grenzenlose Lust am Leben erinnern, an die Schönheit der kleinen Dinge, an den Zauber des Alltags, an die Schönheit des Umgangs mit anderen Menschen und an die Freude, die wir anderen bereiten können.

Das Buch soll den Toskaner in uns allen wecken.

Ferenc Máté

Montalcino, Sommer 2009

Eine Kindheit in der Toskana

Grazietta ist zierlich, gerade einmal anderthalb Meter groß. Aber mit ihrem durchdringenden Blick kann sie dich hypnotisieren, und mit ihrer klaren, kräftigen Stimme kann sie dich an eine Wand nageln. Mit dem Schwung einer Sechzehnjährigen läuft sie durch die steilen Gassen unserer Stadt Montalcino, in der sie vor fast sechzig Jahren geboren wurde. Sie sieht sehr gut aus. Ihr ganzes Leben lang hat sie einen Schönheitssalon betrieben und folglich irgendwann – meist sehr rasch – alles mitbekommen, was es in unserer Stadt an Berichtenswertem gab. Sie gehört zu den belesensten und redegewandtesten Bürgern ihrer Stadt, über die sie mit enormer Leidenschaft spricht.

Stolz auf ihr etruskisches Blut erklärt die überzeugte Toskanerin: »Wir sind nicht wie die Römer. Die haben Marmor behauen und Krieg geführt. Wir Etrusker aßen, tranken und liebten lieber. Und wir liebten unsere Heimat. Wir sahen nie die Notwendigkeit, etwas zu erobern oder jemanden zu unterwerfen. Wir lieben unsere Freiheit und respektieren die Freiheit der anderen. Weltreich, nein danke!«

Bis sie zehn wurde, war ihr Viertel ihre Welt. In ihrem Kirchensprengel – in diesem Städtchen von zwölftausend Menschen gab es zwölf Kirchen, die sich um Körper und Seele ihrer Schäfchen kümmerten – lief eine Horde von etwa fünfzig Kindern durch die Straßen, jagte die langen Stufen der Gassen zur Festung hinauf, sauste zur Quelle hinunter, zur Piazza Padella oder in einen der Gärten, die hinter den schmalen Häusern in den Hügel terrassiert worden waren.

Montalcino ist eine mittelalterliche Stadt, gebaut nach dem Prinzip *pieni e vuoti*, voll und leer: In den schmalen Gassen drängen sich die steinernen Häuser dicht aneinander, doch hinter den Häusern liegt ein Streifen freies Land, so dass jedes Haus einen eigenen Garten hat. Und dort tobt das volle Leben, hier wächst Gemüse, reifen Weintrauben und Oliven und laufen Hühner herum.

Als Grazietta klein war, gab es fünf Metzger in der Stadt, sechs Bäcker, zwei Apotheken und einen Gemüsehändler, zwei Ärzte, einen Tierarzt, außerdem Bauern, Handwerker, Anwälte, Buchhalter und Holzfäller, die manchmal wochenlang in den Senken und Hügeln blieben. Sie alle teilten sich die Stadt und begegneten sich ständig. Der schicke Palazzo eines Bankers lag neben dem eines ärmlichen Schusters, ein Anwalt mochte in einem noblen Palazzo residieren, während sein Nachbar, ein Grubenarbeiter, sechs barfüßige Kinder hatte.

Im Sommer drängten die Städter durch die Stadttore hinaus und den Hügel der Pineta hinauf, eines weiten Pinienhains, wo die Luft im Schatten kühl war und jeden Tag eine Brise vom Meer her wehte. Sie nahmen Tische und Stühle mit, Wein und Imbisse. Alle kamen, es gab weder Rangunterschiede noch Klassen. An jenen warmen Sommerabenden aßen, tranken und plauderten die Menschen in der Pineta, als hätten sie nicht tagsüber in der Stadt schon genug getratscht. Irgendjemand holte dann sein Akkordeon oder seine Mandoline heraus, ein Saxophon oder eine Gitarre – alle örtlichen Handwerker spielten in der Stadtkapelle –, und die Menschen tanzten bis weit in die Nacht, bis die Häuser in der Stadt sich so weit abgekühlt hatten, dass man darin schlafen konnte.

Die Gemeinde kümmerte sich den ganzen Sommer um die Kinder, organisierte Spiele und Ausflüge, während die Kirche Sommercamps auf La Velona veranstaltete, einer märchenhaft wirkenden Burg auf einem einsamen Hügel unter dem großen Vulkan. Von dort machten die Kinder Ausflüge in die wilden Wälder, zum Fluss oder zu den heißen Quellen, wo neunzig Grad heißes Wasser in ein Naturbecken sprudelte. In der Burg lebten *contadini*-Familien; die Eltern bestellten das Land und bei Bedarf halfen die Kinder auf den Feldern und in den Weinbergen mit.

Für den Winter gab es die *circoli*, große Versammlungssäle der Parteien, in denen die Kinder nach Herzenslust herumspielen und -brüllen durften. Und das ganze Jahr über ging die gesamte Stadt abends auf *passeggiata*, wenn die Sonne unterging und die Hufeisen der heimkehrenden Maultiere über das Kopfsteinpflaster klapperten. Man traf sich auf den *piazze* und flanierte durch die Gassen, man sah sich, traf sich, tratschte und plauderte mit denjenigen, denen man tagsüber bei seinen Besorgungen nicht über den Weg gelaufen war.

Und jede Woche kam eine andere umherziehende Theatertruppe und füllte das grandiose Theater im Stadtzentrum bis unters Dach. Das Theater ist eine verkleinerte Kopie der Scala und verfügt über eine gute, tiefe Bühne. Über drei Rängen privater Logen mit purpurfarben gepolsterten Stuhllehnen wölbt sich das großartige Fresko eines Himmels. Das Theater war gut zwei Jahrhunderte zuvor von den vierzig reichsten Familien der Stadt gebaut worden. Dafür bekamen die edlen Spender Privatbalkone, während der Rest der Bevölkerung im Parkett auf Bänken saß. Der Eintritt war günstig bis umsonst.

Im alten Kloster und sommers auch im Innenhof der *fortezza* wurden Filme vorgeführt. Noch in der finstersten Nacht konnte man unbeschwert durch die Straßen gehen, weil man genau wusste, wer aus welcher Tür kam.

Und man wusste auch, was hinter den Türen vorging, nicht nur, weil die Stimmen durch die von Frühling bis Herbst weit offen stehenden Fenster drangen und durch die Gassen hallten. Auch hielten einen Freunde und Nachbarn immer auf dem Laufenden darüber, wer wen liebte, wessen Kinder in der Schule schlechte Noten bekommen hatten und wo es an Geld, an Essen oder an Fürsorge mangelte. Der Sprengel wusste Bescheid – und griff notfalls ein. Allerdings so diskret wie möglich. Manchmal ermunterte man einen schlechten Schüler, seine Hausaufgaben zusammen mit einem guten Schüler zu erledigen. Oder man schaute vorbei und half kurz aus. Oder man vergab einen Auftrag, der noch ein bisschen hätte warten können, um einem Familienoberhaupt wieder Arbeit und Würde zu verschaffen. Und wenn kleine Gesten nicht mehr reichten und schlicht Bargeld benötigt wurde, dann sammelte die Gemeinde diskret und ließ es vom Priester überbringen.

Eines Winters hatte auch Graziettas Familie zu kämpfen. Plötzlich verkauften sich die Ziegel, die ihr Vater machte, nur noch schleppend. Der Tonfall im Haus wurde gereizt, Fleisch kam nur noch selten auf den Tisch. Von Abend zu Abend zog der Vater sich mehr in sich zurück. In der folgenden Woche passte der Gemeindepfarrer Grazietta auf ihrem Heimweg von der Schule ab. Er begleitete sie ein wenig und plauderte mit ihr. Dann zog er auf den Stufen einer Gasse, wo er sich unbeobachtet wusste, einen dicken Umschlag aus dem Ärmel. »Gib den deinem Vater«, bat er. »Wenn ihr allein seid.« Dann wandte er sich wortlos um und ging davon.

Lebensqualität

Wenn ich Ortsfremden gegenüber das Wort »Toskana« erwähne, ernte ich üblicherweise wehmütige Seufzer. Und wenn ich dann noch erzähle, dass wir draußen in den Hügeln leben, umgeben von Weingärten und Olivenhainen, höre ich oft: »Du lebst meinen Traum.«

Und tatsächlich zeichnet sich die Toskana vor allem durch die dort vorherrschende Lebensqualität aus: das gemächliche Tempo, den Frieden, die Schönheit, den sozialen Zusammenhalt und natürlich die Küche. Und ebenso wie die Qualität von Speisen und Wein der Toskana in unzähligen Dingen wurzelt, die nicht direkt mit Küche und Keller zu tun hat, so entsteht auch die Lebensqualität aus der Summe vieler Details, die nur dann aufgeht, wenn sie allen zugute kommen.

Zeit

Auf den ersten Blick vielleicht am augenfälligsten ist, wie gemächlich es in der Toskana zugeht. Das Leben wird nicht nur gelebt, es wird ausgiebig genossen. Unser guter

Freund Nebbia aus Castelmuzio war *trovaroba* – wörtlich »Dinge-Finder«. Er war ein bemerkenswert talentierter Kinder-Hüter, ein lieber, witziger Mensch, der es liebte, alte Sprichwörter zu verballhornen. Eines davon machte er zu seinem persönlichen Motto: »Was du auch übermorgen kannst besorgen, das verschieb nicht nur auf morgen.«

Ein weiterer Freund, Bill Thompson, erinnert sich noch an seine erste Lektion in toskanischer Lebensweise. Das war vor zwanzig Jahren gewesen; er war kurz zuvor mit zehn Worten Italienisch und einem Abschluss in Agarökonomie aus England hierher gekommen und hatte auf einem Gut mit einem einzigen weiteren Arbeiter, Carlo, angefangen. Carlo war damals fünfundsechzig Jahre alt und hatte so große Lücken in den Zahnreihen, dass Zähne und Lücken ineinander zu greifen schienen. Eines Morgens hackten sie den Boden unter uralten Olivenbäumen, mit Harken, deren Design aus dem Mittelalter stammte. Bill war jung und fit; er legte mit großem Elan los, hinterließ einen runden Teppich umgegrabener Erde um jeden Baum und wechselte schnell zum nächsten. Eine Zeitlang sah Carlo, der fröhlich vor sich hin summend werkelte, sich das an. Doch nach einer Stunde, als Bill der Schweiß in Strömen herablief, nahm Carlo ihn sachte am Arm und sagte »*fermo*«, hör auf. Mit seiner Hacke deutete er auf den nächsten zu beharkenden Baum und sagte: »Nach dem hier kommt der da und danach jener da.« Dann deutete er mit weiter Geste auf die unendlichen Baumreihen und sagte: »Und dann kommen noch viel mehr.« Danach ging er zu seinem Baum zurück und harkte gemächlich weiter.

Bill war verdattert. Er sah Carlo eine Zeitlang zu, dann kam ihm die Erleuchtung: »Erst wenn ich die Arbeit an diesem Baum hier genießen kann, habe ich es verdammt noch mal geschafft.«

Und die Menschen der Toskana genießen ihre Arbeit wirklich.

Auch Fremden begegnen sie offen, freudig. Nicht, weil sie jetzt weise oder faszinierende Worte von ihm erwarten, sondern weil sie aus – jahrhundertelanger, in die Gene übergegangener – Erfahrung wissen, dass jeder Augenblick der beste sein kann, wenn man ihm eine Chance lässt.

Deswegen lassen auch nur wenige Toskaner ihr fünfgängiges Mittagessen ausfallen: Ihre Lebenslust diktiert ihnen, dass keine Mahlzeit hinter anderem zurückstehen sollte.

Qualität der Dinge

Die Gelassenheit der Toskaner lässt sich auch damit erklären, dass sie von uralten Weilern und Städten umgeben sind, deren Häuser, Kirchen und Kunst seit Jahrhunderten existieren, und von einer vom Lauf der Zeiten ebenfalls kaum berührten Landschaft. In vielen Olivenhainen sind die Bäume hunderte Jahre alt, und die Weinberge waren schon zu Etruskerzeiten Weinberge.

Wenn sich Geschichte so mühelos zurück erstreckt, kann einen das einlullen, zu friedlicher Träumerei verführen. Das Wissen, dass vor einem schon so viel war und nach einem noch so viel kommt, beruhigt ungemein. Dein Werk, sei es nun klein oder groß, wird sich in jenes der anderen fügen. Vielleicht kannst du ein paar Steine hinzufügen, eine Mauer, einen Raum oder eine Bank in der Schlucht, von der du das Wasser über die Felsen schäumen sehen und es auf seinem Weg zum Meer rauschen hören kannst. Andererseits ist es auch in Ordnung, wenn man sein ganzes Leben nichts anderes macht, als sich um seine Familie zu kümmern. Denn mehr braucht es nicht.

Dieses gleichzeitige Voraus- und Zurückblicken vermittelt dir eine einzige Pflicht: Gib bei allem, was du machst, dein Bestes. Denn es wird eine lange Zeit bestehen. Wer ein Haus baut, verwendet deshalb selbstverständlich die besten Materialien: Stein für die Wände, Ziegel fürs Dach, Kupfer für die Regenrinnen. Und wer seinen Laden einrichtet, sei das nun ein Metzger oder Apotheker, lässt die Böden und Theken natürlich aus Marmor machen. Nicht um damit zu protzen, sondern damit es ein paar Generationen lang hält. Selbst Fenster, Türen und Armaturen werden mit Bedacht gewählt. Denn wenn sie kaputt gehen und ersetzt werden müssen, dann ist das eine Verschwendung von Lebensenergie.

Selbst bei alltäglichen Gebrauchsgegenständen bestehen Toskaner auf Qualität. Kleidung, Möbel, Geräte, Autos: Man kauft gute Qualität, die dann aber auch lange halten muss. Nordamerikaner kaufen sich gern alle drei Jahre ein neues Auto. Bei uns in der Gegend – die ja durchaus wohlhabend ist – behält man neue Autos leicht drei Mal so lang.

Ich segle unheimlich gerne, weshalb ich oft ans Meer hinüber fahre. Bei meinem ersten Besuch in einem toskanischen Hafen blieb mir fast die Spucke weg. Die Kais waren mit Teakholz beplankt, sämtliche Gerätschaften, Kisten und Geländer bestanden aus Harthölzern oder Edelstahl. Weit und breit schien alles auf lange Haltbarkeit hin gebaut. Und in den alten Bergstädten hatte zwar ein paar Jahre lang die Unsitte geherrscht, über altes Kopfsteinpflaster einfach drüber zu teeren. Doch heute werden neue Straßen wieder aus großen Steinplatten gelegt. Wenn das vorige Pflaster tausend Jahre lang gehalten hat, sollte das neue es wieder so lang tun.

Städte

An den Städten der Toskana springt zu allererst ins Auge, wie ruhig es in ihnen zugeht. Seien sie jetzt klein wie Pienza oder mittelgroß wie Siena, das Bemerkenswerteste an ihnen ist das Fehlen von Autos. Und so sollte es auch sein. Die Städte waren für Menschen geschaffen worden, und ein paar Jahre ließ man Autos in ihnen zu, doch ihr Krach, ihr Dreck und ihr hässlicher Anblick strapazierten das uralte Gewebe des toskanischen Lebens. Und so verbannte man sie wieder an den Stadtrand. Die Straßen belebten sich wieder, die Menschen eroberten sie zurück. Bars und Restaurants stellten Tische nach draußen, wo zuvor Autos durchgerauscht waren, Kinder spielten in den Straßen wieder Ball und Nachbarn trafen sich bei ihren täglichen Besorgungen oder der abendlichen *passeggiata* und hielten Pläuschchen.

In heißen Sommer- und lauen Herbstnächten brennen Kerzen auf den Tischen im Freien, nicht nur vor Cafés, Restaurants und Bars, sondern auch vor Privathäusern, wenn die Familie Tische auf die Straße gestellt hat und inmitten von Nachbarn und Freunden zu Abend isst.

In den Städten gilt der Lokalpatriotismus zu allererst der eigenen *contrada,* dem Stadtviertel oder Kiez. Sie vermittelt ein ganz besonderes Heimatgefühl, einen ganz eigenen Stolz. In Städten wie Siena rivalisieren die *contrade* zwar erbittert miteinander, dafür kümmert man sich innerhalb des eigenen Stadtviertels aber umso stärker umeinander. Wenn eine Frau in eine andere *contrada* hinein heiratet, ist es Brauch, Erde aus dem Viertel der Braut hinüber zu tragen und unter das Ehebett zu legen, damit spätere Kinder auf dem Boden der *contrada* geboren werden.

Das Rathaus von Siena hat einen eleganten hohen Turm, der weit über die Landschaft blickt. Er steht an einer der schönsten Schöpfungen der Menschheit: dem fächerförmigen, leicht abschüssigen *campo*. Der *campo* ist mit in eleganten Mustern angeordneten Ziegeln gepflastert, von edlen Palazzi gesäumt und von einem Marmorbrunnen gekrönt. Hierher werden jeden Sommer gewaltige Mengen Erde gekarrt und am Rand des *campo* verteilt. So entsteht die Rennbahn für den Palio, das feierliche Pferderennen zwischen den *contrade*. Schon Tage vor dem eigentlichen Spektakel finden endlose Paraden in farbenprächtigen Kostümen aus dem sechzehnten Jahrhundert statt; Vorläufe mit all ihren Aufregungen elektrisieren die Stadt. In diesen Tagen wird die Stadt zusammengeschweißt, und der Zusammenhalt reicht für das ganze folgende Jahr. Die Menschen der Toskana sind enorm stolz auf ihr Land, und für die Sieneser gilt das ganz besonders. Das Fresko im Rathaus, unter dem die Stadtväter tagen, trägt den Titel »Gute Regierung, schlechte Regierung« und erklärt möglicherweise, warum die Städte der Toskana für ihre Bürger so gut funktionieren. Unter der guten Regierung leben die Menschen ein gemächliches Leben in Harmonie, unter der schlechten Regierung kommt es zu Verfall und Leid. Der Text dazu beschreibt schlechte Regierung als »mehr um den Schutz der eigenen Interessen besorgt als um das Gemeinwohl.«

Jedes toskanische Schulkind kennt dieses Fresko.

Gesundheit

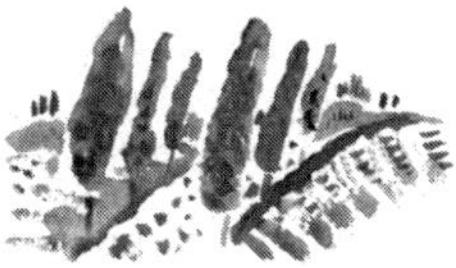

Über die mediterrane Ernährung ist schon viel geschrieben worden, nicht nur über ihre Einfachheit und ihre phantastischen frischen Aromen, sondern auch über ihren positiven Einfluss auf die Gesundheit. Sie verwendet als einziges Fett Olivenöl, in großzügigen Mengen, setzt stark auf Gemüse, Brot, Hülsenfrüchte, Obst und Pasta, dazu Huhn oder Fisch, aber nur selten dunkles Fleisch. All dem wird eine gesundheitsfördernde und lebensverlängernde Wirkung zugeschrieben.

Doch allein mit der Ernährung lässt sich nicht erklären, warum die Menschen der Toskana selbst im Alter noch so fit sind. Auf dem Land hat jedes Haus einen Gemüsegarten, in der Stadt fast jedes. Toskaner ohne eigenen Garten suchen sich oft ein Stück Land unmittelbar jenseits der Stadt, auf dem sie nur mit Spaten und Hacke ein grünes Wunder wirken.

So trägt der Gemüsegarten zu einer gesunden Ernährung bei – und hält den Gärtner außerdem noch fit. Aber auch sonst trägt die Lebensweise in Stadt und Land zur Gesundheit bei.

Seit die Autos aus den Städten verbannt sind, gehen die Leute wieder mehr spazieren, und gar nicht selten sieht man Achtzigjährige ihre Einkäufe – die meisten Dinge werden jeden Tag frisch besorgt – die steilen Straßen mittelalterlicher Städte hinauf tragen.

Eine fast schon obsessiv gepflegte Selbständigkeit hält die Männer in Schwung, auch lange nach ihrem offiziellen Abschied aus dem Berufsleben. Die Frauen, zuhause unumschränkte Herrscherinnen, werden durch die Pflege ihres Reichs ebenfalls ständig auf Trab gehalten. Ich kann mich ehrlich nicht erinnern, jemals in ein toskanisches Haus gekommen zu sein und die Hausfrau vor dem Fernseher angetroffen zu haben. Die Frauen werkeln ohne Unterlass. Nebbia, der ewige Junggeselle, scherzte einmal, nachdem wir an einem Eingang vorbeigekommen waren, in dem die Herrin des Hauses gerade heftig fegte: »Männer machen Häuser.« Und ergänzte seufzend: »Aber Frauen machen mich sehr nervös.« Als ich einige von ihnen fragte, ob sie statt der Arbeit zu Hause nicht lieber einen Job in der Stadt machen würden, sahen mich die meisten an, als hätte ich den Verstand verloren. Und klar, ich finde das ja auch: Daheim zu arbeiten, im Kreis von Familie und Freunden, unvergessliche Mahlzeiten zu kochen und sich um die Angehörigen zu kümmern, klingt wirklich besser als die meisten Jobs da draußen.

Auch das italienische Gesundheitssystem trägt zum Gefühl der Gelassenheit bei. Anders als etwa in Amerika kosten Behandlungen nichts, niemand muss sich mit dem

Dilemma herumschlagen, ob er sich eine Krankenversicherung leisten oder das Risiko eingehen will, im Krankheitsfall völlig ruiniert zu werden. Zwei weitere Aspekte des italienischen Systems erlauben den Patienten, auch in Krankheit ihre Würde und Gelassenheit zu bewahren. Zuerst einmal ist da die hausärztliche Betreuung. In Städten wie auf dem Land gibt es Distriktärzte. Dr. Talenti, unser Distriktarzt, ist nicht nur für Montalcino, sondern auch für ein paar Weiler wie Sant'Angelo und Camigliano außerhalb der Stadt zuständig. Damit die Kranken sich nicht zu ihm bemühen müssen, besucht er jeden Weiler drei Mal die Woche. Dort unterhält er winzige, aber effiziente Konsultationsräume.

Noch bequemer für die Patienten sind seine Hausbesuche – die man in unseren modernen Zeiten fast als Wunder betrachten darf. Wenn jemand nicht aufstehen kann, selbst wenn er nur die Grippe hat, kommt Dr. Talenti angefahren und renkt mit seiner unbezähmbar guten Laune alles wieder ein. Nicht nur seine Gegenwart beruhigt die Seele, allein schon das Wissen, dass er bei Bedarf jederzeit vorbeikommen wird, lässt einen das Leben gelassener betrachten.

Eine weitere alte Tradition lebt ebenfalls weiter: Wenn jemand ins Krankenhaus muss, kommt immer ein Familienmitglied mit. Bleibt der Patient über Nacht, wird oft ein Bett für die Angehörigen bereitgestellt. Ich muss wohl nicht beschreiben, wie beruhigend es, gerade auf die ganz Jungen oder Alten, wirkt, wenn in Zeiten der Not immer ein geliebter Mensch am Bettrand sitzt.

Ernährung

Das Essen in der Toskana sagt so ziemlich alles über die Lebensqualität dort. Nicht nur die selbst angebauten Nahrungsmittel sind von höchster Qualität; man muss nur in eine typische Bäckerei, Metzgerei oder sogar in einen Supermarkt blicken, um zu erkennen, dass die Kunden auf erstklassige Lebensmittel bestehen.

Natürlich hat das auch seinen Preis – Hühner und Kälber, die frei herumlaufen und ohne Hormongaben groß werden, brauchen halt doppelt so lang bis zur Schlachtung, essen also doppelt so viel und verursachen doppelt so viel Arbeit. Entsprechend kosten sie auch mehr. Und freilich kostest von Hand gemachtes Brot, das jeden Tag knusprig und frisch aus dem Ofen kommt, in der Herstellung ungleich mehr als industrielle Massenware.

Aber all die Qualität, für die wir da bezahlen, mit der wir täglich in Berührung kommen, bringt uns auch einen Nutzen. Wenn wir grandioses Brot essen, den besten *prosciutto* oder das köstlichste, reifste Obst und Gemüse, dann fühlen wir uns gut und geschätzt. Wir spüren, dass sich jemand ins Zeug gelegt hat, damit wir uns gut ernähren. Und umgekehrt strengen wir uns in unserem Job – welcher das auch immer sein mag – an, weil unsere Erzeugnisse letztlich wieder vom Bäcker und Metzger konsumiert werden.

Wenn ich in einer einfachen Trattoria behandelt werde wie ein König – und damit meine ich nicht, dass die Kellner um mich herumscharwenzeln, sondern gutes, ehrliches

Essen, das mit jenen zwei magischen Zutaten »Liebe« und »Sorgfalt« gekocht wurde –, dann kehre ich am Nachmittag zur Arbeit zurück und werde höchstwahrscheinlich mit Liebe und Sorgfalt erledigen, was ich gerade tue. Und so setzt sich das fort. Aus Sorgfalt erwächst Sorgfalt, aus Qualität entsteht Qualität, bis daraus das Fundament einer Kultur entsteht, in der die Leute keinen Pfusch mehr machen, weil sie überhaupt nicht wüssten, wie das geht. In einer derart qualitätsbewussten Kultur liefert man reflexhaft gute Qualität ab, und daraus entsteht ein Lebensstil, der eine unersetzliche Lebensqualität bietet.

Wohin sind all unsere Nachbarn verschwunden?

Nirgendwo auf der Welt sind die Familienbande enger als in der Toskana. Oft leben drei bis vier Generationen unter einem Dach, Kinder übernehmen in der Regel die Familienbetriebe, Festtage werden in der Großfamilie begangen, selbst an den meisten Sonntagen besuchen Vetter, Onkel, Neffen und Großmütter einander. Und wenn irgendwo Not am Mann ist, steht ein Verwandter immer schon parat. Doch so wertvoll Angehörige auch sind, ein ehrwürdiges toskanisches Sprichwort wird bis heute hoch gehalten: Ein guter Nachbar ist so viel wert wie ein Dutzend Verwandte.

Bis vor kurzem standen Worte wie »Nachbar« und »Nachbarschaft« in Europa und Nordamerika für etwas ganz Besonderes. Die Nachbarschaft war die soziale »Landschaft« um uns, in der wir uns sicher und zugehörig fühlten. Dorthin schickte man die Kinder morgens, damit sie mit den anderen spielten. Man ermahnte sie lediglich, zum Mittagessen wieder heim zu kommen. Wohin sie gingen und was sie trieben, brauchte einen nicht zu interessieren, schließlich hatte die Nachbarschaft sie immer im Auge. Dabei ging nicht nur um den Schutz der Kinder, etwa vor Verbrechern, nein, die Nachbarn und die Nachbarschaft erzogen die Kinder mit. Schelte vom Nachbarn, wenn man sich daneben benommen hatte, wurde genauso akzeptiert wie seine Hilfe – der Nachbar hatte nicht nur das Recht, sich einzumischen, sondern sogar eine gewisse Pflicht dazu. In der Nachbarschaft lernten die Kinder Sozialverhalten, dort zogen ihre (Un-) Taten sofort Konsequenzen nach sich, dort beurteilte man ihr Verhalten neutral, nicht mit einem durch Liebe verzerrten Blick.

Wenn ein Kind zuhause verzogen wurde, korrigierte die Nachbarschaft das. Umgekehrt füllte die Nachbarschaft aber auch die Lücke, wenn ein Kind zuhause zu wenig Aufmerksamkeit bekam. Natürlich war nicht alles perfekt, manchmal flogen böse Worte, manchmal Blumentöpfe, aber durch die tägliche Interaktion lernten Kinder, welche Strafen und Belohnungen die Menschheit in petto hatte. Durch den ständigen Kontakt zu alten wie jungen Nachbarn wurden sie lebenstüchtig: Sie lernten, wie man durchs Leben navigierte.

Es gab zwar keine organisierten Nachbarschaftsdienste, aber wenn man sie brauchte, waren die Nachbarn für einen da. Egal, ob nun die Couch verrückt oder das Auto gerichtet werden, ob man sich eine Tasse Zucker oder Geld borgen musste, etwas aus dem Laden brauchte, eine warme Mahlzeit für einen Kranken oder einen Babysitter für Katze oder Kinder: Man musste nur klopfen, und der Nachbar half.

Als kürzlich ein Schneesturm über die britischen Inseln gefegt war, äußerte sich der Leiter der Sozialbehörden Londons in einem BBC-Interview besorgt um die allein lebenden Alten. Er erklärte, den besten Schutz biete »das altbewährte Rezept«, beim Nachbarn nachzusehen, ob es ihm gut gehe, ob die Heizung laufe, ob man ihm irgendwie helfen könne, zum Beispiel beim Unterbinden von kalter Zugluft. Wehmütig fügte er hinzu: »Früher haben wir das gutnachbarliches Verhalten genannt.« Irgendwann scheinen wir es vergessen zu haben.

Auf dem Land wird in der Toskana dieses gutnachbarliche Verhalten bis ins Extrem betrieben. Braucht man bei irgendetwas Hilfe, ruft man den Nachbarn an; wenn bei dir im Garten gerade alles gleichzeitig reif wird, bekommt dein Nachbar einen prall gefüllten Korb, wenn ein Jäger Glück hat, nehmen auch die Nachbarn am Festmahl teil, ständig geht Gebackenes hin und her. Und wenn ein Nachbar krank ist, ein Feld gepflügt werden oder Feuerholz beschafft werden muss, dann stehst du bereit und hilfst. Dr. Talenti macht zwar weiter seine beruhigenden Hausbesuche, aber wenn schnell ein Medikament besorgt oder gar eine Spritze gesetzt werden muss, dann erledigt das ein Nachbar, der sich damit auskennt. Als Candace, meine bessere Hälfte, einmal Lungenentzündung hatte, kam unsere Nachbarin Marina zwei Mal am Tag vorbei und spritzte ihr Antibiotika, die – zusammen mit Marinas knoblauch- und basilikumreichen *ragù* – Candace das Leben retteten.

Doch so wichtig diese konkreten Handreichungen sind: Noch wichtiger ist der emotionale Rückhalt, von Leuten umgeben zu sein, die sich um dich sorgen. Man wird zufriedener mit dem, was man hat, und dadurch entspannter, offener. Es macht einen, auch wenn das abgedroschen klingt: glücklich.

Jedes Mal, wenn ich nach Italien zurückkehre, seufze ich erleichtert. Bei der Fahrt der Küste entlang, dann durch die Hügel werde ich immer ruhiger, und wenn ich unseren Kirchturm sehe und einen guten Kilometer von unserem Haus auf den Schotterweg biege, kommt mein Herz ganz zur Ruhe. Ich fahre am Anwesen der Bartolommeis vorbei, dem der Castellis, dann an Marinas Häuschen. Ich bin daheim. Zuhause.

Kürzlich hat eine interessante Studie der medizinischen Fakultät an der Universität Harvard quantifiziert, wie viel Glück wir aus unserem Umfeld beziehen. Fünftausend Erwachsene sollten in einem Fragebogen erst angeben wo sie selbst wohnten, wo sie arbeiteten, und wo ihre Freunde und Verwandten wohnten. Danach wurden sie gefragt, wie sehr sie ihr Leben genossen, wie optimistisch sie in die Zukunft sahen, wie glücklich sie waren und wie sehr sich sich selbst wertschätzten. Alle zwei bis vier Jahre stellten die Forscher der Teilnehmern die gleichen Fragen wieder. Die Ergebnisse waren verblüffend: Das »Glücklichsein« eines Kollegen hatte keinerlei Auswirkungen auf das eigene Wohlbefinden – vielleicht wegen der Konkurrenz am Arbeitsplatz, vielleicht, weil wir alle doch ein wenig zu Schadenfreude neigen. Wenn hingegen der Partner glücklicher war, stieg die Wahrscheinlichkeit, dass man selbst glücklich war, um acht Prozent. Sehr ähnliche Effekte fanden sich auch für in der Nähe lebende Geschwister (14 Prozent). Am erstaunlichsten aber war der Glückseffekt von Nachbarn: Er machte sensationelle 34 Prozent aus. Das wurde nur noch vom Glückseffekt enger Freunde übertroffen, die weniger als eine Meile vom eigenen Wohnort entfernt lebten.

Der Leiter der Studie, Professor Nicholas Christakis, folgerte daraus: »Leute sind in soziale Netze eingebunden, in denen die Gesundheit und das Wohlbefinden eines Menschen die Gesundheit und das Wohlbefinden von anderen beeinflusst.«

Doch wie wenig Zeit und Mühe verwenden wir darauf, unsere guten Beziehungen zum Nachbarn zu pflegen? Vor gar nicht allzu langer Zeit kannte man in seiner Straße jeden. Was ist seitdem passiert? Haben wir keine Zeit mehr für den persönlichen Kontakt? Oder fällt es uns schlicht leichter, eine E-Mail an einen tausend Kilometer entfernten Menschen zu schreiben, als mit dem Nachbarn zu plaudern? Der Kontakt per E-Mail geht schneller, ist unverbindlicher und weniger anstrengend – kurz, wir müssen weniger Zuwendung zeigen. Oder liegt es an unseren anonymen Neubausiedlungen, in denen es nicht einmal mehr Bürgersteige gibt, über die man zu seinem Nachbarn schlendern könnte? Was ist nur aus der kommunikationsförderndsten aller nordamerikanischen Erfindungen geworden, der Veranda vor dem Haus?

Während meiner Jugend in Vancouver spielte sich auf diesen Veranden ein Wunder an Geselligkeit ab: Wenn man nur lang genug dasaß, konnte man mit der ganzen Welt plaudern. Die Nachbarn flanierten vorbei, lehnten sich über den Zaun und ratschten oder kamen näher, ließen sich auf einen Stuhl plumpsen und redeten. Ernie Flint kam, um eine Zigarette zu schnorren, John Hardys Schwester setzte sich auf die Stufen und lackierte ihre Nägel, ich hörte mir Eddies Klagen über seine Hühner an, der Bäcker jammerte über seine geschwätzige Frau. Oder ich beschwerte mich bei Mom über die seltsame alte Frau Kindler, die in Bio sechs Tafeln vollgeschrieben und uns gezwungen hatte, jedes verdammte Wort abzuschreiben. Oder ich saß einfach da und sah den Mädchen nach und den Kindern beim Spielen zu. Oder ich parkte Oma in ihrem Schaukelstuhl.

Doch in den letzten dreißig Jahren hat sich viel verändert. Omas leben jetzt weit weg in einem »Heim«, die Kinder holen sich auf den Baseballplätzen Magengeschwüre, Mama geht zur Arbeit, die Freunde sind damit beschäftigt, die Yacht zu schrubben, und der Nachbar winkt, wenn er vom Auto zum Haus eilt, und ruft: »Hallo!«, weil er deinen Namen nicht kennt. Und die Veranden sind verschwunden, gewichen imposanten Carports für drei Autos.

Der Tod der Nachbarschaft kam nicht über Nacht, sondern schleichend. Hier eine Gedankenlosigkeit, dort ein winziges Versäumnis, zu viel Ehrgeiz, ein wenig übertriebene Gier. Er hat sich leise angeschlichen, wie der Treibhauseffekt, der Wahnsinn der Wall Street, die allgegenwärtige Lebensangst in unserer Gesellschaft. Was wird aus der Zukunft? Wie sehr werden sich die Dinge verändern, nun, da unser Leben derart hektisch ist, dass uns zum Nachdenken oder für unsere Mitmenschen gar keine Zeit mehr bleibt? Und keine Oma auf der Veranda uns mehr an einfachere Zeiten, bessere Tage erinnert.

Wohin sind nun alle Nachbarn verschwunden? Nicht nur in Amerika, auch in Europa, auf dem Land? Und was soll uns das »Glück« ersetzen, das sie uns, wie die Harvard-Studie zeigte, verschafft haben? Ich befürchte, dass nichts uns das ersetzen kann. Denn ich habe in zwei Weilern erlebt, was passiert, wenn man seine Nachbarn aus den Augen verliert.

Der erste liegt in der Toskana, auf einem Hügelkamm vor dem mittelalterlichen Bergstädtchen Montepulciano. Von hier bietet sich ein atemberaubender Blick auf die sich in den Himmel reckenden Mauern und Türme der Stadt. Eine Schotterstraße verläuft den Grat entlang, darunter im Tal liegen alle paar hundert Meter ein paar Steingebäude. Der Boden hier ist gnadenloser Ton, der sich nur bei einer ganz bestimmten Feuchtigkeit bearbeiten lässt. Zu trocken wird er ziegelhart, zu feucht verwandelt er sich in einen Sumpf.

Korn wächst hier gut, ebenso Hitze liebende Olivenbäume, und aus den hiesigen Weinbergen stammt der mittlerweile weltberühmte Vino Nobile di Montepulciano. Aber vor ein paar Jahrzehnten war der Wein noch nicht so berühmt, und die Bauernfamilien – die Paoluccis, die Bazzottis und die Scaccini-Zwillinge – konnten gerade so überleben. Einige von ihnen schufteten als Halbpächter: Nach dem System der *mazzadria* bekamen sie für ihre Arbeit auf den Feldern die Hälfte der Ernte, während der Eigentümer des Landes und der Gebäude die andere Hälfte bekam. Andere Bauern waren ihre eigenen Herren und rangen dem Ton in harter Arbeit ein gutes Leben ab. Und obwohl die Häuser und Grundstücke verschiedenen Eigentümern gehörten, arbeiteten die Familien oft zusammen, als wären sie eine einzige große Familie.

Die Weizenernte begann auf einem Hof, und wenn das Dreschen erledigt war und die Säcke vor Korn fast platzten, setzte man sich, egal, welche Tages- oder Nachtzeit gerade war, unter die Bäume und genoss in der warmen Juni-Luft ein gewaltiges Festessen. Nach dem Essen wurden die Ziehharmonikas ausgepackt, man sang und tanzte, die Müdigkeit war wie weggeblasen. Mit vollem Magen und leuchtenden Wangen legte man sich ein paar Stunden schlafen, bis in der Dämmerung des nächsten Morgens die Arbeit auf dem nächsten Anwesen begann. Im ganzen Tal gab es eine einzige Dreschmaschine aus Holz, und in der Erntezeit lief sie fast rund um die Uhr. So ging es weiter: Ernte & Festmahl, Ernte & Festmahl, bis alles Korn des Tals sicher in den Säcken steckte. Die *vendemmia,* die Weinlese, lief ähnlich ab, nur dass länger geschlemmt wurde.

Das jährliche Schlachten der Schweine und ihre Verarbeitung zu *prosciutti,* Würsten, Speck und Salami dauerte in jedem Hof zwei Tage, immer mit Hilfe der Nachbarn.

Diese Hilfsbereitschaft, diese Bereitschaft, jederzeit gemeinsam ein Fest zu feiern, hielt auch den Rest des Jahres. Man besserte gemeinsam Straßen aus, verfluchte gemeinsam Maschinen, schlug gemeinsam Holz, trieb zusammen Vieh auf die Weiden. Und weil viele traditionelle Mahlzeiten – handgemachte Pasta, lang vor sich hin köchelnde Soßen, im Holzofen gebratene Reb- oder Perlhühner – eine lange Zubereitungszeit haben, kochten die Haushalte früher abwechselnd. Zum Abendessen kamen dann die Nachbarn, drei Generationen hoch, außerdem oft noch unverheiratete Onkel und Schwestern. Hinterher spielten die Männer ewig Karten, die Frauen nähten und strickten, die Kinder tollten unermüdlich herum.

Als Paolucci mir das erzählte, beklagte ich, dass ich diese Zeit verpasst hatte. Seine Augen lächelten, wehmütig sagte er: »*Madonna, quelli erano tempi veri*« – Madonna, das waren echte Zeiten!

Dann verriet ich ihm, wie toll es sei, noch einen Nachbarn wie ihn zu haben, auf den man sich in guten wie in schlechten Zeiten verlassen könne. Er blickte mich an und sagte freundlich: »Es tut gut, gebraucht zu werden.«

Aber vor drei Jahrzehnten begannen sich die Dinge entlang der Schotterstraße zu verändern. Der Wein errang Weltruhm, Touristen kamen, Restaurants und *enoteche* schossen aus dem Boden, es boten sich gute Teilzeit-Jobs, und die Familien begannen, nebenher ein bisschen hinzu zu verdienen. Montepulciano wurde reich. Und die wohlhabend gewordenen Familien gingen immer öfter einkaufen: Autos, neue Traktoren, Fernseher. Motorsensen verdrängten von Hand geschwungene Sensen und Kühlschränke fassten vorgekochte Mahlzeiten für eine ganze Woche, so dass man nicht mehr jeden Abend kochen musste. Man war viel weniger auf die Hilfe der Nachbarn angewiesen, also rief man sie auch seltener.

Ein abgelegenes Südtiroler Dorf knapp unterhalb der Baumgrenze in den zerklüfteten Dolomiten ereilte ein ähnliches Schicksal. La Pieve liegt am Ende einer gewundenen Straße, die über einem reißenden Bach aus der Felswand geschlagen wurde. Bevor die Straße vor ein paar Jahrzehnten gebaut wurde, hatte es jahrhundertelang einzig einen Zickzack-Pfad hinauf gegeben. Gipfel aus rosafarbenem Fels ragen um das Dorf herum auf, und unter den Gipfeln liegen dichte Wälder und steile Almen. Nur das Bimmeln der Kuhglocken unterbricht die Stille. Die uralten Häuser sind aus Lärchenholz gebaut, das getrocknet sehr hart und witterungsbeständig wird. Unter den Fenstern hängen Geranien aus Blumenkästen. La Pieve hat ein Hotel aus dem vierzehnten Jahrhundert, in dem die besten handgemachten Ravioli der Welt serviert werden – der Teig ist so dünn, dass man hindurchsehen kann – und unvergessliche Schweinshaxen. Es gibt eine Kirche aus irgendeinem Jahrhundert, dessen Turm noch steiler ist als die Berge, und ein paar Dutzend Häuser, die über das Tal hinweg auf die dahinter liegenden Berge blicken. Dreihundert Meter über dem Ort liegt der Weiler Las Casas. Von dort bietet sich ein derart dramatischer Ausblick, dass man die Augen kaum schließen kann.

Von der Straße führt nur eine grober Feldweg in den Weiler. Auf einer winzigen ebenen Fläche drängen sich drei Häuser, drei uralte Holzscheunen, ein solider Schuppen aus Stein mit einem kleinen Dachboden und eine putzige Kapelle mit drei abgewetzten Kiefernholzbänken. Unterhalb der Häuser rauscht ein Bach und treibt eine Kornmühle an, die ganz aus Holz besteht: Wände, Wasserrinnen, Wasserrad und selbst das große Zahnrad, das die Mühlsteine antrieb, sind aus Holz. Bis vor kurzem lebten die Bewohner der drei Häuser – die nicht miteinander verwandt waren – wie eine große Familie zusammen.

Im Dachgeschoss eines der Häuser mieteten wir uns für ein Jahr ein. Unter uns wohnten zwei Brüder, Junggesellen zwischen vierzig und fünfzig. Nebenan lebte ein Ehepaar mit seinem erwachsenen Sohn, und im dritten Haus lebten drei ledige Geschwister: zwei ältere Damen und ein älterer Herr mit einem sorgsam gepflegten Schnurrbart.

Die steilen Hänge um den Weiler sind im Frühling mit blühendem Gras bedeckt, im Winter mit dickem Schnee. Alles musste von Hand gemacht werden: Dung musste mit der Mistgabel herangetragen und verteilt, das Gras mit der Sense gemäht und die vom Regen hinunter gespülte Erde wieder nach oben getragen werden. Jeder Hof hatte eigene

Kühe, aber man teilte sich die Arbeit, die großen Milchkannen hinunter zu fahren und die Kühe im Spätfrühling auf Almen oberhalb der Baumgrenze zu treiben. Und wenn der böse Wind vom Norden im Spätsommer die ersten Schneeflocken brachte, trieb man die Tiere wieder gemeinsam nach unten.

Auch sonst teilte man sich die Arbeit. Joseph, einer der Brüder, betrieb eine Ein-Mann-Sägemühle, der erwachsene Sohn der Nachbarn erledigte Schreiner- und Zimmereraufgaben, Toni, Josephs Bruder, kümmerte sich um einen riesigen Gemüsegarten, eine der Schwestern versorgte die Hühner, das Ehepaar und der alte Bruder versorgten die Milchkühe im Stall und die zweite Schwester kochte leidenschaftlich. Alle aßen gemeinsam, beteten gemeinsam in der Kapelle und spielten zusammen Musik, mit Ziehharmonika, Klarinette und Horn. Bis der Wohlstand kam.

Der nahe gelegene Kronplatz ist ein ungewöhnliches Hochplateau mit sanften Hängen, inmitten von Gipfeln und Felsschründen. Der 2.275 Meter hohe Berg bietet ein hervorragendes Almgebiet, im Winter liegt hier tiefer Schnee. Man kann in jede Richtung ins Tal abfahren, die Höhendifferenz beträgt mehr als tausend Meter. Ein ideales Skigebiet, wie die Welt bald entdeckte. Es entstanden Liftanlagen, Hotels und Geschäfte. Touristen kamen. Die Bewohner des Weilers begannen, für gutes Geld nebenher zu jobben, an Liftanlagen und in Restaurants. Die Bande, die sie alle so eng zusammen gehalten hatten, wurden allmählich brüchig. Man begann, sich wegen Kleinigkeiten zu streiten: darüber, wer sein Auto am Rand wessen Feldes abgestellt hatte, wer seinen Zaun über eine Ecke fremden Lands gezogen hatte, wer wem wie viel für eine geborgte Holzlatte schuldete, wer seinen Fernseher zu laut laufen ließ. Man arbeitete nicht mehr gemeinsam und aß nicht mehr gemeinsam und besuchte nicht einmal mehr die Kapelle gemeinsam.

Wenn die Einwohner sich heute begegnen, was natürlich dauernd geschieht, haben sie nur dürre Worte füreinander. Oder sie schweigen. In den langen, kalten, sternenübersäten Winternächten erklingt keine Ziehharmonika mehr, keine Klarinette, kein Horn.

Aber was hat das Geld den Menschen von Las Casas gebracht, von ein paar Geräten und Autos einmal abgesehen? So weit ich das beurteilen kann, nur Einsamkeit, in die sich gelegentlich Trauer und Bitterkeit mischt. Einzeln genommen, sind sie nach wie vor wunderbare Menschen, warmherzig, lebendig, vor Energie strotzend – die Schwestern wandern zum Einkaufen noch immer die eineinhalb Kilometer nach La Pieve hinunter und steigen dann mit ihren schweren Taschen wieder nach oben. Uns haben sie reich beschenkt, sie gaben uns Feuerholz, *porcini* und jeden Morgen eine Flasche noch warmer Kuhmilch. Mit trauriger Stimme gestehen sie uns, dass ihnen bewusst sei, was sie verloren haben: Nähe, Zufriedenheit, tägliche Unterhaltung, das Gefühl, geschätzt zu werden für seine Arbeit oder seinen Humor oder seine bergsteigerischen Fähigkeiten oder seinen Spürsinn für Pilze oder für die Kunst, die kleine Mühle zu betreiben, die noch immer am Bach steht. Doch obwohl ihnen bewusst scheint, was sie verloren haben, gelingt es ihnen irgendwie nicht, es wieder zurück zu bekommen.

Sie mögen sich jetzt fragen, was der soziale Verfall zweier grundverschiedener Weiler über das moderne Leben aussagt. Inwiefern er uns betrifft. Ich glaube, ganz direkt. Wenn schon Menschen, die sich so viel geteilt hatten, so leicht auseinander driften, von einem sehr bescheidenen Wohlstand auseinander dividiert werden, wie sollen die äußerst locker gewordenen Beziehungen in unseren Vierteln und Dörfern da standhalten? Die Menschen von Las Casas haben sich in ihre eigenen Häuser verbannt – und genau das haben wir in unseren Städten und Vororten auch gemacht. Wir leben in freistehenden Einfamilienhäusern oder tollen Wohnungen voller technischer Spielereien, die Arbeit sparen oder unterhalten. Doch abhanden gekommen sind uns echte Gemeinschaft, gute Nachbarn, wahre Freunde, mit denen wir unseren Alltag teilen. Wir leben, überspitzt gesprochen, als sozial Schiffbrüchige. Ohne unsere Freunde schmecken die Mahlzeiten nicht mehr ganz so gut, der Wein scheint ein wenig fade geworden. Allein zu trinken ist eine traurige Angelegenheit. Wie einsam im Dunklen zu tanzen.

Was vielleicht noch schlimmer ist: Wenn Freude und Hilfe nicht mehr von den Nachbarn kommt, wenn man für jeden Handgriff und jedes Amüsement bezahlen muss, dann wird ein hohes Einkommen überlebenswichtig. Wenn wir kein Geld ausgeben können, kommt unser Leben zum Stillstand. Kein Wunder also, dass wir in Panik ausbrechen, wenn die Welt unsere Geldbörse bedroht: In einer Kultur, wo man für alles bezahlen muss, ist unsere Geldbörse unser Leben.

Als ich Paolucci fragte, wie die Wirtschaftskrise nach dem Ölpreisschock in den siebziger Jahren sein Leben beeinflusst habe, zuckte er erst mit den Schultern. Schließlich fiel ihm doch noch etwas ein: »Ich habe das am Bach gefällte Holz damals nicht mehr mit dem Traktor heimgezogen, sondern mit dem Esel. Und weißt du was? Das hat mir Zeit gespart. Wenn ich pfiff, kam der Esel. Der Traktor steht nur blöde da, bis ich ihn holen komme.«

Sonntag

Vor nicht allzu langer Zeit hatten wir auch zuhause eine vernünftige Gesellschaft, die in einem zentralen Aspekt der der Toskana glich: Wir genossen die Gegenwart der anderen. Doch innerhalb einer Generation haben wir uns in ein Volk verwandelt, das von Dingen fasziniert ist, das ihnen geradezu verfallen ist. George W. Bush nannte seine Mitbürger dann auch nicht mehr »Amerikaner«, »Bürger« oder »Landsleute«, sondern schlicht und ungeniert »Konsumenten«. An den Sonntagen lässt sich die Verheerung am besten ablesen.

Der Erfinder des Sonntags, wer auch immer das gewesen sein mag, war ein Genie, ein ebenso großes wie der Erfinder der Couch. Der Mensch ist offenbar eine gemütliche Spezies, die sich noch mit der langweiligsten Routine abfindet, solang sie nur regelmäßig Pausen bekommt: Wenn wir keine acht Stunden Schlaf kriegen, werden wir mürrisch, und wenn morgens der Kaffee alle ist, regen sich Mordgelüste. Herr Sonntag wusste das. Deswegen fügte er alle sechs Tage einen Ruhetag ein, nicht nur, um unseren müden Muskeln eine Pause zu gönnen, sondern auch, um dem

Geist die Chance zu geben, aus den immer gleichen Gleisen auszuscheren. Er wusste, dass frische Gedanken und Unterhaltungen den Verstand wieder auf Trab bringen, so wie eine gute Massage den Körper.

Bis vor wenigen Jahrzehnten dienten unsere Sonntage hauptsächlich dem Zweck, Menschen zu treffen. Ich wachte davon auf, dass Tommy Flint nebenan seinen kleinen fetten Hund anbrüllte, den er zu einem Rin Tin Tin abzurichten hoffte. Doch der Hund war nicht fett geworden, weil er blöd war. Wenn Tommy über den Zaun sprang und ihm befahl, hinterher zu setzen, schlurfte der dicke Hund nur zu einem Pfahl, schnüffelte daran und pinkelte in aller Seelenruhe. In diesen Augenblicken rastete Tommy aus und brüllte so laut, dass er mich aus meinen Träumen riss. Später kam sein Vater Ernie in seinen durchgelatschten Hausschlappen zu uns herüber, schnorrte sich eine Zigarette, naschte an den Resten des Frühstücks und plauderte mit meinem Papa über den Garten oder die Welt. Mama fing derweil mit der Zubereitung des Sonntagsmahles an.

Wir lebten in einem bescheidenen Arbeiterviertel Vancouvers mit schmalen Grundstücken, kleinen Gärten, Vierzimmer-Häusern und ein paar Bäumen entlang der Bürgersteige. Sonntagmorgens waren die Straßen friedlich und leer. Nur der pummelige Eddy Emanoff kam auf seinem alten, quietschenden Rad vorbei und versuchte wie ein verwirrter Paul Revere, die Nachbarschaft zu einem Baseballspiel auf dem Schulsportplatz zu ermuntern. Doch vor dem Mittagessen ließ sich nie jemand dort blicken. Eddy wusste das, aber es gefiel ihm trotzdem, auf dem Fahrrad herum zu gondeln, unsere Straße hinauf und die hinter den Häusern liegende Gasse wieder zurück.

Nach einem ungarischen Essen, bestehend aus zwei Stunden lang gekochter Hühnersuppe, gebratenem Fleisch mit Paprika- und Sauerrahmsoße, Gurkensalat und genug buttrigen, lockeren, frisch gebackenen Teilchen, um eine ganze Armee zu füttern, sauste ich mit meinem Fanghandschuh zur Tür hinaus, Richtung Sportplatz. Meine Mutter rief mir nur hinterher: »Pass auf dich auf! Was passieren, wenn du stirbst?«

Dann spielten wir Ball. Es gab keine Mannschaften, Trainer, Trikots oder Male, uns genügten ein alter ramponierter Schläger und ein paar Fanghandschuhe, die wir uns teilten. Der Schulsportplatz war auch kein sorgsam gepflegter Wettkampfrasen, sondern ein alter Bolzplatz aus staubigem Unkraut und Kies. Der Kies verursachte komische Dellen am Bauch und an den Weichteilen, aber daran gewöhnte man sich.

Wie auch immer, die Mannschaften wählten wir durch Auszählen – und dann stritten wir uns lautstark, wer wo spielen sollte. Dann ging es los und wir spielten ernsthaft, bis Eddy Emanoff einen seiner harten flachen Bälle an den Zaun knallte und kichernd und keuchend die erste Base passierte. Zur zweiten Base ging es aber leicht bergauf. Eddy schaffte es nie dorthin, weil Jerry Allye sich auf ihn warf, zu Boden zog und mit seinem Handschuh schlug. Eddy lachte sich fast tot. Einige machten sich während des

Spiels davon, andere kamen hinzu, manchmal schlenderten Eltern vorbei und schauten ein wenig zu, manche spielten sogar eine Weile mit. Ernie Flint etwa, der noch immer in seinen Latschen, aus denen vorn die Zehen rausguckten, herum lief.

Am besten gefiel mir beim Baseball John Hardys Schwester. Sie war ein bisschen älter als wir, weich und rund. Sie spielte liebend gern, hatte aber lange Fingernägel, weshalb sie sich weigerte, den Fanghandschuh anzuziehen. Sie hielt ihn einfach in Händen, und auf flache Bälle warf sie ihn. Und Hochbälle – wir liebten Hochbälle – fing sie, indem sie den Saum ihres Hemds hob und es wie ein Netz aufspannte. Dann ging jeder in ihrer Nähe in die Knie, um sich die Schuhbänder zu binden. Wenn die Sonne so niedrig stand, dass sie uns blendete, gingen wir heim. Als es eines Tages neblig wurde, stahlen wir uns alle davon und ließen Hardy auf dem Zaun sitzen.

An heißen Sommersonntagen gingen wir fischen. Wir stiegen in unseren 20 PS starken Familien-Austin, der massiv gebaut (und deshalb auch spritzig) war wie ein Panzer und tuckerten gemächlich zum Fluss hinüber, Erwachsene ohne Kinder, Kinder ohne Erwachsene, das scherte niemanden. Zum Angeln war die Stelle lausig, nur gelegentlich bekam man einen Wels oder Karpfen an den Haken. Aber in den Wiesen drum herum konnte man gut liegen, am Ufer ließ es sich gut Fußball spielen, die Trauerweiden spendeten Schatten. An einer Flussbiegung war das Wasser tief, und zwischen den Zehen quoll der Schlamm hindurch. Später machten wir ein Lagerfeuer und kochten aus unserem Fang Fischeintopf.

Ein paarmal im Jahr gingen wir auf Goldsuche. Ein Jahrhundert zuvor hatte es am Fraser River einen Goldrausch gegeben, und es hieß, der Großonkel eines Freundes habe fünf Säcke Gold, die er gewaschen hatte, unter einem rauschenden Wasserfall namens Hell's Gate vergraben.

So kletterte eine Horde von uns die Felsen hinunter und versuchte, eine Karte zu kapieren, die irgendjemand gezeichnet hatte. Wir riefen und brüllten, weil der Wasserfall so laut rauschte, dann bewegten wir ein paar Steine, gruben den Dreck ein bisschen um und verlegten uns dann aufs Würstchen-Grillen. Dazu tranken wir große Mengen selbstgemachten Wein und spekulierten, wo das Gold sein könnte. Oder wir lagen einfach herum und redeten. An diesen Sonntagen haben wir offenbar eine Menge geredet.

Aber das ist lange her.

Letzten Frühling habe ich Freunde ich Florida besucht. Paradiesisch! Palmen, Kanäle, Bougainvilleen, Gardenien, weiße Reiher, die majestätisch durchs seichte Wasser staksten. Am Sonntagmorgen wollte ich ausschlafen, wurde aber von einem Radau geweckt, als würde gerade ein Kampfflugzeug auf dem Dach landen. Es war ein Laubbläser. Hinter einem Rasentrimmer. Jetski röhrten durch den Kanal, Schnellboote brüllten. Auf der Straße sprangen Kids mit Motocrossmaschinen ohne Schalldämpfung über geschwungene Rampen, und in fast jedem Vorgarten saßen dicke, missmutige Männer auf Sitzrasenmähern, so groß wie unser Austin früher, und schauten drein, als zögen sie auf ihrem Panzer in die Schlacht. Um zehn war Rushhour. Riesige Campmobile und SUVs wurden bis zum Dach mit Krempel vollgepackt und zum Strand gefahren – den man auch in einem zehnminütigen Spaziergang erreicht hätte. Vor der Mall kam es zum Stau; sie war zwar noch nicht offen, aber die Einfahrt zum Parkplatz war schon verstopft. Am Sonntag. Unserem heiligen Tag der Ruhe.

Ich machte mich zu Fuß zum Strand auf – kein einfaches Unterfangen ohne Bürgersteige. Ich musste auf der Straße gehen oder über den Rasen fremder Leute, immer auf dem Sprung, Autos oder Rasenmähern auszuweichen. An der Mall fragte ich einen Wartenden in der Menge vor den noch verschlossenen Türen, ob Schlussverkauf sei. Nein. Es war ein völlig normaler Sonntag. Kochte denn niemand mehr, saß denn niemand mehr mit seiner Familie um den Mittagstisch?

An jenem Nachmittag kam ich an einem Sportplatz vorbei und beobachtete die Kinder ein wenig beim Spielen. Sie waren ungefähr so alt wie Hardy, als er auf dem Zaun saß. Mein Gott, was für ein perfekter Platz! Ein echtes Baseballfeld mit Wurfhügel, einem Infield aus Kunstrasen, zwischen den Bases geharkter Sand, echte Bases, Gräben für die Auswechselbänke. Die Kinder trugen Trikots, Stollenschuhe, ihre eigenen Fanghandschuhe oder, beim Schlagen, Kinder-Schlaghandschuhe. O Mann, hatten die Schläger! Ganze Regale voller Aluschläger. Hätte man die alle eingeschmolzen, hätte man einen Jumbojet daraus machen können.

Die Kinder hatten offenbar alles – nur keinen Spaß. Sie zogen Mienen, als wäre gerade jemand gestorben. Vom Spielfeldrand feuerten nervöse Eltern ihren Nachwuchs lautstark an, nervöse Kinder skandierten abgedroschene Slogans und warfen, zunehmend frustriert, wütend ihre Handschuhe. Am schlimmsten wurde es, als die Kinder im Feld zum Schlagen kamen. Der sich die Lippen beißende Trainer ließ sie zusammenkommen, mahnte sie »aggressiv zu bleiben, denen die Hölle heiß zu machen, sie durcheinander zu wirbeln und dann zu erlegen.« Denn die anderen hätten »schon Angst«, seien schon »auf der Flucht«.

Wo waren wir denn? Im Krieg? Oder spielten hier Kinder Ball? Konnten die denn nicht bis zum Erwachsenenalter warten, um missmutig zu werden? Wo war der pummelige Eddy Emanoff? Wo war John Hardys Schwester? Wo war Ernie Flint mit seinen ausgelatschten Pantoffeln? Vielleicht schwärme ich zu viel, vielleicht habe ich meine Jugend verklärt. Aber das glaube ich nicht. Ich erinnere mich auch an viele schlechte Dinge, aber nicht an Sonntagen.

Sie mögen jetzt zurecht fragen, was ein harmloses Baseballspiel über den Tod des Sonntags aussagt? Alles, wie mir scheint. Das kleine Sonntagsmatch war nicht nur eine ökologische Katastrophe – bedenken Sie mal, wieviel Energie bei der Herstellung all dieser Schläger, Trikots, Schuhe verschwendet, wie viel Verschmutzung erzeugt wurde – doch das wirklich Traurige, Herzzerreißende war: Trotz der tollen Ausrüstung, trotz des materiellen Überflusses amüsierte sich kein einziges Kind. Klar spielten sie gut, taktisch klug, engagiert – aber wo blieb der Spaß? Die Freiheit? Das Lachen? Wo blieb diese Explosion unbezähmbarer Energie, mit der Dave Dowset einen Flugball nachlief, ihn fing, aber dann immer weiter lief, bis er hinter der nächsten Ecke verschwand? Da standen wir nun, ohne Ball, bis Dave schließlich mit einer Tüte Kirschen vom Obststand zurückkam.

Die Kirschen teilten wir, ebenso wie wir die Handschuhe teilten. Deswegen waren wir gekommen. Nicht nur, um Homeruns zu schlagen oder die anderen zu besiegen – wir strengten uns beim Spielen durchaus an, wir gaben alles – sondern auch, um zusammen zu sein. Um Zeit miteinander zu verbringen.

Und es war egal, wer in welcher Mannschaft spielte, oder wer am besten schlug oder fing. Es war egal, wie alt du warst, ob du – Gott bewahre – ein Mädchen warst, es machte nicht mal was aus, wenn du dick und langsam warst. Es wäre undenkbar gewesen, ohne Eddie zu spielen, sein Lachen heiterte uns alle auf.

So spielten wir zusammen, saßen zusammen herum und lernten, miteinander auszukommen, ohne Eltern oder Trainer, ganz allein. Wir lernten, wie wir die anderen zum Lachen brachten und was uns heulen machte. Wir lernten: Wenn etwas einen von uns traf, dann traf es irgendwie uns alle. Und ich lernte, dass man jahrelang den gleichen abgenutzten Ball und verschrammten Schläger verwenden und trotzdem glücklich sein kann. Dass man in alten Turnschuhen genauso viel Spaß haben kann wie in glänzenden Stollenschuhen, und dass keine Ausrüstung der Welt je so viel wert sein könnte sie wie ein Sonntagsmahl meiner Mutter.

Als ich in meinem letzten Highschooljahr Ersatz-Quarterback spielte, zog ich meine Ausrüstung mit grenzenlosem Stolz herum. Ich weiß, dass die Zugehörigkeit zur Football-Schulmannschaft mein schüchternes Herz ermutigte. Sicher haben wir uns gelegentlich auch mal amüsiert, die gemeinsamen Kämpfe in Schlamm und Schnee haben uns zusammengeschweißt, aber Spaß hat mir die Sache nicht gemacht, denn letztlich war das Training nur eine Fortsetzung der langen, langen Unterrichtszeit. Alles war organisiert. Überwacht. Man sagte dir, was du zu tun hattest. Man musste eine Unmenge vorgegebene Spielzüge auswendig lernen. Tat man das nicht, bekam der Trainer einen Anfall. Kreativität und Spontaneität galten lediglich als letzte Zuflucht. Erst wenn ein Spielzug schieflief, durfte man endlich improvisieren, eigenmächtig entscheiden, sich ein bisschen amüsieren.

Davor hatte ich einige Jahre in der Schul-Fußballmannschaft gespielt. Als Ungar hatte ich schon in der Wiege Fußball gespielt. Als ich fünf war, spielten wir auf der Straße. Einen Ball hatten wir damals nicht; wir hatten uns einen gebastelt, indem wir Zeitungen in eine Socke gestopft und die dann zugenäht hatten. Mit so viel Übung – in Ungarn galt Ballbehandlung als Kunstform – war ich in Kanada der Beste unseres Teams. Dribblings und Finten beherrschte ich meisterhaft. Doch noch während unseres ersten Spiels nahm mich mein Coach zur Seite und grummelte: »Wir brauchen hier keinen Spitzentanz.«

In der Toskana spielt man, wie im Großteil der Welt, dort Fußball, wo man kann: auf dem Platz vor der Kirche, auf der Piazza, auf dem Parkplatz des Postamts, unter den Kolonnaden der Uffizien, auf dem flacheren Teil des Campo in Siena. Ohne Trikots, ohne Trainer, ohne Ordnung. Jetzt mag der eine oder andere einwenden, organisierter Sport lehre Disziplin. Aber gibt es nicht schon genug Disziplin auf der Welt? Und ja, organisierter Sport lehrt einen wichtige technische Fertigkeiten – aber wirklich beherrschen müssen sie nur dressierte kleine Hunde, die im Zirkus durch Reifen springen.

Und noch etwas. Fünfundzwanzig Kinder schafften es in die Schul-Fußballmannschaft. Doch was wurde aus den anderen? Aus denjenigen, die beim Probetraining ausgesiebt wurden? Aus denen, die zu schüchtern gewesen waren, um überhaupt zum Probetraining zu gehen? Wie fühlten die sich wohl? Welche Narben hinterließ das in ihren verletzlichen jungen Herzen? Eine Freundin von uns wurde einst beim Baseball ausgesiebt, als eine von zweien. Noch heute, dreißig Jahre später, kommen ihr die Tränen, wenn sie darüber spricht. Dann knurrt sie: »Diese blöde Kuh!«

An unsere Sonntage hat niemand schlechte Erinnerungen. Im Winter spielten wir auf einem gefrorenen Teich Eishockey. Ein Junge, Bobby Murphy, lief so schlecht Schlittschuh, dass wir ihn »Minus« nannten. Aber er spielte trotzdem mit, ganz selbstverständlich, taumelnd, stolpernd, oft Pässe verpassend. Doch von uns allen amüsierte er sich am meisten, ungehemmtesten.

Diese zusammengewürfelte Sonntagsbande hat sich mir als das solide und fröhliche Fundament meines Lebens ins Gedächtnis gebrannt. Erst kürzlich hatte ich mit Dave Dowset an seinem Geburtstag einen Riesenspaß.

An meine Kameraden von der Schul-Footballmannschaft denke ich nie.

Ich weiß, dass sich jetzt bei vielen die Nackenhaare aufstellen. Denn viele Eltern halten organisierten Sport für so unverzichtbar wie Muttermilch. Aber wir sollten uns fragen, was an ihm eigentlich so nützlich ist. Und wir sollten unsere Kinder fragen, ob sie wirklich ihren Spaß dabei haben. Oder ob sie ihn nicht nur uns zuliebe machen. Wenn wir die Kinder das nächste Mal zu einem Spiel fahren, sollten wir vielleicht mal das Auto anhalten, tief durchatmen, es uns anders überlegen, auf eine Seitenstraße abbiegen, einen einfachen Schulsportplatz ansteuern und dort kostbare Zeit mit ihnen verbringen. Ball spielend.

In Montalcino gibt es einen herrlichen Fußballplatz unterhalb der alten Burg und eine hervorragend organisierte Jugendmannschaft. Als unser Sohn Buster zehn wurde, brachte ich ihn dort hin. Er hatte eine gute Technik, einen strammen Schuss – wir hatten im eigenen Garten gespielt und uns Bälle um die Ohren geknallt –, spielte nicht ungern in Mannschaften und kannte die meisten der Mannschaftskameraden. Aber das lange, langweilige Training und die

Spiele, in denen man nur selten den Ball berührte, ödeten ihn an. Nach ein paar Wochen fragte er: »Paps, können wir nicht einfach in Camigliano spielen?«

Camigliano ist ein winziger Weiler von neunzehn Seelen auf einem Hügel am Ende der Straße, allein in einem wilden Tal. Ein vor langer Zeit benötigtes, inzwischen längst verwaistes Schulgebäude mit einem Klassenzimmer steht noch und verfügt über einen winzigen, dem Hügel abgerungenen Bolzplatz. Der Ausblick lässt einem das Herz stillstehen: Weinberge, Olivenhaine, wogende Hügel, eine Burg, ein See, zwei Flüsse (einer im Süden, einer im Westen) und gen Osten ein Vulkan mit schneebedecktem Gipfel. Dort spielten wir. Nur wir zwei. Wir spielten in der gleichen Mannschaft, liefen auf und ab, passten uns gegenseitig zu und schossen schließlich auf das Tor, für das ein unvorsichtiger Gartenstuhl als Torwart rekrutiert worden war. Dann spielten wir gegeneinander, mit Finten und Dribblings; wir rannten uns die Lunge aus dem Leib und fluchten und brüllten, wenn der Ball über den Zaun flog, über eine Mauer und in einen Garten mit *carciofi,* Artischocken. Während der Schuldige die Mauer hoch stieg, sangen wir »*Carciofi fields forever*«.

Wir spielten sommers wie winters, zweimal die Woche. Das ist inzwischen Jahre her, ich bin mittlerweile über sechzig. Aber wenn Buster mal von der Uni nach Hause kommt, fahren wir bei der ersten Gelegenheit nach Camigliano. Wir dribbeln, täuschen und schießen. Und klettern über die verdammte Mauer zum *carciofi*-Feld.

Für immer.

Wo wir uns heimisch fühlen

Ich verstehe nicht ganz, warum mir an kleinen Orten regelmäßig das Herz aufgeht. Sei das nun in einem irischen Kaff mit Pub am Dorfanger, in einem Vermonter Weiler mit weiß geschindelten Kirchturm, in einem mittelalterlichen Wehrstädtchen auf einem Hügel der Toskana oder einfach in einer Reihe windiger Häuschen unter Mangobäumen auf den Marquesas-Inseln – irgendwas in mir sagt an solchen Orten immer: »Das ist mal ein schönes Plätzchen zum Leben.«

Das erste Jahrzehnt meines Lebens verbrachte ich in einer grauen Großstadt (Budapest), das zweite dann in einer grüneren Stadt (Vancouver). Danach lebte ich ein Jahr in West Los Angeles mit seinem Filmrummel und seinen hellen Scheinwerfern, doch ich fühlte mich immer ruhelos. Bis ich eines Tages die Küste hinunter fuhr, durch grüne Hügel mit weidenden Kühen und schließlich durch einen wilden Canyon in ein Städtchen an der gleißenden See gelangte. Sofort schoss mir durch den Kopf: »Das ist's. Hier gehe ich nie wieder weg.«

Der Ort hieß Laguna Beach, wir befanden uns im Jahr 1967.

Laguna war der letzte Küstenort, der noch komplett von Grün umgeben war, einer Natur, die wirkte wie ein ganz eigenes Land. Einige Leute lebten auf den Sandsteinkliffs, die über dem Strand aufragten, in winzigen Hütten mit dünnen Holzwänden. Die Hütten reihten sich an engen, schattigen Gassen mit Namen wie Bluebird Canyon Drive und Lombardy Lane, während andere Menschen in selbstgebauten Hütten in den tiefen Schatten des, wie sie ihn nannten, »Canyon« lebten.

Hinter dem Strand gab es einige Geschäfte – Surfer-Läden, zwei Buchhandlungen, ein Geschäft für Batikbedarf und Krimskrams aus Indien – und eine brandneue Bibliothek, in die man am Dienstagmorgen eilen konnte, um sich den aktuellen *New Yorker* zu sichern.

Vor allem aber gab es den Strand. Da die Häuser oben auf den Kliffs standen, fühlte man sich am Sandstrand wie in einer eigenen Welt. Hier waren immer Leute, Tag und Nacht.

Zu jener Zeit schien niemand einen rechten Job zu haben, zumindest keinen, der den wirklich wichtigen Dingen im Leben im Wege stand: Freunde zu treffen, am Strand rumzuhängen, zu surfen. Die einen jobbten ein paar Stunden in den Läden, andere in Albertson's Supermarkt, einige bauten morgens Surfbretter, damit sie den ganzen Nachmittag surfen gehen konnten, und fast alle im Canyon züchteten und rauchten alles, was sie in die Finger bekamen. Und wenn sie Lust dazu hatten oder Ebbe in der Kasse herrschte, produzierten sie bemerkenswertes Kunsthandwerk oder sogar Kunst. Der Ausdruck »Treibhausgas« existierte noch nicht, aber wenn man den Kohlendioxid-Fußabdruck der Stadt ermittelt hätte, wäre er wohl kaum größer ausgefallen als der eines Bantu-Dorfs in Afrika.

Nach einer Woche kannte man die meisten Leute zumindest vom Sehen, und man wurde unwillkürlich zu Grillpartys am Strand eingeladen oder zum Spaß-Football auf einer Wiese. In diesem Küstenort spielte es keine Rolle, wie arm du warst, wie windig deine selbstgezimmerte Hütte aussah oder zu wievielt ihr euch eine winzige Wohnung über der Bar teiltet. Selbst wenn du keinen Ort zum Schlafen hattest und bei jemandem unterschlüpfen musstest, warst du immer noch ein willkommener Bürger.

Am besten waren die Wochenenden in der Wüste. Ab Mitte der Woche gaben örtliche Rockbands oder Musiker Bescheid, wenn sie planten, am Wochenende in einem gottverlassenen Tal ein wenig weiter im Inland zu spielen. Am Freitagnachmittag hatten dann alle ihr Zeug gepackt. Man schnappte sich einen Schlafsack oder eine Decke und kaufte sich unterwegs an Ständen der Bauern noch Lebensmittel.

Zu hunderten machten wir uns auf, zu fünft und sechst quetschten wir uns in VW-Käfer oder Pickups; nichts war organisiert, alles war gratis, und alle reichten herum, was sie eingekauft hatten. Es gab Lagerfeuer, Riesentöpfe Chili con carne, Berge von Orangen und Wassermelonen. Die im Mond schimmernde Wüstenluft duftete süß nach Rauch, die Tänzer wirbelten Staub auf und die Musik war so köstlich, dass der Mond schier nicht mehr untergehen wollte.

Am Sonntag zockelten wir wieder zurück, wortkarg und erschöpft, aber mit einem breiten Grinsen im Gesicht. Denn wir hatten uns amüsiert wie noch nie im Leben.

Die Erinnerung an diesen endlosen Sommer und die entspannte Kleinstadt ist nie verblasst, und seitdem jage ich dem hinterher, was ich damals in Laguna gefunden habe.

Im Herbst 1967 ging ich nach Vancouver zurück, auf die Uni. Ich brauchte eine Unterkunft, aber die Mieten waren hoch. Ich hatte zwar einen Job auf einem Schlepper, aber der Verdienst reichte gerade mal für die Studiengebühren. Für die Miete hätte ich einen zweiten Job gebraucht, für den der Tag aber einfach nicht mehr genug Stunden hatte. Ich muss gestehen, dass ich an der Uni nicht nur Bildung suchte, sondern auch die Liebe meines Lebens. Daher mein Dilemma: Wenn ich tagsüber zur Uni ging und am Abend für die Miete jobbte, wie sollte ich dann meine Traumfrau finden? Im Schlaf? Während der Kaffeepause? Auf hoher See?

Nun mag so mancher die Stirn runzeln, warum ich einen Studienplatz blockierte, wenn ich mich doch nur für Frauen interessierte. Es stimmt, heutzutage wird höhere Bildung nur noch als Sprungbrett für eine lukrative Karriere gesehen, aber damals sahen wir das Leben ein bisschen anders. Wir gingen nicht auf die Uni, um uns aufs Arbeitsleben vorzubereiten oder um den Grundstein für eine Karriere zu legen; wir kamen nicht, um zu lernen, wie man einen »festen Job« ergatterte – ganz im Gegenteil dachte ich, vielleicht würde ich ja erfahren, wie man ohne einen Job auskommen könnte. Wir gingen auf die Uni, um etwas über den Menschen, über uns und die Welt zu erfahren. Auf die Zeit nach dem Abschluss verschwendeten wir keinen Gedanken.

Ich schätze, wir hatten die gleiche Vorstellung von höherer Bildung, wie sie das Zulassungskomitee von Harvard einige Jahrzehnte später ausdrückte: »Das Ziel einer liberalen Ausbildung besteht darin, Annahmen zu hinterfragen, das Vertraute fremd zu machen, zu enthüllen, was unter der Oberfläche und dem Anschein entgegen geschieht. Wir wollen junge Leute desorientieren und ihnen Methoden aufzeigen, wie sie sich wieder zurechtfinden können.«

Nun, die Desorientierung hat bei mir prima geklappt, man kann sich nur darüber streiten, ob es mir je gelungen ist, mich wieder zu orientieren.

Wie auch immer, der Tag war einfach zu kurz. Irgendwas musste weg. Und zwar die Miete.

Auf dem Rückweg von Laguna kam mir in Sausalito, wo ich einen Zwischenstopp einlegte, die rettende Idee. Ich wohnte bei Freunden oben in den Hügeln – endlose Aussicht, Eukalyptusduft, tolles Haus – aber meine besondere Aufmerksamkeit erregten die vielen Hausboote in der Bucht von Sausalito.

Dort tummelten sich die abgefahrensten, zusammengeschustertsten, durchgeknalltesten Kreationen, die man sich nur träumen konnte. Die Hausboote hatten alle möglichen Formen und Größen. Sie waren entstanden aus alten Lastkähnen, abgetakelten Schleppern, Flößen aus Redwood-

Stämmen und sogar aus Schwimmern von Wasserflugzeugen. Einige hatten Schlagseite, andere sanken allmählich, aber alle quollen sie über von Blumenkästen und bunten Leuten. Alle schienen sich untereinander zu kennen und auszuhelfen. Man saß zusammen herum, rauchte und trank Bier. Ein schwimmendes Laguna Beach.

Wenn auf dem Schlepper, auf dem ich jobbte, gerade nichts zu tun war, ruderte ich an der dunklen Küste Vancouvers entlang und suchte noch die kleinsten Häfen nach einem Boot oder Floß ab, nach irgendetwas Schwimmendem, auf dem ich mein Häuschen würde bauen können. Dabei lockte mich nicht nur die Ersparnis – die Liegegebühren im Hafen würden gerade mal zehn Dollar im Monat betragen –, mich bezauberten auch die Leute, die in diesen Häfen lebten: Fischer auf alten Kuttern, Seeleute, die alle möglichen Booten für eine Reise um die Welt ausbauten, und sogar eine Optikerin, die in ihrem alten Motorboot die Küste entlang schipperte und die Dörfer der Ureinwohner anlief. Abenteurer, Träumer, Menschen, die das Meer liebten. Und wie alle Seebären liebten auch sie es, endlos über das Meer zu reden, seine Strömungen, seine Gefahren, die unzähligen Inseln, die besten Ankerplätze und natürlich über ihre Boote. Sie alle trugen den unauslöschlichen Funken derer in den Augen, die nicht nur das Meer, sondern auch das Leben liebten.

Jahre später fand ich die gleiche Leidenschaft bei den Menschen der Toskana, auch wenn sie dort dem Land galt, der Jagd nach *porcini,* dem besten Zeitpunkt für das Pflanzen von Knoblauch, der besten Art, den Wein zurückzuschneiden, *prosciutto* einzusalzen oder eine Gans mit Pflaumen, Brot und in Wein eingelegter Leber zu stopfen.

Die Seebären vor Vancouver und die Menschen der Toskana hatten noch etwas anderes gemeinsam: Sie führten selbstbestimmte Leben. Niemand schrieb ihnen vor, wann sie aufstehen mussten, zu welcher Zeit sie irgendwo sein mussten, was sie den ganzen Tag über machen sollten. Niemand riss seine Zeit von neun bis fünf Uhr runter, um hinterher endlich zu dem zu kommen, was er wirklich gerne tat. Die Menschen waren frei und zufrieden – doch dazu später mehr.

Die Menschen der Sausalito Bay waren ein wunderbarer Haufen, voller Träume. Sie haben bei mir eine unsterbliche Begeisterung für das Meer ausgelöst.

Nach langer Suche in Vancouver fand ich schließlich meinen Traum: eine Schute, sieben Meter zwanzig lang und drei Meter sechzig breit, einen Miniatur-Schleppkahn. Sie war im Jahr zuvor gebaut worden, das Holz war noch frisch, das Deck frei und sauber – ein winziger Bauplatz, der nur darauf wartete, ein Häuschen drauf gesetzt zu bekommen. Seit über einem Jahr war es ungenutzt da gelegen; der Eigentümer hatte seine Pläne geändert und der Hafenverwaltung gesagt, sie könne das Boot für die ausstehende Liegegebühr haben. Und so bekam ich mein schwimmendes Bauland für hundertfünfzig Dollar. Gott muss mit so einer Schute angefangen haben, als er den Himmel baute.

Nun galt es, eine Kajüte zu errichten. Ich hatte meinem Stiefvater geholfen, eine Garage aufzuständern und einen Zaun zu ziehen, wusste also, dass das keine größere Kunst war. Außerdem hatte ich hilfsbereite Freunde. Vor allem würde es darauf ankommen, die Sache einfach zu halten. Und das tat ich: Ich plante eine Kiste. Mit einem übergroßen, überstehenden Deckel. Ich werde später noch von dem Hausboot schwärmen, lassen Sie mich hier nur einen wichtigen Punkt erwähnen: die Größe. Ich ließ vorn ein wenig Platz übrig, außerdem seitlich, damit ich die Klampen noch erreichte, und bekam so insgesamt eine Wohnfläche von gut achtzehn Quadratmetern. Zugegeben, das ist nicht viel, aber es fördert die Geselligkeit: Je weniger Platz man drinnen hat, desto eher geht man nach draußen und mischt sich unter die Leute. Die meisten Hausboote in der Bucht von Sausalito waren klein, ebenso die Hütten in Laguna Beach und die Fischer- und Segelboote am Liegeplatz meiner Schute. Größe ist vielleicht wirklich entscheidend: je weniger, desto besser.

So baute ich mein kleines Haus und lebte inmitten der Stadt im Hafen. Ich saß an den Docks, trank Bier oder grillte Lachs, den Fred, der Fischer, gerade gefangen hatte, und plauderte, bis jemand beschloss, eine Segeltour in den Sonnenuntergang zu machen. Der etwas marode Hafen und seine Anwohner wuchsen mir ans Herz. Als sich Jahre später zwei meiner Bücher gut liefen und Candace und ich genug Geld hatten, uns ein Haus zu kaufen, suchten wir deshalb in allererster Linie nach echter Nachbarschaft.

Die fanden wir schließlich, allerdings konnte es kaum eine kleinere Nachbarschaft geben: Tief im zerklüfteten Küstengebirge von British Columbia gibt es zwei große Seen, zahllose Bäche und Wasserfälle und atemberaubende Panoramen. Die Gegend liegt nur eineinhalb Stunden von Vancouver entfernt, trotzdem hatte es dort bis zehn Jahre zuvor nur Bauernhöfe und Wälder gegeben. Die Straße endete hier, man konnte sich am Ende der Welt glauben, besonders, wenn im Winter der Schnee bis zu neun Meter tief lag.

Doch irgendwann kam jemand auf die Idee, einen Skilift zu errichten und die längste Skiabfahrt in Nordamerika zu bauen. Der Ort hieß Whistler.

Damals war das Städtchen winzig, es gab eine Schule, ein paar Geschäfte, zwei Hotels, drei Restaurants, eine Kapelle und – falls das Beten nicht geholfen hatte – ein Pub. Um die Seen und die Hügel hinauf wohnten ein paar hundert Menschen, die meisten in selbstgebauten Hütten. Sie lebten dort, weil sie die Berge und den Schnee und andere Menschen liebten.

Die meisten schlugen sich fröhlich durch, jobbten an den Liften, pflanzten im Rahmen der Wiederaufforstung Bäume, zapften Bier oder zimmerten. Doch nie zu viel – schließlich wollte man sich auf das eigentlich Wichtige konzentrieren: Skifahren oder Angeln oder Klettern oder Baden in den nahegelegenen heißen Quellen, bis man gargekocht war.

Niemand wurde je reich, was auch niemanden störte. Für zehntausend Dollar konnte man sich ein Grundstück kaufen und mit Hilfe von Freunden eine Hütte bauen. Darüber hinaus brauchte man kaum mehr etwas zum Leben: ein paar Lebensmittel, eine Saisonkarte für den Lift und gelegentlich ein Stück Draht, um den alten VW zu flicken.

Wir fühlten uns sofort heimisch.

Benton McKaye, der Erfinder des Appalachian Trail, glaubte, für ein gesundes Leben in Harmonie mit sich und der Welt brauche der Mensch eine Stadt in der Nähe, landwirtschaftlich genutzte Flächen und viel unberührte Natur. Kein sonderlich origineller Gedanke – schließlich lebt der Mensch seit seiner Frühgeschichte in Dörfern. Das hat unsere Seele geprägt. Genau wie wir eine angeborene Liebe für Feuer haben, dessen Wärme wir zum Überleben brauchen, scheinen wir uns auch nach der Wärme von Dörfern zu sehnen. Wir träumen von beschatteten Straßen, von Häuschen, von knorrigen Obstbäumen, von Gemüsegärten, von niemals verschlossenen Eingangstüren. Wir träumen davon, dass der Krämer und der Dorfpolizist uns kennen, dass wir auf der Straße ständig Nachbarn treffen und mit ihnen ein paar Worte wechseln. Denn wozu wäre das Leben sonst da? Wir träumen davon, zum Essen nach Hause zu gehen, wenn es Mittag schlägt, und hinterher im Garten zu arbeiten. Was wäre das für ein toller Ort, um Kinder groß zu ziehen, perfekt für Familien. Wo wäre man im Alter besser aufgehoben? Und, wenn es so weit ist, wo läge man besser begraben als dort?

Aber wenn wir kleine Orte so lieben – Umfragen zufolge würden sieben von zehn Menschen dort leben, wenn sie könnten – warum sind sie dann so schwer zu finden? Die Nachfrage besteht, doch wo bleibt das Angebot? Wo man doch nur ein paar freundliche Menschen braucht – Lehrer für die Dorfschule, ein paar Ladenbesitzer, ein paar Bauern, ein paar Pfleger für die Kranken und ein Pub, wo man Gespräche pflegt. Warum findet man nicht rechts und links solche Dörfer? Was ich meine: Niemand träumt von Fastfood-Ketten und Einkaufsmeilen, und doch ist die Welt voll davon. Kaum jemand träumt von endlosen Vorstädten und Autobahnen, und doch wuchern sie uns zu. Wie konnte es nur geschehen, dass Dinge, die niemand will, gedeihen wie Brombeergestrüpp und die einfachen Städtchen, von denen wir alle träumen, aussterben?

Was ist hier los? Also echt!

Was Kleinstädte uns geben

Umfragen legen nahe, dass viele Amerikaner lieber in einer Kleinstadt wohnen würden. Sie wünschen sich, dem Stress und den Gefahren der großen Stadt den Rücken zu kehren und in einer Gemeinschaft zu leben, wo jeder jeden kennt, wo man etwas bewirken, Kinder sicher großziehen und der Natur näher sein kann. All das trägt zur Anziehungskraft ländlicher Gegenden bei.

Kenneth Johnson
Carsey Institute – Bericht über das ländliche Amerika

In den letzten Jahren haben einige Kleinstädte Amerikas eine ermutigende Belebung erfahren, insbesondere in Gegenden, wo die Natur herrlich ist: an vielen Flecken der Westküste, in der Region um die Großen Seen, an der pittoresken Nordostküste, im seniorenfreundlichen Klima der Bundesstaaten von Virginia bis Florida, in den Vorbergen der Appalachen und selbst im strengen Klima von Gegenden wie dem südöstlichen Maine.

Der Carsey-Bericht listet fünf Gründe für das Landleben, und jeder einzelne sollte eigentlich schon ausreichen, dass wir die Koffer packen und aufs Land ziehen. In der Summe sind sie so überzeugend, dass wir eigentlich sofort den Wagen anspannen und losziehen sollten. Aber betrachten wir die Punkte erst einmal ausführlicher.

Gefahren und Stress in der Stadt den Rücken kehren

Ich bin kein totales Weichei. In den Straßen Budapests musste man sich unmittelbar nach dem Zweiten Weltkrieg schon behaupten, um überleben zu können. Als ich zehn war, revoltierten wir gegen die russischen Besatzer. Nur mit benzingefüllten Flaschen mit brennenden Lunten bewaffnet – wir nannten sie bald »Molotow-Cocktails« – kämpften wir gegen mächtige russische Panzer und vertrieben die Rote Armee aus Ungarn. Acht Tage lang waren wir frei. Dann kamen die Russen zurück, mit Kampfflugzeugen und zweitausend weiteren Panzern. Sie beschossen und bombardierten uns, bis die halbe Stadt in Trümmern lag und uns Benzin – und Flaschen – ausgingen. Es waren glorreiche, aber tödliche Zeiten.

Während der Kämpfe stahl ich mich eines Tages aus der Wohnung meiner Großeltern, um mir die Kämpfe näher anzusehen. Vor dem Hauptquartier der Geheimpolizei geriet ich ins Kreuzfeuer. Deckung suchend, lief ich auf einen ausgebrannten Laster zu und warf mich darunter. Neben mir lagen zwei Leichen, verkohlt bis auf ihre weißen Sohlen. Das Grauen ist mir also nicht unbekannt. Doch als ich das erste Mal nach Los Angeles kam und die achtspurigen

Highways sah, mit einer Million Autos in die eine Richtung und einer Million in die andere, als wir im endlosen Stau steckten, da ergriff mich eine tiefe Depression. Ich erinnere mich noch, dass ich zu meiner Freundin sagte: »Das ist unmenschlich.« Dabei mussten wir das nur einmal ertragen, auf der Durchfahrt nach Mexiko, und nicht ein Leben lang jeden Tag.

Seitdem frage ich mich oft, wenn ich Städte mit ihrem betäubenden Krach, Verkehr, ihrer Hektik und ihren austauschbaren Vierteln besuche: Warum rebellieren die nicht? All die Menschen, denen die Genervtheit ins Gesicht geätzt ist, die Genervtheit über die nervtötende Routine aus Pendeln, Arbeiten und kaputtem Rumhängen am Abend?

Eine gute Freundin aus New York hat mir einmal eine offene Antwort gegeben, die vielleicht viel erklärt: Sie hat einen wichtigen Job in einem Verlag und wirkt furchtlos, überlegt und entschlossen. Als ich sie dafür einmal pries, sagte sie: »Ach, im Büro bin ich auch so. Aber außerhalb dieser kleinen Welt fühle ich mich ziemlich verloren.«

Vielleicht bleiben wir deswegen: In der Stadt sind wir zwar unzufrieden, draußen fürchten wir uns aber.

Möglicherweise sind wir auch nur derart in der endlosen Tretmühle der Konsumwelt gefangen – Arbeit, Schulden, noch mehr Arbeit, noch mehr Schulden –, dass wir einfach keinen Ausweg mehr sehen.

Es mag eine grobe Vereinfachung sein, dass einzig unsere Städte direkt für unsere spirituelle Malaise verantwortlich seien. Aber ja, sie bedrohen uns physisch, betäuben uns emotional, lassen uns vereinsamen und versklaven uns finanziell. Also, wer weiß? Was wir wissen: Die Persönlichkeit eines Kindes wird weitgehend von seiner Umgebung geprägt, wie sie auf es reagiert, ob sie es respektiert oder ignoriert. Man darf also mit ziemlicher Gewissheit davon ausgehen, dass unsere stressigen, lieblosen, unpersönlichen Städte »Kulturstrebungen« erzeugen, wie Sigmund Freud sie nannte, unter deren Einfluss »möglicherweise die ganze Menschheit ›neurotisch‹ geworden« ist.

Dabei darf es nicht weiter überraschen, dass große Städte so stressig oder gar unmenschlich sind. Schließlich wurden sie nicht geschaffen, um Menschen zu beglücken. Nein, sie wuchsen hauptsächlich im Namen des Profits.

Nach der letzten Plünderung Roms im Jahr 472 durch die eigenen Soldaten, die keinen Sold erhalten hatten, schwand die Bevölkerung der Stadt, die in ihrer Blütezeit bis zu drei Millionen Menschen beherbergt haben mag, innerhalb weniger Jahrzehnte auf unter fünfzigtausend. Wir haben Jahrtausende ohne Megacitys gelebt; der Run in die Städte begann erst in der ersten Hälfte des neunzehnten Jahrhunderts, mit dem Aufschwung durch die industrielle Revolution. Davor war Europa eindeutig ländlich geprägt: 90 Prozent der Spanier und 95 Prozent der Russen lebten etwa auf dem Land. Die Produktion fand früher vor Ort statt, in Heimarbeit, und in kleinen Werkstätten am Bach, der die Maschinen antrieb. Städte wuchsen und entstanden erst, als die Dampfmaschine es sinnvoll machte, große Mengen von Männern, Frauen und Kindern zusammenzuziehen und in großen Fabriken arbeiten zu lassen.

Heimarbeit konnte mit der Effizienz der Massenherstellung nicht mithalten, zusätzlich profitierten die Fabriken noch von einer gewaltigen Nachfrage vor Ort. Die Heimarbeit musste der Effektivität der Massenproduktion weichen, ebenso wie heute das familienbetriebene Restaurant oder die Eisenwarenhandlung von McDonald's und Obi verdrängt werden. Diesen Verlust haben wir teuer bezahlt; dazu später mehr.

Die meisten Städte sind also nicht das Ergebnis kluger Überlegungen, weiser Pläne, wie menschliche Ansiedlungen gestaltet sein müssten, damit der Einzelne und seine Familie darin erblühen können, in Sicherheit und unter bestmöglichen Bedingungen, mit möglichst viel natürlicher Schönheit, Parks, Plätzen und frischer Luft. Nein, unsere Städte sind in wahllosen Schüben entstanden, wobei der Kommerz immer Vorrang hatte. Die Menschen quetschte man aufs Geratewohl hinterher.

Nun mag man einwenden, hinter dem Kommerz stünden doch Menschen. Oder, um das alte Sprichwort über GM auszuweiten: »Was gut ist fürs Geschäft, ist auch gut für die Menschheit.« Das aktuelle Finanz-Fiasko hat derartig einfältige Gedanken erstmal erstickt.

Dennoch bleiben unsere Städte leider auf den Kommerz fixiert: Das Geld wird in grandiosen Türmen verdient, in beeindruckenden Tempeln verwahrt, in glitzernden Läden ausgegeben und in Clubs und Restaurants verjubelt. Autos dürfen sich auf gewaltigen Flächen austoben oder ausruhen, aber wo ist der Raum für die physischen, sozialen und – ohne jetzt rührselig klingen zu wollen – spirituellen Bedürfnisse der Leute? Wo verlockt ein Idyll Frauen zu einem Spaziergang mit ihren Kleinkindern? Wo sind die weiten, sauberen Flächen, auf denen Knirpse spielen? Wo können die größeren Kinder sich austoben? Wo sind die Schulen, die sich bequem zu Fuß oder per Rad erreichen lassen? Auf welchen Flächen können Jugendliche sich treffen (und ich meine hier nicht Shoppingmalls oder Schnellrestaurants, sondern Parks und öffentliche Plätze)? Wo kann ein Heranwachsender in den turbulenten Jahren der Pubertät die beruhigende Einsamkeit der Natur erfahren? Wo finden Verliebte romantische Plätze von natürlicher Schönheit, an denen sie das zauberische Gefühl erfahren, allein zu sein auf der Welt? Wo können Nachbarn spazieren gehen und sich zwanglos, spontan treffen und plaudern, tratschen, Ideen austauschen, Freunde sein? Wo können alte Menschen ihre wertvolle Zeit konstruktiv nutzen, ihre Weisheit weitergeben und noch am Gesellschaftsleben teilhaben? Auf fast alle diese Fragen antworten unsere Städte: »Nirgends.«

Und wenn die oben genannten Dinge unseren modernen Köpfen als »schöne Dreingaben« erscheinen, ist das doppelt traurig. Denn es handelt sich um einfache Dinge, die für das Wohlbefinden enorm wichtig sind. Und man findet sie ja auch noch – in Kleinstädten und wenigen größeren Städten, in denen das Soziale bewusst gefördert wird.

Natürlich hat die Anonymität des Stadtlebens auch ihre Vorteile, aber gleichzeitig macht uns diese Anonymität zu angsterfüllten und misstrauischen emotionalen Einsiedlern – eine unvermeidbare Folge des Alleinseins. Kaum jemand kennt noch seine Nachbarn, oft wissen wir selbst über unsere Kollegen fast nichts, und selbst unsere Freunde treffen wir tendenziell nur noch, wenn wir einen Termin geplant, uns verabredet haben. Wenn wir die Hilfe eines Menschen brauchen, wenn die Kinder gehütet, eine Tür gerichtet oder sich eine Seele erleichtern muss, dann müssen wir dafür bezahlen. Wer lachen will, leiht sich einen Film, wer sich bedroht fühlt, engagiert einen Wachmann, wer einen Freund braucht, geht zum Psychiater. Immer wieder erleben wir aufs Neue, dass wir Cash brauchen, wenn wir irgendetwas von irgendjemandem wollen. Inzwischen sind wir so darauf dressiert, die ganze Welt in monetären Kategorien wahrzunehmen, dass es ganz verständlich ist, wenn wir ständig neurotisch nachprüfen, ob wir vom Leben auch das korrekte Wechselgeld bekommen haben.

Kein Stadtbewohner sollte sich dafür schämen, gestresst zu sein. Ganz im Gegenteil sollte er sich wundern, wenn er es nicht ist. Denn Städte nutzen unsere Ängste aus, genau wie die Werbung: Wir fühlen uns verloren, also kaufen wir etwas, wir fühlen uns daheim einsam, also essen wir auswärts. Weil wir uns unter Freunden fühlen wollen, mischen wir uns unter Fremde und geben uns einen kurzen Augenblick der Illusion hin, wir gehörten dazu. Tun wir aber nicht. Was uns zum zweiten Punkt führt, warum Menschen Kleinstädte lieben.

Leben, wo man dich kennt

Ich bin vielleicht übersensibel, aber ich habe ein dumpfes Gefühl, fast als hätte ich mich verlaufen, wenn ich in der enormen Anonymität von New York, Paris oder Rom lebe, wo mich keiner kennt, weder im Haus, noch in den örtlichen Geschäften, noch nicht einmal in der nächsten Bar.

Was für ein Kontrast zu Montalcino! Was für ein beruhigendes Gefühl, wenn die Menschen dich grüßen, beide Metzger dich kennen, die Bäckerin Giovanna mit dir plaudert und die Fischhändlerin Marzia besser weiß, was du willst, als du selbst. Die Angestellten der Bank kennen dich und geben dir vernünftigen Rat, der von Herzen kommt. Auch im kleinen Supermarkt kennen sie dich; der Klempner, der Schreiner und der Arzt kennen dich, selbst der Chef der Polizei, der *vigili*, kennt dich – auch wenn das den herzlosen Bastard nicht davon abhält, dir einen Strafzettel zu verpassen, wenn du in zweiter Reihe parkst.

Bei den täglichen Begegnungen mit seinen Mitbürgern erfährt man nur selten sensationell Neues, man diskutiert auch nicht tiefsinnig über Nietzsche, selbst interessanten Klatsch hört man nur gelegentlich. Hin und wieder nutzt man die Gelegenheit, um gemeinsam einen Espresso oder ein Glas Wein zu trinken, aber meistens grüßt man sich nur kurz, schüttelt sich die Hände oder lächelt, tauscht ein paar Worte aus, erkundigt sich, wie es dem anderen geht, man frotzelt ein wenig, aber das reicht offenbar schon. Es erinnert dich daran, dass du Teil der Welt um dich bist, dass du ein vielleicht kleiner, aber wichtiger Teil deiner Heimatstadt bist.

Den ultimativen Beweis, wie sehr dich deine Mitbürger geliebt haben, wirst du aber leider nie erleben. Dabei ist diese Tradition der Toskana wirklich bewegend.

In unserem Städtchen gibt es sechs noch genutzte Kirchen, die innerhalb der Stadtmauern verteilt sind, gewundene Kopfsteinpflasterstraßen hinunter oder am Ende von bogenüberspannten Treppen, doch die letzte Ehre erweist dir die Stadt in La Madonna, inmitten von weitem Grün an den Stadtmauern. Es handelt sich um eine recht große Kirche aus dem sechzehnten Jahrhundert mit einer ruhigen Renaissancefassade aus hellem Marmor. Bei Trauerfeiern füllen die Städter die Kirche, oft stehen sie bis auf die Straße und die *piazzetta* hinaus. Es kommen nie weniger als zweihundert, und bis zu fünfhundert Trauergäste, wenn du beliebt warst. Bei Beerdigungen habe ich niemals aufgesetzte Trauer erlebt, jeder zeigte genau die Zuneigung, die er für den Toten empfunden hatte. Während der Messe sausen die Kinder aus der Kirche hinaus und wieder hinein, einige Besucher unterhalten sich leise, andere spielen gelangweilt an ihren Armbanduhren.

Am Ende des Gottesdienstes führt der Priester die Gemeinde weihrauchschwingend aus der Kirche. Direkt hinter ihm folgen deine Freunde und tragen deinen Sarg in die Nachmittagsluft. Sie bahren ihn auf einen offenen Leichenwagen, der sich südwärts in Bewegung setzt, über eine eigens für den Anlass gesperrte Straße. Die Trauergemeinde folgt zu Fuß, beschirmt von den großen Steineichen, die die westliche Stadtmauer säumen. Vier, fünf Mann breit geht man hintereinander in einer langen, gewundenen Schlange. Dazu schlägt die Glocke im diesigen Licht. Es geht einen knappen Kilometer unter die *fortezza* hinunter, am Abhang vorbei. Hinter den *carabinieri* biegt man auf seine letzten fünfhundert Meter ab.

Der Friedhof liegt am Hang, die Gräber befinden sich auf Terrassen oder in einer Steinmauer am Fuß einer Reihe Zypressen. Deine Freunde senken deinen Sarg ins Grab hinab und werfen dann mit abgenutzten Schäufelchen Erde hinterher, beobachtet von den Bürgern der Stadt, die sich auf den umliegenden Terrassen gesammelt haben.

Danach begibt man sich in ein Café oder eine Bar, wo man zusammen etwas trinkt und sich erinnert, was für ein toller Mensch du warst. Und wenn du kein so toller Mensch warst, werden die *vigili* anmerken, so warst du doch nicht schlimmer als Mussolini.

Leben, wo du etwas bewirken kannst

In der Stadt erinnert uns nur wenig daran, dass wir einzigartige, unersetzliche Individuen sind, die ihren ganz eigenen Beitrag zur Welt leisten.

Und in den Vororten? Niemand hat unsere Misere dort besser auf den Punkt gebracht als Lewis Mumford, der vielleicht bekannteste Technik- und Wissenschaftshistoriker Amerikas. Mumford war eine Kapazität auf dem Gebiet städtischen Lebens und schrieb dreißig Jahre lang Architekturkritiken für den *New Yorker*. Wortgewaltig und schonungslos zog er über die amerikanischen Vorstädte her: »Wir haben eine nichtssagende Landschaft mit nichtssagenden Menschen geschaffen. Grüne Ghettos der Vereinsamung, zur Hälfte Natur, zur Hälfte Plastik, wo die Frau ihre Tage hauptsächlich in Gesellschaft des Radios, der Seifenoper, des Kühlschranks, des Mixers, des Staubsaugers, der Waschmaschine und des Autos verbringt.« Im Vorstadthäuschen kommen die Familienmitglieder nach der Arbeit zusammen, um »einzeln oder gemeinsam vor dem Fernseher zu versumpfen, in dem sie all das sehen, was in ihrem wirklichen Leben fehlt.«

Die meisten Vororte sind zumindest sicher, aber soziale Bedürfnisse befriedigen sie kaum. Oft ersparen sie uns sogar, die Nachbarn kennen zu lernen. Für uns bleiben sie Fremde, die abends zufällig ihr Auto in der gleichen Straße abstellen wie wir.

Kurz: Unser Leben in den Städten und Vorstädten lässt uns leicht vergessen, dass wir ein wichtiger Teil der Gemeinschaft sind. Hier geht es um keine Nebensächlichkeit! Nie werde ich Paoluccis Miene vergessen, als er sagte: »Es tut gut, gebraucht zu werden.« Dabei erfuhr Paolucci täglich Wertschätzung von Familie und Freunden, außerdem kamen bei jeder Mahlzeit die Früchte seiner Arbeit auf den Tisch: *prosciutto* frisch vom Speicher, Obst und Gemüse aus dem *orto,* Kannen voll Wein aus dem Keller. Wer seine Lebensmittel im Supermarkt einkauft oder einfach einen Gehaltsscheck nach Hause bringt, erfährt dieses wunderbare Gefühl, »gebraucht zu werden«, kaum jemals mehr.

In Kleinstädten hingegen wimmelt es nur so von Gelegenheiten, sich nützlich zu machen. Wir beenden fast jeden Tag mit dem herrlichen Gefühl, etwas geschaffen zu haben, einzigartig zu sein und etwas bewirkt zu haben. Der Weiler Camigliano mag als klassisches Beispiel für den idealen Mikrokosmos herhalten, der, wie Mumford es ausdrückte, für »soziale Effizienz und menschliche Zufriedenheit« sorgt. Camigliano liegt fünfzehn Kilometer südwestlich von Montalcino. Am Dorfeingang liegt der kleine, von einer Mauer umfriedete und makellos gepflegte Friedhof. Auf jedem Grab liegen Blumen, selbst auf dem von Giuliano Sorbi, der seit über vierzig Jahren dort liegt. Das Grab von »La Mamma Martina« ist bepflanzt wie ein Miniatur-Garten, mit Steinen, winzigen Zypressen und einem Oliven-Bonsai.

Der Weiler besteht aus einer Burg, einer Kirche und zwei Dutzend Häuser, verfügt aber über drei sonnige *piazze,* viel frische Luft und lebendige Stimmen. Von der Hauptpiazza führt eine lange steinerne Rampe hinunter zum von einer Kuppel überdachten Stadtbrunnen.

Bis in die späten Sechziger belebten siebzig laute Toskaner das Dorf. Dann kam die staatlich geförderte Industrialisierung der Städte, und das Land entvölkerte sich. Es gab

Don Otello, den kleingewachsenen, umtriebigen, Grappa destillierenden Priester, zwei Lehrer im Schulgebäude am Abhang; um den Raum bestmöglich zu nutzen, ging ein Teil der Schüler vormittags, der andere nachmittags zum Unterricht. Außerdem gab es den Möbelschreiner Beppetto mit seiner Werkstatt am Ende der *piazza,* neben Donato Sorbi, dem Schmied, Quinto Gorelli, dem Schuster und Aldo Sorbi, dem Universalmechaniker der Stadt.

Beppetto verstand es, Türen und Fenster zu schreinern, Bänke für die Kirche, ein Fass für den Weinkeller, einen Walnusstisch oder eine Kommode aus Kastanienholz für deine Aussteuer und sogar eine hübsche Kiste aus Pappelholz für deinen letzten großen Auftritt.

Donato beschlug Mulis und Pferde, schmiedete Geländer, machte Eimer aus verzinktem Blech, große Kupferbottiche, Heugabeln, Heurechen, Spaten und sogar Messer. Nach der Arbeit wusch er sich, aß zu Abend – und öffnete die Tür seiner *osteria*-am Hauptplatz. Dort trafen sich die Bewohner des Dorfs und der Umgebung, tranken Wein und spielten Karten oder Akkordeon.

Aldo reparierte Fahrräder, Uhren, Pumpen und Dreschmaschinen, während sein Cousin Donato nicht nur alte Schuhe neu besohlte, sondern auch neue fertigte. Er schnitt die dicken Sohlen zu, klopfte das Oberleder in Form und nähte die Teile dann mit festen Stichen zusammen. Seine Schuhe hielten ein Leben lang.

In der Nähe des Brunnens gab es ein Restaurant mit drei Tischen, in einer Ecke standen ein paar Regale mit Lebensmitteln. Hier kochte Olga köstliche Mahlzeiten, während ihr Schwiegersohn Mireno die Bar schmiss. Hinter der Kirche befand sich eine grasbewachsene Lichtung. Dort stand der große gemauerte Ofen des Dorfs, in dem alle ihr Brot buken. Zwei Läden, Seite an Seite, verkauften Stoff und Knöpfe, Spitzen, Wolle, Nadeln und Faden. Für fertige Kleidung musste man freitags nach Montalcino, wenn in den Straßen der Stadt Markt stattfand. Oder man wartete auf Menconi.

Menconi kam einmal die Woche von Siena herunter. Er fuhr ein *motorino* Beta 48, die Art Mofa, bei der man bergauf mittreten oder sogar absteigen musste, wenn es zu steil wurde. In jedem Dorf, in jeder Stadt machte er einen Tag Station. Man konnte ihn schon von weitem kommen sehen. Hoch mit bunten Stoffen bepackt kurvte er durch die Hügel, wie ein für Karneval herausgeputzter Elefant. Sein *motorino* war ein fahrender Kleiderständer, nur nach vorn blieb genau so viel Platz, dass er beim Fahren noch etwas sah. Fröhlich flatterten Hemden, Hosen, Röcke, Schürzen und Kleider, lange Schals, Hüte, Anzüge und so weiter im Wind.

Menconi brachte aber nicht nur Kleidung, sondern auch Neuigkeiten mit. Abends übernachtete er irgendwo im Heu einer Scheune, während das Dorf hellwach den frischen Klatsch besprach, den Menconi mitgebracht hatte.

Am nächsten Tag beredeten die Männer die Neuigkeiten weiter, auf den Feldern oder in den Wäldern, die Frauen in den Kellern oder am großen *forno,* zu dem die Familien abwechselnd Bündel trockenen Ginsters oder toter Zweige aus dem Wald brachten. Man schürte das Feuer im großen kuppelförmigen Ofen an, bis die Ziegel an der Decke weiß wurden. Dann schob man große Berge gesäuerten Teigs und ganze Ladungen Gebäck hinein. Heraus zog man goldene Laibe Toskanerbrot mit steinharter Kruste, unter der die Molle die ganze Woche über frisch blieb. Im Sommer standen die Frauen neben der Kirche, weil dort immer ein kühler Wind ging, im Winter scharten sie sich um die warmen Ziegel und sahen den fallenden Schneeflocken zu.

Alle paar Tage trafen sie sich am *lavatoio*, dem örtlichen Waschplatz. Unter einem von Säulen getragenen Dach gab es fließend Wasser, steinerne Becken und schräge Steinplatten, auf denen man seine Wäsche mit einem Stock oder seinen Fäusten traktierte, je nachdem, wie sehr einem der Ehemann am Vorabend auf den Senkel gegangen war. Dann hängte man seine blendend weißen Hemden und Laken auf; sie wehten in der Brise wie Siegesflaggen.

Neben der täglichen Mühsal gab es die großen Ereignisse des Lebens. Zu Taufen, Erstkommunionsfeiern, Firmungen, Schulabschlussfeiern, Hochzeiten usw. traf sich das ganze Dorf, und jedes Ereignis wurde mit einem gewaltigen Festmahl gefeiert, das den ganzen Tag dauerte.

All das vermittelte einem das Gefühl, dazu zu gehören, sich unter Freunden und Bekannten zu befinden, die einen schätzen. Man fühlte sich nützlich, man fühlte sich wohl. Und wer noch mehr Geselligkeit brauchte, der konnte sich – als Mann – von Oktober bis Februar der Wildschweinjagd anschließen.

Für die Jagd braucht es eine *squadra,* eine Mannschaft von fünfzig Mann und vielen Hunden. Um tödliche Unfälle zu vermeiden, bejagt jede *squadra* ein eigenes Gebiet mit eindeutigen, gut sichtbaren Grenzen. Außerdem dürfen zwei nebeneinander liegende Gebiete nicht am gleichen Tag bejagt werden. Das ist sehr wichtig, denn Jäger tragen hier keine orangenen Warnwesten – das wäre viel zu praktisch –, sondern dunkle Tarnkleidung. So sind sie fast unsichtbar – bis sie sich bewegen. Dann sind sie im dunklen Unterholz von Wildschweinen kaum zu unterscheiden.

Und dann heißt es: Peng, peng. Liebe Trauergemeinde, er ruhe in Frieden. Amen.

Die Wildschweinjagd beginnt im Morgengrauen; fünfzig frierende und verschlafene Männer kippen erst einmal einen Grappa, um das Herz in Schwung zu bringen. Dann bilden sie einen riesigen Kreis um ein Gebiet, in dem man gute Beute vermutet. Die Hundeführer auf der einen Seite lassen ihre Tiere von der Leine und schicken sie in Richtung der *posti,* der Männer mit den Gewehren.

Jeder *posto* steht an einem Fleck, wo er jeden Busch und jeden Stein kennt. Folglich weiß er auch, welchen Weg ein um sein Leben rennendes Wildschwein wahrscheinlich einschlägt. Die *posti* stehen da wie Statuen, frieren sich den Hintern ab und dürfen sich nicht bewegen, nicht einmal im Gemächt kratzen, weil das Wildschwein sie sonst sehen und einen anderen Weg nehmen könnte. Dann wäre man den ganzen Morgen umsonst da gestanden.

In guten Jahren erbeutet eine *squadra* drei Wildschweine pro Jäger. Macht pro Mann fünfzig Kilo reines Fleisch. Das wird zum Großteil frisch gegessen, manchmal wird auch *prosciutto* daraus gemacht, oder Wurst, in die man noch Schweinefleisch mischt, um die Sache weicher zu machen. Würste und *prosciutto* werden dann im Speicher zum Trocknen aufgehängt.

Bis vor gar nicht so langer Zeit jagte man, um zu überleben. Früher gab es in der Toskana nur einmal die Woche Fleisch, ansonsten Polenta oder Pasta und Gemüse. Das erjagte Wild – Wildschweine, Kaninchen, Fasane und Wachteln – machte also einen wichtigen Teil des Speisezettels aus.

Wie reich du bist, zählt in den Städten der Toskana kaum – wenn du zu reich bist, misstrauen dir die Leute eher. Es kommt allein darauf an, wie viel du der Stadt gibst. Giovanna, die Bäckerin, Carlo, der Metzger, di Stefano, der Apotheker, oder Adriano, der Maurer, sind alle gleich unverzichtbar. Die gesamte Stadt würde erscheinen, um ihnen das letzte Geleit zu geben.

Ich habe keine Frauen der Stadt besonders hervorgehoben. Das schien mir nicht nötig: Die Frauen *sind* die Stadt, sie werden mehr respektiert, verehrt und gebraucht als Gott. Sie tischen ihren Familien nicht nur täglich Mahlzeiten auf, an die Besucher aus aller Welt sich bis ans Lebensende erinnern, sie sind auch Mama und Oma, Familienbankier, -krankenschwester und -psychologin sowie Polizistin ihres Reviers. Und sie wissen es.

Wenn wir also Camigliano von außen betrachten, auf seine *piazze* blicken, in seine kleinen Läden, auf *forno* und *lavatoio*, dann erkennen wir, dass jeder einzelne Bewohner seinen Platz hat, seine einzigartige Rolle: Donato sitzt an der offenen Tür und macht einen Schuh, Don Otello überwacht in seinem Garten die Distille usw. Jeder trägt zum Gesamtbild bei. Folglich braucht man auch jeden Einzelnen in diesem sozialen Gewebe von Dienstleistungen, Warenproduktion und täglichen Freundlichkeiten. Und genau das bedeutet »wichtig sein«: integraler Teil des täglichen Lebens zu sein. Das lässt dich am Abend zufrieden einschlafen und am Morgen glücklich aufwachen.

Die gegenseitige Abhängigkeit verbindet Nachbarn miteinander, Stadtviertel, Dörfer und Städte. Das macht sie zu begehrten Orten, in die man gehören will. Das macht sie zu einer Heimat.

Eine sichere Umgebung, um Kinder großzuziehen

Wir leben zehn kurvige Kilometer von Montalcino weg, deswegen blieb Buster gern nach der Schule noch ein wenig in der Stadt, um mit seinen Freunden zu spielen. Wenn ich Besorgungen zu machen hatte, traf ich ihn nach Schulschluss kurz, um ihm zu sagen, wo und wann wir uns treffen würden. Eltern, die in der Stadt lebten, holten ihre *tesori* kaum je von der Schule ab. Schon siebenjährige Kinder sausten unbegleitet vom Schulgelände und hinauf in den Park oder zum *campino,* einem kleinem Feld neben der Schule. Selbständig schlenderten sie auch über die – für Autos gesperrte – Hauptstraße der Stadt oder spielten auf der Piazza Fußball, sehr zum Ärger der Touristen.

Wenn es regnete, trieben sich die Kinder unter den Arkaden herum oder saßen in Geschäften von Eltern oder Onkels, machten Hausaufgaben, halfen mit oder besorgten schnell eine Zeitung oder ein *panino* von der Bar.

Ich merkte schnell: Wenn man sein Kind sucht, muss man einfach nur die Straße hinunter gehen und sich erkundigen. Man fragt einen Ladenbesitzer, die *vigili,* den *spaz-*

zino, der die steinernen Gassen mit seinem langen, krummen Besen fegt, oder die Rentner, die auf der Piazza an den Tischen der Bar Karten spielen, oder die Bäckerin oder Petto auf der Piazza Padella, der Pizzastücke verkaufteund früher oder später von jedem Kind der Stadt Besuch bekommt. Irgendjemand hat dein Kind immer gesehen und weiß, wo es sich herumtreibt.

Doch die Stadt sorgt nicht nur für die Sicherheit der Kinder, indem sie sie im Auge behält. Sie lehrt die Kinder auch ganz zentrale_Fähigkeiten. So erweitert sie zum Beispiel ihren Horizont. Viele Eltern arbeiten in der Stadt, und ihre Geschäfte und Büros werden den Kindern zu einem zweiten Zuhause. Noch lieber gehen sie sogar zu Verwandten und Freunden nach Hause oder in die Arbeit, weil man dort die klebrigen Süßigkeiten bekommt, die bei Mama verboten sind.

Wenn Kinder sich ganz selbstverständlich an Arbeitsplätzen aufhalten, lernen sie eine Menge. Nicht nur Wechselgeld herausgeben oder Päckchen einwickeln. Sie bekommen mit, wie Eigentümer, Angestellte und Kunden miteinander umgehen. Indem sie zusehen, wie Menschen sich behandeln, und sich helfen, Probleme gemeinsam lösen, lernen sie zuzuhören, hilfsbereit und freundlich zu sein. Sie erleben, dass es bei Geschäften nicht nur um Geld geht, sondern dass jeder Handel auch ein soziales Ereignis zwischen Menschen ist. Und je mehr Kinder darüber lernen, wie man mit Leuten umgeht, desto selbstbewusster gehen sie durchs Leben. Außerdem wissen sie, sich in andere hinein zu versetzen.

Die meisten Kinder blühen auf, wenn man ihnen »Erwachsenen«-Aufgaben gibt, und sie sich nützlich vorkommen können. Buster liebte schon früh, Erwachsenen zur Hand zu gehen. Er half den Maurern beim Säubern alter Dachziegel, der Bäckerin beim Einräumen von Brot, er fegte eine örtliche Bar oder kam dem Küchenpersonal eines Restaurants in die Quere, wenn er Wasser und Brotkörbe servierte oder *stranieri* die Speisekarte übersetzte. Wenn er mit seiner »Arbeit« fertig war, stand immer ein zufriedenes Lächeln in seinem Gesicht.

Dieses Teilnehmen am echten Leben stärkt nicht nur den Selbstbewusstsein des Kindes, es fördert auch den Respekt vor anderen. Außerdem eröffnet es eine komplexere Wahrnehmung von Menschen, die man sonst nur oberflächlich kennengelernt hätte. Nehmen Sie zum Beispiel Lehrer. Im Schulalltag repräsentiert der Lehrer Autorität, Kinder gehorchen seinen Anweisungen. Die Beziehung ist genau definiert, funktional, aber beschränkt. Kinder machen sich ein sehr enges Bild des Lehrers, oft allein aufgrund seiner Strenge und der von ihm vergebenen Noten. Aber in kleinen Städten treffen Kinder den Lehrer auch auf den *piazze*, auf der Straße und in Geschäften, wo sie ihn in seiner Rolle als »normaler« Mensch wahrnehmen können – weniger furchteinflößend, verletzlicher, menschlicher. Diese kurzen Begegnungen erlauben es, einander in neuem Licht zu sehen. Das verschafft Kindern einen breiteren Blick auf Menschen, es ermöglicht ihnen aber auch, stärkere Bindungen zu formen. Wenn man seinen Lehrer als Freund kennen lernt, erweitert sich der Raum, in dem man sich »sicher« fühlt.

Gelegentlich prägt ein Lehrer eine ganze Stadt über Generationen. Maestro Tonino war einer von ihnen. Er war groß, hager, elegant – er hätte wunderbar in einen Fellini-Film gepasst –, vor allem aber unerschütterlich freundlich und enorm geistreich. Im Lauf der Jahrzehnte unterrichtete er fast jeden Bürger der Stadt. Als wir nach Montalcino zogen, hatte er schon dreißig Jahre dort gelehrt. In der Schule wurde er bewundert, doch außerhalb war er eine noch monumentalere Figur. Mit knalliger Krawatte, den Regenmantel über die Schultern gelegt, saß er an einem Tisch der Fiaschetteria, des Jugendstilcafés an der Hauptpiazza, und las, schrieb oder plauderte mit jedem, der an seinen Tisch kam, mit Kindern ebenso wie mit Erwachsenen. Aus der Entfernung wirkte es, als halte Maestro Tonino Hof. Je nach Bedarf ermutigte er, belehrte er oder stauchte er zusammen. Seine langen Hände schnitten durch die Luft, um das Gesagte zu unterstreichen, und oft hallte sein Lachen von den Mauern rund um den Platz wider. Er war der letzte Romantiker, er betrachtete Leben und Kunst, Essen und Trinken mit dem Auge des Ästheten. Er war ein hervorragender Koch und ein wunderbarer Tischgenosse, der eine ganze Abendessengesellschaft elektrisieren oder die Stadt einen konnte.

Auch Buster hat er über Jahre hinweg unterrichtet – Grundschüler wurden von der ersten bis zur fünften Klasse einschließlich von den gleichen beiden Lehrern betreut – und er war ebenso effektiv wie beliebt. Seinen Schülern gegenüber kannte er keine Gnade: keine Extrawürste, kein Unfug. Aber seine stets durchdachten Worte wogen schwer und prägten sich ein. Als er starb, schien in der Stadt ein Licht verloschen zu sein. Bei seiner Beerdigung verstopften die Trauernden die Straßen rund um die Kirche. Klassen, die er unterrichtet hatte, legten Kränze nieder und standen Schulter an Schulter, genau wie sie es dreißig Jahre zuvor im Korridor der Schule getan hatten. Und als der alte Priester aufstand, um Toninos zu gedenken, musste er sich mehrmals unterbrechen, um seine Stimme wiederzufinden und sich die Augen zu wischen. Und bei seiner Geschichte, wie die zwei als Jungs auf der Straße Fußball gespielt hatten, liefen auch in der Kirche und den umgebenden Straßen die Tränen.

Ein Strom von Leuten folgte Maestro Toninos Sarg auf seinem letzten Weg unter den Bäumen an den Stadtmauern entlang.

Bis heute treffen sich die Schüler seiner letzten Klasse – in seinen Augen die ungehobeltsten und störrischsten seiner ganzen Karriere – jedes Jahr zu einem großen Fest. Dann essen und trinken und reden sie über Tonino, diesen scharfsinnigen, anspruchsvollen Pedanten, mit dem eine Ära zu Ende ging, der aber auf ewig in ihrem Gedächtnis und in ihrem Herzen weiterlebt.

Obwohl unsere Stadt auf einem steilen Hügel sitzt, gibt es zwischen den gewundenen Häuserzeilen erstaunlich viel öffentlichen Raum. In der *fortezza* befindet sich ein großer, schattiger Garten, davor ein von großen Pinien beschatteter Spielplatz auf mehreren Terrassen; vor jeder Kirche liegt eine *piazzetta*, und die Madonna-Kirche ist auf beiden Seiten von Gärten gerahmt. Dann gibt es den *giardino* am unteren Ende der Stadt und unsere zwei *piazze*, Padella und Popolo. Weitere Freiflächen liegen um die alten Waschplätze und unter dem südlichen Stadtwall; der breite Weg füllt sich an sonnigen Tagen, und von den Bänken sieht man Sonnenuntergänge, für die man sterben könnte.

Die meisten Straßen der Stadt sind für den Autoverkehr gesperrt, nicht nur die Hauptstraße, wo sich die Bars und Restaurants nach draußen erweitert haben, sondern auch die steilsten und engsten Gassen. Das macht die ganze Stadt zu einem einzigen, riesigen Kinderspielplatz. Die dunklen Arkaden, die verwunschenen Sackgassen laden zum Erkunden ein, zum Fangen oder zum Versteckspielen. Und wenn man dann älter wird und die Romantik entdeckt, gibt es stille öffentliche Plätzchen – jeder Winkel hat ein Mäuerchen oder eine Bank –, an denen man ungestört den ersten physischen Zauber einer stürmischen Leidenschaft erfahren kann.

Die Teenager unseres Städtchens erstaunen mich immer wieder; sie haben das Herumhängen zur Lebenskunst erhoben. Sie schlendern herum, paarweise oder in an- und abschwellenden Horden, von einem Platz zum nächsten, wo sie sich wieder niederlassen und ihre endlosen Gespräche fortsetzen. Nachts hört man sie oft singen oder lachen.

Ich finde ganz bemerkenswert, wie stark und dauerhaft die Beziehungen zwischen den Jugendlichen sind. Obwohl Buster jetzt schon sechs Jahre nicht mehr hier zur Schule geht, sind seine Freundschaften sogar noch enger geworden. Wenn er in den Semesterferien heimkommt, nimmt er sofort wieder Kontakt mit seinen Freunden auf: mit Giulia, der Tochter des Apothekers, mit Matteo, seinem besten Kumpel in der Grundschule, und mit dem Rest seiner »Gang«. Wie früher schlendern sie an den Sommerabenden durch die Stadt oder kommen an heißen Tagen zu uns, um zu schwimmen oder draußen im Garten lärmend zu kochen und sich auf angenehme und unterhaltsame Art zu betrinken. Sie verbringen gemeinsame Wochenenden am Meer oder gehen auf lange Wanderungen. Für Buster sind diese Freundschaften ein zentraler Teil des Lebens. Und obwohl er auch gern allein ist, blüht er doch in seiner Gang erst richtig auf.

Diese unendliche Zahl schwacher, aber dauerhafter Bindungen macht Kleinstädte in der Toskana zu einem wahren Paradies für Kinder.

Darin liegt, so weit ich das beurteilen kann, der Grund, warum wir uns hier so geborgen fühlen. Denn wenn Hilfe und Ermutigung, Trost und Erheiterung immer zur Hand sind, wenn man dich immer braucht, sei es zum Mithelfen oder zum Spielen, wird es dann nicht zum Kinderspiel, seinen eigenen Kurs durchs Leben zu finden?

Jedem Besucher der Toskana fällt auf, wie entspannt und fröhlich die Menschen hier wirken. Sie strahlen echte Wärme aus, zeigen den kindlichen Überschwang, den sie sich irgendwie erhalten haben, der irgendwie überlebt hat.

Eine Kindheit für unsere Kinder

In unserer modernen Welt betrachten wir Kinder oft genug als kostbare Zier, mit der wir angeben, oder radioaktiven Abfall, den es loszuwerden gilt. In den Kleinstädten der Toskana werden die Kinder zwar über alles geliebt, man erlaubt ihnen aber auch, sich dort in die Gesellschaft einzufügen, wo es für sie passt.

Kinder, die in den aktiven Alltag eingebunden aufwachsen, verblüffen mich oft durch ihre Geduld, Originalität und Gewitztheit. Oft sind sie sogar unterhaltsamer als die Erwachsenen, die sie mitschleppen. Wenn Kinder hingegen wie Schoßhündchen behandelt werden oder, viel schlimmer, vereinsamt aufwachsen, umringt von seelenlosem Technikspielzeug, dann braucht es niemanden wundern, wenn sie unsozial und ichbesessen werden und sich für menschliche Kontakte so wenig interessieren wie eine Schildkröte für Tango.

Kürzlich hatten wir die Paoluccis zum sonntäglichen *pranzo* eingeladen. Natürlich dauerte die Vorbereitung des Mahls Tage. Unsere Freundin Nunzi machte von Hand die Pasta für zwei verschiedene Lasagnes: eine mit Zucchini-, die andere mit Fleischsoße. Wir machten drei verschiedene Aufstriche für *crostini*: gehackte *porcini*, mit Knoblauch und Petersil in Olivenöl gebraten, gemahlene Walnüsse mit Butter und Sardellen sowie gebratene Wurst, zerteilt und mit Certosa-Käse vermengt. Die *scottiglia* aus Schwein und Huhn köchelte stundenlang, und nur Rippchen und Radicchio mussten noch gegrillt werden.

Die Paoluccis fielen bei uns ein wie hungrige Heerscharen, drei Generationen: Mutter und Vater, die zwei Töchter samt Ehemännern und drei Kindern zwischen drei und zehn Jahren.

Wir saßen alle beisammen, aßen vom guten Geschirr, tranken aus den guten Weingläsern, und redeten alle ungefähr gleich viel, bis die sechsjährige Martina die Lasagne probierte und ausrief: »Candace, das ist die beste Pasta, die ich je im Leben gegessen habe!« Dann nippte der zehnjährige Niccolo an seinem halben Glas Wein und lobte Candace feierlich: »*Buono anche questo. Complimenti.*«

Am folgenden Freitag besuchten wir die Feier zum siebenunddreißigsten Geburtstag einer Freundin. Wir waren zwölf Erwachsene und ein neunjähriges Mädchen, Gea. Niemand stieß sich daran, Gea am allerwenigsten. Das Essen kam vom Buffett, man unterhielt sich also in ständig wechselnden Grüppchen. Und Gea mischte sich ganz natürlich unter die anderen, sie plauderte, fragte und lachte. Von allen anderen Gästen unterschied sie sich nur in der Größe. Unter den Gästen waren Architekten, Künstler, Ärzte, F

Photographen, Lektoren, Ingenieure und sogar ein Heißluftballon-Pilot – sprich, lauter Menschen, die ziemlich von sich überzeugt sind. Doch niemand behandelte Gea von oben herab, als Baby. Nur einmal in den vier Stunden, als jemand einen unanständigen Witz begann, schickte man sie vor die Tür, sie möge doch mal nach der Katze sehen.

Letztes Jahr hatten wir zwischen Weihnachten und Neujahr sechs Gäste zwischen vierzehn und dreiundsechzig Jahren im Haus: ein älteres Paar, Komponist und Ärztin (die Kinder waren bereits groß und ausgeflogen), sowie Giovanna mit ihren drei Teenagern. Die Mahlzeiten zogen sich ewig hin, und ich könnte nicht behaupten, dass irgendjemand die Unterhaltung dominiert hätte, obwohl Giovanna und ich einander gelegentlich schon zu Tode gequatscht haben. An zwei Abenden spielten wir alle *panforte*, ein uraltes toskanisches Spiel, bei dem man versucht, einen verpackten, harten Fladen Früchtebrot möglichst nah an die hintere Kante des Esstischs rutschen zu lassen.

Ich habe noch nie gesehen, dass Kinder sich so amüsieren. Sie schrien und kreischten, schummelten lachend, wetteiferten und spielten stundenlang mit riesiger Freude.

Zugegeben, das waren toskanische Kinder, von ihrer Erziehung her gesellige Wesen. Sie kommen der Vielfältigkeit recht nahe, die den Anthropologen Jared Diamond während seiner Zeit in Neuguinea so beeindruckt hatte. In seinem Buch *Arm und reich: Die Schicksale menschlicher*

Gesellschaften (für das er den Pulitzer-Preis bekam) schrieb er: »Mein eigener Standpunkt in dieser Kontroverse hat viel mit den Erfahrungen zu tun, die ich im Laufe von dreiunddreißig Jahren mit Neuguineern in ihrem eigenen intakten Lebensumfeld sammeln konnte. Von Anfang an beeindruckten mich diese Menschen als im Durchschnitt intelligenter, aufgeweckter, ausdrucksvoller und stärker an Dingen und Personen ihrer Umwelt interessiert als durchschnittliche Europäer oder Amerikaner …

Amerikanische und europäische Kinder verbringen heutzutage einen großen Teil ihrer Zeit mit passiver Unterhaltung wie Fernsehen, Radio und Kino. In amerikanischen Durchschnittshaushalten läuft der Fernseher sieben Stunden am Tag. Demgegenüber haben Kinder in Neuguinea, die in traditionellen Verhältnissen aufwachsen, praktisch keine Gelegenheit zu passiver Unterhaltung. Sie beschäftigen sich statt dessen meist von früh bis spät auf die eine oder andere Weise aktiv, beispielsweise durch Gespräche oder Spiele mit anderen Kindern oder Erwachsenen. In fast allen Untersuchungen zur kindlichen Entwicklung wird die besondere Bedeutung von Stimulation und Aktivität als Voraussetzung der geistigen Entfaltung hervorgehoben, während zugleich auf die irreversible geistige Verkümmerung hingewiesen wird, die das Ergebnis ungenügender Stimulation sein kann. Wir haben es hier also mit einem nichtgenetischen Faktor zu tun, der mit zu der überlegenen Geisteskraft des durchschnittlichen Neuguineers beiträgt.

In ihren geistigen Fähigkeiten sind die Neuguineer den westlichen Menschen demnach genetisch wahrscheinlich überlegen und in dem Sinne, dass sie der verheerenden entwicklungspsychologischen Benachteiligung entgehen, der die meisten Kinder in den Industriegesellschaften heute ausgesetzt sind, ganz gewiss.«

Nicht nur ist konstante Interaktion ein zentraler Teil der Entwicklung, sondern auch die Freiheit, »spontan Spiele« zu erfinden. Penny Wilson, eine in Europa und Amerika gefragte Beraterin in Sachen Spielprojekte, machte folgende erschreckende Beobachtung: »Spiel ist ein instinktiver und essenzieller Teil der Kindheit, der aber unter immer stärkeren Druck gerät. Dabei gibt es Belege dafür, dass ein Mangel an spontanem Spiel langfristige soziale Auswirkungen hat. Spielen erlaubt Kindern, ihre Gefühle zu entwickeln. Wer spielt, findet mehr über sich heraus ... Doch die Welt des Spiels ist bedroht. Überehrgeizige Mittelschicht-Eltern stopfen die Tage ihrer Kinder so voll, dass keine Zeit mehr für phantasievolles Spielen bleibt. Bei vielen Spielsachen, die wir kaufen, spielen die Dinge, nicht die Kinder. Spiel sollte nichts mit Eigentum zu tun haben. Der konsumistische Ansatz hat den Kindern ihre Initiative geraubt.

Ich fürchte wirklich um diese Generation von Kindern, die groß wurden, ohne gespielt zu haben. Ich habe in New York mit Achtjährigen eine Spielsitzung gemacht: Die Kinder drehten total durch, sie zertrümmerten Sachen, sie wussten nicht, was sie mit sich anfangen sollten.«

Kinder ins echte Leben einzubinden, wie das in der Toskana geschieht, nützt aber nicht nur den Kindern, sondern auch uns. Denn Kinder können nicht nur entwaffnend bezaubernd sein, sondern mit ihren originellen, offen geäußerten Ansichten auch sehr erfrischend. Und von sozial gewandten Kindern profitieren wir alle. Denn je besser sie eine Vielzahl von Menschen kennen, desto interessanter, selbstsicherer und moralisch bewusster werden sie. Und all diese Kontakte, diese Interaktionen mit Verwandten, Freunden und Nachbarn schüren vielleicht ihr Interesse an Menschen. Echten, spontanen Menschen, nicht den erfundenen im Fernsehen mit ihren gespielten, allzu simplen Reaktionen auf unrealistische Situationen. Und vielleicht findet man unter den wirklichen Menschen, den zerbrechlichen, komplexen, traurigen oder fröhlichen Charakteren sogar echte Helden. Verletzliche, sich stets verändernde, verwirrende, chaotische Helden, die man mal zutiefst hassen und im nächsten Moment über alles verehren kann. Helden, die den Kindern vielleicht eine Vorstellung davon vermitteln, was ihnen gefallen könnte, was sie vielleicht später mal machen oder nicht machen wollen.

Und je vielfältiger die Menschen, mit denen Kinder umgehen, von Alter, Charakter, Gesundheit, Wohlstand, Wurzeln, Ansichten und Bedürfnissen her sind, desto mehr lernen und verstehen sie. Und desto mehr wächst ihr Durst, noch mehr zu erfahren. Denn die tief schürfenden Erkenntnisse im Leben gewinnen wir nicht aus Videos, Büchern oder dem Internet, sondern aus dem direkten Umgang mit der zugegeben chaotischen, aber unendlich unterhaltsamen Menschheit.

Man braucht Menschen, um Menschen beizubringen, Mensch zu sein.

Nahe an der Natur

Natur, wie manches, wird schlecht geschätzt und ist, genutzt, so teuer!

William Shakespeare
Troilus und Cressida

Vor einigen Wintern war ich einmal mit zwei Manuskripten im Verzug – Memoiren und einem Photoband – weshalb ich eine Assistentin anstellte, die mir die Memoiren organisieren und lektorieren sowie den Bildband gestalten helfen sollte. Sie war eine waschechte New Yorkerin Ende zwanzig, hatte einen Master von einer Elite-Uni, war ernsthaft, gewissenhaft und ziemlich stur. Sie liebte Sprache, hatte einen bewunderswerten Blick für Farben und Gestaltung und konnte sich konzentrieren wie ein Laser. Sie kam für einen Monat in die Toskana, um völlig ungestört schuften zu können. Als ich sie vom Flughafen Rom abholte, wirkte sie mit ihren braven Haaren und ihrem steifen Gang wie eine Delegierte bei einem Kongress von Herz-Jesu-Bibliothekarinnen.

Sowohl das Lektorieren eines Manuskripts als auch das Auswählen und Zuschneiden von Bildern strengt an, geistig wie seelisch. Trotz unseren langen, entspannten Mittagessen am Kamin der Küche war sie irgendwann am Nachmittag erschöpft: Sie kniff die Augen zusammen, ihre blasse Haut wurde grau; müde und angespannt presste sie die Lippen zusammen. Dann sah sie mit ihren hervorstehenden Wangenknochen und ihrer blassen Haut aus wie eine Totenmaske. Am dritten Nachmittag bereute ich schon fast, ein derart verbissenes City-Girl engagiert zu haben. (Ihr Freund hatte kurz zuvor mit ihr Schluss gemacht, auch das belastete sie.) Genervt schickte ich sie auf einen langen Spaziergang. Widerwillig gehorchte sie.

Es war ein klarer, kalter Tag mit leichtem Frost. Mit hochgezogenen Schultern stiefelte sie durch die Weinberge, an der Kirche vorbei, auf die Zypressen des alten Friedhofs zu. Sie blieb eine Stunde weg und kam bei Sonnenuntergang zurück. Als neuer Mensch: Ihre blauen Augen leuchteten, ihre Wangen glühten, ihr Mund hatte sich zu einem Lächeln entspannt. »Es hat funktioniert«, sagte sie.

Danach ging sie jeden Nachmittag spazieren, durch Felder und Wälder, in den Olivenhain oder zur Schlucht. Nach einer Woche sah sie durchgehend so strahlend und gesund aus wie nach dem ersten Spaziergang, Tag und Nacht. Obwohl sie weiter mit Inbrunst arbeitete, sprudelte jetzt ein unbezähmbarer Humor aus ihr. Manchmal musste ich so lachen, dass ich hinter den Ohren Krämpfe bekam. Als sie uns verließ, war sie nicht wieder zu erkennen: offen, schlampig, warmherzig. Selbst ihr Gesicht hatte sich verändert, sie wirkte unbezähmbar.

Ein paar Tage später erkundigte ich mich bei einem Freund in New York, wie sie bei ihrer Rückkehr gewirkt habe. Seine Antwort: »Sie strahlte«. Als ihr Ex sie das erste Mal wiedersah, verliebte er sich sofort wieder neu.

So wirkt das Leben inmitten der toskanischen Natur: Es stülpt dich um, bringt deinen inneren Reichtum hervor, den du vorher überhaupt nicht kanntest. Es schadet nicht einmal, wenn man sein halbes Körpergewicht in Wein konsumiert, denn auch das gehört zum Leben in der Toskana.

Die Landschaft der Toskana ist sanft, lieblich. Entsprechend beruhigend wirkt sie. Doch gleichzeitig bringt sie auch eine wilde Seite in dir zum Vorschein. Vielleicht liegt es am Nebeneinander von Dörfern, Weinbergen und Feldern auf der einen und knorrigen Wäldern auf der anderen Seite, an der untrennbaren Verflochtenheit von Zivilisation und Wildnis.

Und das beeinflusst dich, egal, wie lang du schon hier lebst. Es ist, als betrachtete man jeden Tag das Leben mit völlig neuen Augen. Ich kann mich wirklich nicht erinnern, je so genervt oder wütend über die Arbeit, die Bürokratie, das Wetter oder das Leben im Allgemeinen gewesen zu sein, dass nicht ein Spaziergang oder eine Stunde Arbeit im Freien alles wieder eingerenkt hätte.

Egal wie schlimm ich mich mit Candace gestritten hatte, als ich den Felsen mit dem Wasserfall erreichte, konnte ich mir keine bessere Frau als sie vorstellen. Und ich sage mir: »Das ist das Paradies.«

Von der erfrischenden Kraft der Natur schwärmend schrieb Ralph W. Emerson: »In den Wäldern ist immerwährende Jugend. … [Es] herrscht Würde und Heiligkeit, eine immerwährende Festlichkeit wird bereitet, und kein Gast vermag zu erkennen, wie er in tausend Jahren ihrer überdrüssig werden sollte. In der Natur kehren wir zu Vernunft und Glauben zurück.«

Dabei sollte es uns nicht überraschen, dass die Natur uns wiederbelebt: Über Jahrtausende haben wir naturnah gelebt, die Natur hat einen unauslöschlichen Abdruck in unserer Seele hinterlassen. Sie hat uns nicht nur genährt und geschützt, sondern, in Emersons Augen, in einen Zustand des Erstaunens versetzt. Doch wie spirituell befriedigend kurze Blicke auf die Natur auch sind, »dem aufmerksamen Auge erscheint jeder Augenblick des Jahres in seiner eigenen Schönheit, und es erblickt in der gleichen Gegend zu jeder Stunde ein Bild, das noch niemals zuvor gesehen werden konnte und niemals wiederkehren wird« .

Emerson sieht die Natur allerdings nur wie ein Städter, der etwas ästhetisch Ansprechendes erblickt. Die Menschen der Toskana erleben sie viel intensiver.

Ofelio, unser Nachbar am Fuß des Hügels, wurde dieses Jahr vierundsiebzig. Wenn man mit ihm drinnen sitzt und ein Glas Wein trinkt, beschwert er sich, wie die Jahre ihn mitgenommen haben. Er jammert, dass es hier zwicke und dort weh tue, dass er nicht mehr jung sei. Aber lass ihn auf Felder und Wald los, wo er noch immer den Großteil seiner

Zeit verbringt, und er bewegt sich mit der Geschwindigkeit und Behändigkeit eines halb so alten Menschen. Wie jemand, der es gewohnt ist, sich mit der Freiheit des Wilden zu bewegen.

Wenn ich auf einem steilen Pfad hinter ihm her keuche, werde auch ich gelenkiger, ich variiere meine Schritte stärker, meine Gelenke werden biegsamer: Ich werde lebendig.

Wenn ich hinter ihm her gehe, sehe ich noch immer Schönheit – die verblüffenden Farben des Laubs, einen knorrigen Steineichen-Stamm, einen Sonnenstrahl, der durch die Baumkronen dringt, einen moosbewachsenen Felsen – aber ich fühle so viel mehr: die Freude am Laufen, den Stolz aufs Überleben, den Kitzel des Abenteuers vor uns.

Und in der Toskana ist diese wunderbare Landschaft, fern und dunstig oder nah und erdig unter dir, nicht nur zum Betrachten da: Sie ernährt dich, hält dich am Leben.

Weit oben in der Schlucht lichtete einer unserer Nachbarn ein paar Hektar Wald aus, wie seine Vorfahren es schon seit Urzeiten getan hatten. Die Aktion lieferte ihm das Feuerholz fürs nächste Jahr, und gleichzeitig verjüngte er damit den Wald. Er schlug Totholz und entfernte Gestrüpp, wodurch frische Triebe eine Überlebenschance bekamen. Alle paar Schritte ließ er einen alten Baum stehen, so dass der Wald weiter ein Wald blieb, nur ein viel lichterer.

Er zerlegte die Stämme in ein Meter zwanzig lange Stücke, die er dann abfahren ließ. Doch einige Stücke entkamen und rutschten in die Schlucht ab, in den Wildbach tief drunten. Unsere Wälder bestehen aus enorm dichtem, also schweren Hartholz. Ein ein Meter zwanzig langer und fünfundzwanzig Zentimeter starker Stamm wiegt schon mal mehr als ein Sack Zement.

Diesen Winter arbeite ich jeden Morgen in der Schlucht. Ein schmaler Pfad ist in den steilen Abhang gekerbt, wo er eine Art Sims bildet, der sich bis zum Boden der Schlucht hinunter windet. Ich steige ab, schultere ein Stück Stamm und mache mich auf den Rückweg. Der Pfad ist steinig, steil, glitschig, nass; jeder einzelne Schritt ist einigermaßen abenteuerlich. An der Furt überquere ich den Fluss, lade das Holz in eine Schubkarre und gehe wieder zurück. Wenn ich drei stattliche Stücke beieinander habe, packe ich die Griffe fest und nehme Anlauf, damit ich die Steigung hochkomme. Zweihundert Meter durch den Wald, immer bergauf. Meine Beinmuskeln schmerzen, mein Herz schlägt wild, und mein Verstand brüllt: »Sei kein Narr, alter Mann!« Wenn ich unterwegs anhalte, komme ich nie wieder los, das weiß ich. Meine Beine wanken, ich sehe Sterne und ich vereinbare mit Gott: Wenn ich diesmal überlebe, mache ich nie wieder etwas so Blödes.

Oben japse ich dann nach Luft, aber mit einem Triumphgefühl. Und, für den Augenblick zumindest, widerlege ich Joseph Conrad, denn ich erlangte »das Gefühl« wieder, von dem er dachte, es werde »niemals wiederkehren … das frohlockende Bewusstsein der Kraft, des blühenden Lebens in dieser Handvoll Staub, der Flamme im Herzen, die mit jedem Jahr trüber brennt, kleiner wird, an Hitze verliert und auslöscht –, auslöscht, zu bald, zu bald, früher noch als das Leben selbst.«

Nein, verdammt. Nicht heute, noch nicht.

Dann packe ich die Schubkarre und steige wieder ab. Wenn Gott sich auf unsere Vereinbarung beruft, plädiere ich auf Gedächtnisschwund.

An gleichen Abend lege ich einen aus der Schlucht geborgenen Stamm dann in den offenen Kamin der Küche, wo von Oktober bis einschließlich März immer ein Feuer brennt. Er zischt, fängt Feuer, wird zu Kohle und gart das Huhn langsam. Danach machen wir *bruschetta,* die wir mit Knoblauch einreiben, mit frisch gepresstem Olivenöl beträufeln und mit Wein hinunterspülen, während der Stamm das Haus heizt und das Auge erfreut, uns warm hält und beschützt. Dieses Stück Holz, bei dessen Bergung ich mich fast umgebracht habe, das ich durch den Wald und über den Fluss getragen habe, im fahlen Licht des Winters. So fühlt es sich an, lebendig zu sein. Diese Natur! Dieser Wald! Diese Augenblicke »ewiger Jugend«!

Candace sagt, sie geht jeden Tag in den Wald, weil sie den Lehmgeruch dort so mag. Dort legt sie Pfade frei, sammelt Zunder oder sucht an ihren Lieblingsstellen nach Pfifferlingen. Sie findet, der Geruch verbinde sie mit der Erde, dem Wald, dem Land, der Welt. Von den meisten Spaziergängen bringt sie etwas mit: im Herbst Pilze, im Dezember *corbezzolo*-Beeren für Marmelade, im Frühling wilden

Spargel von den Waldrändern, zum Zeitpunkt der ersten Knospen am Wein wilden Knoblauch mit rosa Blüten. Sie liebt den Wald, weil er sich mit den Jahreszeiten wandelt. Das lässt sie die Zyklen des Lebens spüren, das ewige Werden und Vergehen der Dinge um sie. Dabei ist sie der unsentimentalste Mensch der Welt, außerdem ziemlich temperamentvoll und gelegentlich ganz schön brutal – ich kenne sonst keinen Menschen weiblichen Geschlechts, der wutentbrannt eine Hacke durch eine stählerne Schubkarre treiben und das dann lachend »Kunst« nennen kann.

Der Natur etwas abringen müssen, das klingt – zurecht – erschreckend, aber es ist verblüffend, wie schnell wir die Zivilisation abstreifen können. Ich bin verwöhnt und pingelig, ich mag weiche Laken, Daunenkissen, heiße Duschen und gesittetes Essen am Tisch, mit Tischdecke und Weingläsern, bei einem gemütlichen Feuer. Doch die Art der Toskana – die Natur, das Land, und vor allem das einfache Leben – wurde ein Teil von mir, gab mir eine Ruhe, die ich auch am anderen Ende der Welt noch in mir spürte.

Als unser Haus fast fertig restauriert war, konnte ich nach einem vollen Jahr von Zwölfstundentagen als Zimmerer, Bauunternehmer, Architekt, Ingenieur, Hilfsmaurer, Grabenzieher und allgemeines Faktotum einfach keinen Dachziegel, keinen Stein mehr sehen. Genau da verließen uns unsere Maurer für zwei Monate: Im Juli bauten sie einer Tante die Küche um, im August gingen sie in ihren heiligen Sommerurlaub.

Da wir fast völlig pleite waren, entschlossen wir uns, jeden Cent zu sparen und den Sommer auf einer verlassenen Insel zu verbringen, allein zu dritt.

Dreißig Kilometer vor der Westküste Kanadas liegen die Gulf Islands. Sie werden von einem vorgelagerten Dreihundert-Kilometer-Giganten namens Vancouver Island vom Ansturm des Pazifiks geschützt, in dessen Windschatten östlich ein ruhiges Binnenmeer liegt.

Auf den Inseln gibt es nur Holz und Fels. Noch im vergangenen Jahrhundert fand auf einem Teil des Tieflands Landwirtschaft statt, musste aber wegen der Wasserknappheit aufgegeben werden. Heute leben Einsiedler auf den Inseln, Künstler, Leute, die Steine lieber mögen als Menschen. Die Fähre braucht vom Festland zwei Stunden, doch wenn man in der stillen Einöde ankommt, hat man bereits vergessen, dass es auf der Erde andere Orte gibt. Die Rufe der Adler über einem sind die einzigen Geräusche.

Um den Plumper-Sund herum verstellen drei große Inseln den Blick auf die Welt, nur durch den Winter Pass kann man den Gletscher des Mount Baker am Nachmittag rosa schimmern sehen.

Fane Island liegt einen knappen Kilometer von der nächsten Insel entfernt, ist im Norden hoch und im Süden flach, eine Ansammlung uralter Tannen streckt sich in den Himmel. Fane Island ist dreihundert Meter lang und sechzig Meter breit und besteht genau genommen aus zwei Inseln, die über eine sichelförmige sandige Landzunge miteinander verbunden werden. Dort kann man mit seinem Boot anlegen.

Die Südspitze besteht aus unfruchtbarem Fels, mit Büscheln trockener Gräser und angeschwemmten Treibholz, das die Winterstürme aus Südost ans Land geworfen haben. Nahe der Spitze steht eine angeschlagene Eiche, auf der Adler sitzen und das Meer nach Fischen absuchen. Das Zentrum der Insel wird von Oregon-Eichen beherrscht, niedrigen, knorrigen, krummen, vom Wind geformten Bäumen, unter deren dichtem Laubdach Seeotter leben, Vögel und Nerze. In der Mitte der Insel ragt auf Grasland eine tausendjährige Tanne, um sie herum stehen einige jüngere Tannen und große Erdbeerbäume mit glatter, glänzender Borke. In der Nähe der Anlandestelle steht eine Hütte. In deren einzigem Raum gibt es einen Holzofen, einen alten Holztisch, ein Sofa und unter dem Dach einen Schlafbereich.

Die Insel verfügt weder über Strom, Süßwasser noch einen Landungssteg. Man kann nur am Kiesstrand oder den Sandsteinfelsen anlanden. Aber die Tide fällt und steigt in sechs Stunden um drei Meter, man muss also ganz sicher gehen, dass sein Boot nicht davongetragen wird, sonst steht man am nächsten Morgen blöd da.

Als ich den Fuß auf die Insel setzte, war mir ziemlich mulmig. Die Szenerie wirkte erschreckend: Es gab keine Wege. Von der winzigen Hütte einmal abgesehen, war der Ort völlig wild. Ordnung und Annehmlichkeiten der zivilisierten Welt schienen unendlich weit entfernt. Als erstes nahm ich die Hütte in Besitz: Ich fegte sie, säuberte sie, entfernte Ameisen, zerstörte Spinnweben, kratzte Flechten und

Moos weg, die sich den Ort langsam zurückerobert hatten. Ich tat alles, um das Gefühl zu bekommen, ich kontrollierte die Umgebung. Am ersten Abend kochten wir auf dem Propangas-Herd Pasta, als hätte ich das wertvolle Süßwasser nicht eine Meile in einem Krug herschleppen müssen. Dann riss ich einen Sack Kohle auf und grillte auf dem tragbaren Grill Steaks, mit sauber in Alufolie verpackten Kartoffeln. Wir deckten den Tisch mit Tischdecke und Gläsern, mit Porzellantellern und Besteck. Dann zündeten wir die Kerzen auf dem Tisch an und versuchten, ein ganz normales Abendessen zu uns zu nehmen, wie immer. Stille und Dunkelheit machten sich breit, mit Ausnahme des Meeresrauschens und der Kerzen, die so romantisch leuchteten – bis die Kerzen verlöschten und ich aufstand, um das Licht anzuschalten. Doch es gab kein Licht. Dafür leuchtete vor dem Fenster ein Gewitter von Sternen.

Es war erschreckend, aber auch spannend, völlig auf uns allein gestellt zu sein. Wenn irgendwas schief ginge, würden wir allein damit klar kommen und die Krise – Feuer, Sturm oder Verletzung – mit Verstand, Geschick und Einfallsreichtum meistern müssen. Private Handys gab es damals noch nicht.

Die ersten Nächte auf der Insel schlief ich nicht besonders gut. Ich war nervös, fühlte mich verwundbar; die Macht der Natur schien überwältigend. Aber jeden Tag gewannen wir mehr Selbstvertrauen. Da es keine Pfade gab, mussten wir uns einen zur Südspitze schlagen oder über die Felsen klettern und gelegentlich durchs Wasser waten. Den ganzen Tag gab es zu tun: eine Grube für die Latrine ausheben, eine Solardusche installieren, am Strand Feuerholz für den Ofen sammeln, denn die Nächte sind so weit im Norden selbst im Sommer kalt.

Am dritten Abend aßen wir am Strand. Wir kochten drinnen und trugen alles hinunter – Töpfe, Pfannen, Teller, Besteck, Gläser – um im Schimmer von Laternen am Wasser zu essen.

Am nächsten Tag war das Fleisch zu Ende, deswegen gingen Candace und Buster angeln. Sie fingen Dorsche. Wir dachten, es könnte lustig sein, am Strand zu kochen; wir brieten den Fisch in einer Pfanne und kochten Mais mit Rote-Bete-Scheiben. Es war nervig, Topf und Pfanne zu spülen, aber das Meer war ruhig und man brauchte im Mondlicht keine Laterne.

Am nächsten Abend kochten wir ohne Töpfe, direkt über dem Feuer. Den Fisch grillten wir auf einem Zedernholzspieß, die Maiskolben warfen wir direkt auf die Kohlen, die Roten Bete ungeschält auf die heißen Steine neben dem Feuer. Die Fisch-Innereien hatten Krabben angelockt, die ich auf den Rücken warf und mit einem spitzen Stein erschlug. Ich riss Beine und Scheren ab, wusch sie im Meerwasser und warf sie neben dem Mais auf die Kohlen. Der Mais war perfekt geröstet, die Roten Bete waren in ihrer Schale weich, das Krabbenfleisch war saftig, der Fisch schmeckte wie geräuchert und fiel von den Gräten. Auf Steinen sitzend aßen wir mit den Händen, wobei uns Treibholz als Teller diente.

Wir hatten es geschafft. Die Zivilisation hinter uns gelassen. Wir waren in die Steinzeit zurückgekehrt. Wenn man den Wein mal vergisst.

Die Insel war zerklüftet und das Boot schaukelte, so dass man den ganzen Tag balancieren musste, Gewicht verlagerte, ging, ruderte, sich bewegte. Am Abend waren wir alle erschöpft. Ich habe im Leben nicht so tief geschlafen.

Am Ende des Sommers waren unsere Bewegungen geschmeidig geworden. In unserer ganzen Zeit hier war niemand ausgerutscht oder gestürzt; wir bewegten uns schnell und behände, selbst schwer bepackt. Wir ruderten das Boot und freundeten uns mit einem Baby-Seehund an, selbst die Seeotter versteckten sich nicht, wenn wir uns näherten. Nur der Nerz schlich schüchtern davon. Wir alle erinnern uns sehr gern an diesen Sommer.

Am schönsten war es, von Dingen befreit zu sein: Dingen, die gesäubert, gepflegt, gerichtet, gekauft werden mussten. Unsere Nahrung beschafften und fingen wir uns selbst, was uns ein grandioses Gefühl der Unabhängigkeit vermittelte. Wir lernten, Fisch zum Kochen in Tang zu wickeln, Austern direkt auf den Kohlen in ihrer Schale zu garen, Wasser zu kochen, indem wir einen heißen Stein in eine Tasse gaben, und einen Salat aus wilden Erbsen, wilder Minze und Quellern zu bereiten. All das gab vermittelte uns ein Gefühl der Unbesiegbarkeit, der totalen Autarkie. Die Außenwelt brauchten wir nur für den Wein.

Nach dem Sommer verstand ich die Menschen der Toskana besser, ihre Seelenruhe, ihre Freundlichkeit, ihre Geduld, ihre gute Laune. Seit tausenden Jahren sorgen sie für sich selbst, jede Familie arbeitete auf ihren Feldern und in ihren Wäldern, man überlebte durch die Arbeit der Hände und des Verstands. Als die Weltwirtschaft im November 2008 am Abgrund stand, pflanzte Ofelio seinen Knoblauch und fragte mich: »Francesco, was kümmert es uns? Wir haben ein Haus, einen Garten, Hühner, zwei Schweine und einen Keller voll Wein. Die können die Straßen aufrollen und den Strom abdrehen; wenn ich ab morgen leben muss wie im letzten Jahrhundert, stört mich das gar nicht.« Ein Lächeln überzog sein Gesicht. »Dann können wir jeden Abend Kaninchen jagen gehen.«

Echte Sicherheit auf dem Land

Früher hatten die Eingangstüren in der Toskana keine Klinken (zu kompliziert – man hielt die Dinge lieber einfach). Schlösser gab es aber schon, schließlich mussten die Türen verlässlich schließen, um Zugluft, Vögel und den halben Hühnerhof draußen zu halten. Wenn man das Haus verließ, musste man daher den großen, klobigen Schlüssel umdrehen und sich selbst aus dem Haus sperren. Da die von Hand geschmiedeten Schlüssel teuer waren und in den meisten Häusern ein Dutzend oder mehr Menschen lebten – Mama und Papa, Kinder, Großeltern, Tanten, Onkel, Vettern und Kusinen, und wer immer am Vortag hereingeschneit war – bewahrte man den Schlüssel dort auf, wo er a) nicht verloren gehen konnte und b) für jedermann verfügbar war, der ihn brauchte: im Schloss.

Diese Tradition hat sich bis heute erhalten. Bei uns bleibt der Schlüssel von morgens bis abends dort, wo er am besten hinpasst, im Schloss.

Später wurde das Prinzip auch auf Autos ausgeweitet: Der praktischste Ort, um einen Zündschlüssel aufzubewahren, ist nun mal das Zündschloss.

Das hat die Mordrate dramatisch gesenkt, zeigen doch Polizeiberichte, dass 99 Prozent aller tödlich endenden Familiendramen mit einem genervten Schrei: »Wo ist der verdammte Schlüssel?« beginnen.

Diese unverschlossene Tür ist kein Selbstzweck, sondern untrügliches Symptom dafür, wie sicher das Leben in der Toskana ist. Für die niedrige Verbrechensrate gibt es viele Gründe. Erstens herrscht ein allgemeiner Wohlstand ohne schlimme Armut. Man besitzt eh schon all den Kram, den man will – warum sollte man sich also die Mühe machen, loszuziehen und etwas zu klauen? Zweitens leben wir weit von städtischen Slums entfernt: Die Fahrt von Rom dauert lang und kostet teuren Sprit, und wenn ein Dieb die Bahn nähme, wäre die Fahrt zwar bequem und böte schöne Aussichten, aber an unserem Bahnhof müsste er sich dann einen Leihwagen nehmen. Kein Dieb mit einem anständigen Businessplan würde eine so hohe Investition tätigen wollen. Und drittens lebt man in der Toskana schlicht, es gibt in den meisten Häusern also wenig Wertvolles zu stehlen – außer der Dieb steht ausgerechnet auf selbstschmierende Traktoren oder sensor-aktivierte Pflüge mit hydraulischer Schaufelverstellung.

Es fällt einem also leicht, sich in seinem Haus, in seiner Gegend sicher zu fühlen. Man muss nur noch verhindern, dass man verhungert, so dass man sich auch am nächsten Tag noch sicher fühlen kann. Doch bevor wir betrachten, wie man sich in Kleinstädten oder auf dem Land den Lebensunterhalt verdient, schauen wir zuerst in die große Stadt.

Der Mythos des festen Jobs

Und ich fange an, von meinem ruhigen Kellergeschoss in der ruhigen Sackgasse zu träumen, von meinem stillen Bureau mit seinem verwitterten Namensschild, seiner Ruhecouch und seinen Samtvorhängen, und es wird mir klar, was es bedeutet, dort lebendig begraben zu sein, sei es auch nur von zehn bis fünf, mit einer Flasche Bier griffbereit auf der einen Seite und einem Brathering auf der anderen. Nichts, sage ich mir, nicht einmal ein vollgültig bescheinigter Tod, kann das je ersetzen.

Samuel Beckett
Alle, die da fallen

Seit jeher zieht es die Menschen in Großstädte, weil es dort »feste Jobs« gibt, den Heiligen Gral unserer modernen Welt.

Doch Arbeitsplatzsicherheit ist längst zur Illusion geworden, wie sich an den sieben Millionen Jobs zeigt, die allein während der Rezession nach 2008 in den USA verloren gegangen sind. Die *New York Times* schilderte einen ganz konkreten Fall: »New Franklin, Ohio. Vor zehn Monaten sind die meisten Arbeiter hier das letzte Mal aus dem schlichten, niedrigen Fabrikgebäude gekommen. Seit kurz nach dem Zweiten Weltkrieg war hier die Manchester Tool Company zu Hause gewesen. Jetzt steht das Gebäude leer, ein ›Zu verkaufen‹-Schild steckt im frischen Tiefschnee. Die Wunden der Werksschließung, bei der rund hundert Beschäftigte ihr Auskommen verloren, sind noch längst nicht verheilt. Noch ein Jahr später haben weniger als fünfzehn Prozent der Entlassenen einen neue dauerhafte Anstellung gefunden. Viele schrammen gefährlich am ökonomischen Abgrund entlang. Manche zahlen ihre Krankenversicherungsbeiträge nicht mehr, anderen droht die Zwangsräumung ihres bescheidenen Häuschens. Ein ähnliches – oder noch schlimmeres – Schicksal droht den hunderttausenden Amerikanern, die aktuell jeden Monat ihren Job verlieren. Viele der älteren Lohnarbeiter scheinen wie gelähmt …

Die Maschinen, an denen sie bei Manchester gearbeitet haben, waren oft Einzelfertigungen für das Werk; die Kenntnisse der Arbeiter lassen sich also nicht notwendigerweise auf andere Fabriken übertragen.«

Der feste Arbeitsplatz hat sich im Großen und Ganzen als Illusion erwiesen, doch etwas in uns braucht den Glauben an Konstanten im Leben, und der Glaube an feste Jobs rangiert ganz oben, gleich nach dem Glauben an den Weihnachtsmann und den Osterhasen. Die Mär ist auch zu schön: Feste Jobs, das heißt, einen bekannten Job, den man beherrscht, runterspulen und dafür jeden Monat ein hübsches Gehalt bekommen, mit dem man sich all die wunderbaren Dinge im Einkaufszentrum leisten kann. Arbeitsplatzsicherheit verspricht ein Leben in gedankenloser Glückseligkeit.

Doch das Schlimmste an dem Mythos ist nicht, dass er nicht mehr der Realität entspricht – der Job ist eben nur so lange sicher, bis man gefeuert wird –, sondern, dass er uns blind für die Alternative macht, ein unabhängiges, abwechslungsreiches und wahrhaft sicheres Leben zu führen. Der feste Job gehört so sehr zum Fundament unseres Denkens, dass wir unserem Nachwuchs von Kindesbeinen an einbläuen, wie erstrebenswert er ist. Schon mit dem Ringen um den Übertritt ins Gymnasium beginnt der Konkurrenzkampf, zu dem die Kinder gnadenlos angetrieben werden. Alternative Lebenswege werden fast überhaupt nicht mehr in Betracht gezogen.

Anstatt unser angeborenes Bedürfnis nach Sicherheit, Liebe und Freundschaft dadurch zu erfüllen, dass wir in die Hände spucken und uns selbst ein Haus bauen (einer der leichtesten Jobs überhaupt), uns durchschlagen, uns einen Partner und ein paar gute Freunde suchen und uns bemühen, so weise, freundlich, witzig und kreativ wie möglich zu sein, stecken wir all unsere Energie und Zeit in die Ausbildung für einen, die Suche nach einem und das verzweifelte Festklammern an einen sicheren Arbeitsplatz. Wir zäumen das Pferd nicht mehr nur von hinten auf, wir lassen es auf uns reiten.

Noch immer reden wir uns ein, dass die schlimme Rezession von 2008/2009 nur ein Ausrutscher war. Und verschließen die Augen davor, dass das gesamte letzte Jahrhundert eine stetige Abfolge von Booms und Krisen war, von Weltwirtschaftskrise, Krieg, Ölpreisschocks, Globalisierung, platzenden Blasen und weiteren Rezessionen. Selbst in normalen Zeiten wie den Jahrzehnten zwischen 1970 und 1990 fielen die Reallöhne um zwanzig Prozent. Die durchschnittliche Wochenarbeitszeit wuchs gleichzeitig um acht Prozent, außerdem stiegen vierzig Prozent mehr Ehefrauen wieder ins Arbeitsleben ein – und doch ist das Familieneinkommen in den USA durchschnittlich gerade mal um ein winziges Prozent gewachsen.

Die Entlassenen von Manchester Tool sind wie gelähmt, ihr Selbstwertgefühl liegt am Boden. Doch fast noch schlimmer sind oft die Auswirkungen auf diejenigen, die noch mal davon gekommen sind. Sie werden von Angst und Stress zerfressen. Eine Entlassung hat nur unwesentlich schlimmere Auswirkungen auf die Psyche als die nagende Angst vor einem drohenden Jobverlust. Ich erinnere mich noch an unsere ersten Jahre in Kanada, als mein Stiefvater, der in Ungarn Landschaftsarchitekt gewesen war, sich von einem Handlangerjob zum nächsten durchschlagen musste.

In jenen Jahren plagten unsere Familie Sorgen – und wir stritten uns. Darüber, ob wir Fleisch kaufen sollten. Oder darüber, wer die Tür offen gelassen und kostbare Wärme entweichen hatte lassen. Oder darüber, wie wir die Schande ertragen könnten, wenn unser Sofa und unser Fernseher gepfändet würden. Zwischen den Streitigkeiten konnte man stille Scham vom Gesicht meines Vaters ablesen, weil er, ein intelligenter, gebildeter Mann, versagt hatte, obwohl er sich voll reingehängt und alles versucht hatte: Er war unfähig, seiner Familie ein sicheres Leben zu bieten.

Letztlich wurde nie etwas gepfändet – meine Mutter verdiente hinzu, indem sie bei anderen putzte – aber so mies, wie wir uns während der langen Winter gefühlt hatten, hätten die Möbelpacker geradeso gut auch kommen und den ganzen Krempel mitnehmen können.

Der Schriftsteller Louis Bromfield hat das sehr klug erkannt: »Der hohe Lebensstandard in Amerika ist eine Illusion, beruhend auf Kredit und Ratenzahlung, die einen Mann und seine Familie obdachlos und von Sozialhilfe abhängig machen, sobald die Fabrik schließt und er seine Arbeit verliert.«

George Packer bezeichnete Florida im *New Yorker* nach dem beinahe apokalyptischen Zusammenbruch des Immobilienmarktes 2008 als »Pyramidenspiel-Staat«. Er beschrieb eines der unschuldigen Opfer, Dan Hartzell. Der fleißige Arbeiter war Mitte dreißig, hatte Frau und zwei Kinder. Im Vorjahr war ihm ohne jede Erklärung gekündigt worden; er hatte für zehn Dollar die Stunde Plastiktüten zusammengeklebt. Seitdem suchte er nach Arbeit. Mindestens sechzig Bewerbungen hatte er an alle großen Arbeitgeber geschickt, ohne Erfolg. »Man gelangt fast an den Punkt, wo man zweifelt, was das alles noch soll … Ich frage mich allmählich, was mit mir nicht stimmt. Warum betrachten mich all diese Leute als schlechten Menschen?« Dan war ein braver, ehrlicher Mann, der nie eine Schrotthypothek aufgenommen oder über seine Verhältnisse gelebt hatte, nun aber ernsthaft fürchten musste, mitsamt seiner Familie auf der Straße zu landen.

Was ist denn das für eine »Gesellschaft«, eine »Kultur«, die ihre am tüchtigsten Bürger auf die Straße wirft und ihnen ihr Selbstwertgefühl raubt? Während das oberste eine Prozent, das die Flammen der hirnlosen Verschwendung nach Kräften angefacht hat, Millionen scheffelt? Tut mir leid, wenn ich melodramatisch klinge, aber die Vorstellung, dass eine Familie gezwungen wird, auf der Straße zu leben, erfüllt mich nicht nur mit Trauer, sondern auch mit Wut. Unser System scheint sich völlig verselbständigt zu haben; der Anthropologe Colin Turnbull nennt es einen »Raubtierkapitalismus, in dem fast jede Form der Ausbeutung und Erniedrigung anderer erlaubt ist. Menschen dürfen in Armut und Ruin getrieben werden, solange nur die Wirtschaft wächst und die Reichtümer der Welt in den Taschen einiger Weniger landen.«

Der Artikel im *New Yorker* schließt mit einer ernüchternden Prophezeiung zur Zukunft Floridas. Früher verkörperte der Bundesstaat die Sehnsucht Amerikas, bis vor kurzem waren jeden Tag tausend neue Menschen voller Hoffnung hier hergezogen. »Florida hält dem Rest des Landes einen Zerrspiegel von erschreckender Genauigkeit vor. An Orten wie Lehigh Acres nahe Fort Meyers kann man den Slums beim Entstehen zusehen: In jeder zweiten Einfahrt wächst das Unkraut, am Stadtrand türmt sich der Müll in den Büschen. Die leeren Häuser werden vernagelt.

Das Gras in den Vorgärten wird einen Meter hoch wachsen. Die freien Felder mit Straßenlaternen, aber ohne Häuser werden zu Müllhalden werden.«

Vielleicht wäre jetzt ein guter Zeitpunkt, von der Toskana zu lernen.

Lebt man auf dem Land, entgeht man ganz automatisch vielen Traumata des »geregelten Arbeitslebens«. Das Landleben macht flexibel, zwingt einen dazu, eine weite Palette von Dingen zu lernen und vermittelt sowohl physische als auch emotionale Überlebensstrategien, die die Erschütterung durch schlechte Zeiten zwar nicht völlig verhindern, aber doch dämpfen. Erstens sind die meisten Leute auf dem Land selbstständig; die Gefahr, gefeuert zu werden ist also gering – außer man ist sich selbst ein grauenhafter Chef.

Zweitens: Wenn eine deiner Fähigkeiten momentan weniger gefragt ist, kannst du immer eines deiner anderen Talente ausbauen oder entdecken.

Bevor man aber die Verdienstmöglichkeiten auf dem Land betrachtet, sollte man sich klar machen, dass man auf dem Land viel weniger Geld braucht als in der Stadt. Ihr städtisches Alter Ego muss viel mehr für Unterkunft, Kleidung, Nahrung und selbst Unterhaltung ausgeben.

Unterkunft

Hier ist die Ersparnis am offensichtlichsten, die Preise für Wohnraum sind am Land, verglichen mit den Immobilienpreisen in einer beliebigen lebenswerten Stadt, geradezu läppisch. Ein Haus, das Sie in Brooklyn eine Million Euro kostet, bekommen Sie in Duffy, zweihundertfünfzig Kilometer weiter nördlich im gleichen Bundesstaat, für ein Zehntel des Preises – mit zweitausend Quadratmetern Grund als Dreingabe. Und für den Preis eines Wohnklos in Rom bekommt man in der Toskana ein altes Steinhaus mit zwanzigtausend Quadratmetern Grund.

Hinzu kommt noch: Während Ihre Unterkunft in der Stadt meistens nur Ausgaben verursacht, können Sie mit Ihrem Haus auf dem Land noch Geld verdienen. Mit anderen Worten: Das eigene Heim selbst kann zu einer Einkommensquelle werden. Die naheliegendste und unterhaltsamste Nutzung ist die als *Bed and Breakfast*. Immer mehr Reisende entscheiden sich klug für die oft phantastische Lage, den Frieden, die Stille und nicht zuletzt die herzliche Gastfreundschaft, die man in B&Bs erfährt. Man übernachtet im Haus eines anderen und wird wie ein lieber Gast behandelt – aber ohne dass man eine Gegeneinladung aussprechen müsste. Bei uns ist die beste Übernachtungsmöglichkeit weit und breit das B&B der Familie Girardi. Sechs Zimmer, Pool, hervorragender Wein und ein königliches Frühstück. Meine beste Übernachtung in den Vereinigten Staaten hatte ich im Timbercliffe Cottage bei Camden (Maine). Die Gastgeber waren lustig und freundlich, der Empfang war charmant und das Frühstück mit frisch gepressten Säften, hausgemachter Marmelade, Armen Rittern und pochierten Eiern war zum Niederknien. Die lustigste Übernachtung hatte ich im westlichen Irland bei einer äußerst gläubigen Dame. Überall standen Madonnen, auf jedem Nachttisch lagen Rosenkranz und Bibel. Doch kaum wusste die Wirtin alle Gäste gut im Bett, ging sie ins Pub, auf »ein paar Bier«. Spät nachts kam sie dann zurück, leise vor sich hin singend und ihren Schlüssel verfluchend, weil er das blöde Schlüsselloch nicht fand.

Geschätzte sieben Prozent der Beschäftigten in den USA haben Telearbeitsplätze, erledigen also ihre Büroarbeit von zuhause aus. Dank schnellen Computern, Breitbandverbindungen und Videokonferenzen verliert die physische Anwesenheit im Geschäftsleben an Bedeutung. Wie anders war das noch vor zwanzig Jahren, als wir unser erstes Haus in der Toskana bezogen! Wir selbst hatten keinen Telefonanschluss, und Bazzotti, bei dem die Telefonleitung endete, musste eine alte Kuhglocke läuten, wenn jemand für uns anrief. Oder seine Tochter Alessandra lief zu uns herüber und brüllte: »*Vieni, vieni, c'è Il Libro del Mese al telefono!*« Ich brauchte den gesamten atemlosen Spurt hügelan, bis der Groschen fiel: Unser Verleger bei *Book of the Month* hatte angerufen und mit Hilfe eines Wörterbuchs erklärt, um was es ging.

Aber glauben Sie nicht, Sie müssten selbstständig sein, um aufs Land ziehen zu können. Viele Unternehmen wissen um die Einsparungsmöglichkeiten, wenn Sie keinen eigenen Büroraum beanspruchen und erlauben Ihnen gerne, von daheim aus zu arbeiten. Ein Freund bei einer New Yorker Zeitschrift witzelte schon: »Bald wird es hier bloß noch die Dame am Empfang geben, die allen Besuchern mitteilt, dass sonst niemand im Haus ist.«

Berufe

Dank moderner Technik könnten viele Berufstätige von zuhause aus arbeiten: Anwälte, Buchhalter, Architekten, Psychologen, Chiropraktiker, Wahrsager und Bestatter (die allerdings in größere Kühlkammern investieren müssten). Einer unserer Freunde reist als Experte für Geothermie durch die Welt; seine Heimatbasis ist sein Haus in der Toskana. Ein anderer veranstaltet Fahrten mit einem Heißluftballon, und natürlich können Sie das nächste Apple gründen, Sie brauchen nur die richtige Garage.

Handwerk

Überall auf der Welt erlebt hochwertiges Handwerk eine Renaissance. Und es gibt keinen besseren Standort für eine Werkstatt als auf dem Land. Egal, ob Sie nun Boote bauen, Schmuck fertigen oder modische Einzelstücke schneidern: Kunsthandwerk boomt wie nie zuvor. In New York suchen Luxusboutiquen von Bergdorf bis Barney's nach einzigartigen und zeitlosen Dingen. Hier in der Toskana blüht die Kunst. In Pienza floriert ein Lederkünstler, in Montalcino betreiben zwei Töpfer gut gehende kleine Läden, ebenso wie ein Weber, dessen Ware eine Freundin beeindruckte, die für Moschino designt. Der schönste Schmuck kommt aus einem Studio in Montepulciano, wo ein Ehepaar mit den Methoden und angelehnt an die Designs der Etrusker Goldschmuck fertigt. Daneben gibt es in Chianciano eine kleine Buchbinderei, die sich auf Ledereinbände spezialisiert hat. Eine Freundin von uns gestaltet sagenhaft einfallsreiche Hüte für Boutiquen in Rom, und ein örtlicher Drechsler macht Schüsseln und Küchenutensilien aus faszinierend gemasertem Olivenholz. Dann gibt es noch die Familie Biagiotti, Schmiede in Pienza, die aus Schmiedeeisen alles macht: Tische und Stühle, Betten und Kronleuchter. Und natürlich hat jede Stadt einen Möbelschreiner und -restaurator.

Der zentrale Unterschied zwischen toskanischem Kunsthandwerk und seinem nordamerikanischen Pendant lässt sich mit einem Wort benennen: Nützlichkeit. Mit »Kunsthandwerk« assoziieren wir in Amerika schöne, aber weitgehend nutzlose Dinge. Ganz anders in der Toskana. Hier schließt der Begriff nützliche Gegenstände des Alltags mit ein: Tische, Stühle, Vorhänge, Taschen und Kleidung. Sie unterscheiden sich nur insofern von ihren massengefertigten Vettern, als dass sie meistens einzigartig, wunderschön und ungleich haltbarer sind.

Angesichts der Wirtschaftskrise betrachten viele Menschen ihr Leben neu. Auf beiden Seiten des Atlantiks gibt es eine starke Bewegung weg von der Quantität hin zur Qualität. Claire Cain Miller schrieb in der New York

Times: »Am 29. September 2008, jenem schwarzen Tag an der Börse, verzeichnete Etsy, die wichtigste Internet-Seite für handgefertigte Güter, Rekordumsätze. Im Oktober und November jagte die Plattform von Umsatzrekord zu Umsatzrekord. Vergangenen Monat verkauften Künstler über Etsy Waren im Wert von 10,8 Millionen Dollar, mehr als doppelt so viel wie ein Jahr zuvor. Manche Händler machten so unerwartet hohe Umsätze, dass sie keine weiteren Bestellungen mehr annahmen, um mit der Herstellung hinterher kommen zu können.«

Handgemachte Dinge sind nicht nur günstiger, sie haben auch ihren ganz eigenen Reiz. Eine Dame sagte: »Es gefällt mir einfach, jemanden zu unterstützen, der sich in dieser Welt durchschlägt, indem er seine Talente nutzt. Außerdem geht mein Geld direkt an einen Menschen, nicht an eine ganze Reihe von Zwischenhändlern.«

Ich selbst bin ganz vernarrt in die Werke von Künstlern, die mit Herz und Seele bei der Sache sind. Vor achtunddreißig Jahren habe ich in Laguna Beach einem jungen Sattler eine Reisetasche aus robustem, aber schön gegerbtem Leder abgekauft. Sie war von Hand genäht und hatte durchdachte Seitentaschen. Sie hat mich in mehr als vierzig Länder begleitet, auf Frachtern und Eseln, in Hubschraubern, Segelbooten und Kanus. Sie wurde misshandelt, herumgeworfen, überfahren und geschlagen, aber sie ist heute noch so solide wie an ihrem ersten Tag. Und sogar noch schöner, dank der Patina von Jahrzehnten. Wenn ich je all meine weltlichen Besitztümer abgeben müsste, würde ich mich von der Tasche als letztes trennen.

Noch mehr wachsen einem die Sachen ans Herz, wenn man den Künstler persönlich kennt. Ein Besuch bei den Goldschmieden in Montepulciano ist ein Besuch bei alten Freunden. Sie wissen nicht nur, was ich für Candace gerne einkaufe, sie machten manches sogar unaufgefordert, wie Ohrringe aus Lapislazuli, die zu einer Kette passten, die ich Candace Jahre zuvor zu Weihnachten geschenkt hatte.

Und es gibt kein persönlicheres Geschenk als eines, das eigens für dich hergestellt wurde. Bei unserem Urlaub auf der verlassenen Insel lernten wir Vi Smith kennen, die auf einer kleinen Halbinsel gegenüber unserem verlassenen Eiland Wolle spann und färbte. Sie strickte Buster einen Pullover, als er fünf war. Über dem Herz erhob sich im Basrelief ein kleines Lamm aus Rohwolle. Buster liebte den Pullover und trug ihn jahrelang, bis er ihm längst viel zu klein geworden war. Jetzt wartet der Pullover sorgsam verpackt, bis Buster eigene Kinder hat.

Manche fürchten das Einzelkämpfertum im Kunsthandwerk. Dabei lassen sich mit ein wenig Einfallsreichtum und Geschicklichkeit Allianzen bilden.

Vor dreißig Jahren gab es in den Weilern um Montalcino verteilt fünf Möbelschreiner. Ganz traditionell machten sie aus grob zugeschnittenen Brettern mit einfachsten Handwerkzeugen grandiose Möbelstücke und einzigartige

Türen und Fenster aller Krümmungen und Größen, wie man sie für uralte Gebäude und mittelalterliche Häuser braucht. Aber als Fabriken anfingen, Rahmen massenhaft aus Aluminium herzustellen, wurde es billiger, die Türöffnung in der Mauer anzupassen, als eine maßgeschneiderte Tür zu kaufen. Die Nachfrage ging zurück. Eines Tages schlug einer der Schreiner, der stets umtriebige Renaldo, vor, ein gemeinsames Unternehmen zu gründen. Der grüblerische Ugo äußerte Zweifel. Pessimistisch zitierte er ein Sprichwort der Toskana: »*Se mi metto a fare il cappellaio, nasce la gente senza testa.*« Wenn ich Hutmacher würde, kämen die Leute ohne Kopf auf die Welt.

Aber Renaldo überzeugte die anderen.

Die fünf Handwerker gründeten die Kooperative Arte 5. Sie investierten in eine Ausrüstung, die es ihnen erlaubte, mit Hilfe einer computergesteuerten Maschine Türen und Fenster maßzuschneidern. Sie wurden zu modernen Handwerkern, die mit der neuesten Technik handgemachte Meisterwerke schufen.

Lebensmittel-Kunsthandwerker

Niemand – abgesehen vom soignierten Achtzigjährigen Franco Biondi-Santi, dem Oberhaupt der Familie, die den Brunello erfunden hat – wird in Montalcino höher verehrt als Giovanna, unsere Bäckerin. Sie ist klein und resolut, stets fröhlich, aber diszipliniert wie ein General. Ihre Backstube im engsten Teil unserer Hauptstraße befindet sich seit 1892 im Familienbesitz. In ihrem winzigen Laden drängen sich die Menschen fast immer. Sie atmen den Duft des noch warmen Brots ein: *pane integrale* (aus Vollkornmehl), *ciambella* (eine Art Riesendonut), *ciabatta* (»Pantoffel«; so genannt aufgrund ihrer Form) und das normale Toskanerbrot mit der harten Kruste. Sie backt auch *focaccia,* zwei Sorten *crostata,* eine mit Pflaumenmarmelade, eine mit Aprikose, köstliche *mille foglie,* zu Allerheiligen *pane dei santi* (ein schweres Brot mit Nüssen und Rosinen) und im Karneval *crogetti* (in Honig getunktes Schmalzgebäck).

Nur wenige Dinge machen mich so glücklich – oder so hungrig –, wie bergauf über das Kopfsteinpflaster zu Giovannas Laden zu schlendern.

Wir haben auch zwei hoch verehrte Metzger, die grandiose *prosciutti,* Würste und Salami machen – und zwar aus selbst aufgezogenen Schweinen, damit die Qualität immer stimmt. Im Tal gibt es außerdem mehr als ein Dutzend Imker, die Honig aus exotischen wilden Blüten machen. Ein Laden stellt gefährlich gute Schokoladen und Zuckerbäckereien her, in zwei Eisdielen gibt es Eis aus eigener Herstellung, und natürlich verkaufen zwei winzige Pizzerien frische Pizza stückchenweise. Außerdem lebt hier auch eine Familie von Fischern, die am Dienstag und Freitag morgens ihren frisch gefangenen Fisch verkauft.

In einem Nachbarstädtchen führt ein Laden ausschließlich frisch gemachte Pasta. Die Familie Cugusi aus Montepulciano stellt wunderbaren *pecorino* her, Schafskäse; einige Sorten schmecken ebenso intensiv, aber weniger süß als *parmigiano*. Ein Laden in Pienza hat sich auf Wildschwein spezialisiert, ein anderer auf hausgemachte Marmeladen.

Und, um uns selbst nicht zu vergessen: Wir gehören zu den etwa zweihundert verrückten Familien, die Brunello herstellen. Die meisten von uns haben als *garagistes* angefangen, in Örtlichkeiten, die tatsächlich nicht größer waren als eine Garage.

Dann gibt es noch die Obst- und Gemüsebauern und die Geflügelzüchter, die ihre Ware einmal die Woche zum Markt bringen. Andere machen es wie Vi Smith auf Pender Island: Sie legen Obst und Gemüse auf einen Tisch am Gartentor, jeder nimmt sich, was er will, und wirft das Geld dafür in eine Dose. Wenn dieses friedvolle Bild Sie nicht tief seufzen lässt, dann nehmen Sie doch noch ein bisschen Wein, denn Ihr Glas ist schon gefährlich leer.

Doch egal, für welches Handwerk Sie sich entscheiden, Sie werden lange Arbeitstage haben. Aber nachts werden Sie gut schlafen, rechtschaffen müde und zufrieden mit dem Werk Ihrer Hände und Ihres Verstands.

Auch reich werden Sie mit Ihrem Handwerk nicht, aber was hat Reichtum schon mit dem Leben zu tun?

Und so weiter

In der Stadt oder in den Vororten glauben die Leute oft, sie müssten teure, neue Autos fahren, um von den Nachbarn nicht für die Putzfrau oder den Gärtner gehalten zu werden. Auf dem Land hingegen sind verbeulte Pickups der Mode letzter Schrei. Und obwohl die Straßen auf dem Land nicht gerade sanft mit den Autos umgehen, behält man sein Gefährt mindestens ein Jahrzehnt lang. Unser Civic etwa ist in seinem elften Jahr. Da haben wir uns über das letzte Jahrzehnt eine Menge an Wertverlust, Zinsen, Schönheitsreparaturen und Versicherung erspart!

Wer in der Stadt lebt, braucht auch einen riesigen Kleiderschrank, denn die meisten von uns würden lieber nackt auf die Straße gehen als zwei Tage hintereinander im gleichen Outfit. Auch von Kleidungsstücken trennen wir uns – ebenso wie von unseren Autos – nicht, weil sie kaputt wären, sondern weil sie schlicht diesem lächerlichen Phänomen namens Mode nicht mehr entsprechen.

Auf dem Land hält Kleidung ewig. Ich musste gerade eine gewachste Jacke entsorgen, die ich vor sechsundzwanzig Jahren in Irland gekauft hatte, weil sie jetzt endgültig aus mehr Löchern als Stoff bestand. Aber ein irischer und ein französischer Fischerpullover, die ich noch immer gern trage, sind beide über dreißig Jahre alt.

Für Lebensmittel gibt man auf dem Land auch ungleich weniger aus, sogar wenn man selbst keine herstellt. Man kauft direkt bei den Bauern ein, schaltet also alle Zwischenhändler aus. Kauft man größere Mengen, also zum Beispiel ganze Säcke voll, zahlt man nur einen Bruchteil der Preise in der Stadt. Freunde kaufen oft ganze Kälber oder Schweine und zerteilen sie dann. Damit sparen sie nicht nur einen Haufen Geld, sondern wissen auch sicher, dass sie beste Qualität bekommen: Tiere, die zu Lebzeiten frei herumgelaufen und ohne Hormongaben und Antibiotika aufgewachsen sind.

Und der Rest? Städter und Vorstädter gehen sehr viel weg, um dieses Gefühl zu bekämpfen, in der Masse völlig verloren zu gehen. Doch jedes Mal, wenn man das Haus verlässt, kostet das Geld; insgesamt summiert sich das zu einen guten Teil des Einkommens. Städter geben riesige Summen für Fitnessstudios aus, für Maniküren und für schicke Restaurants, nur um sich zu zeigen, wofür wir so hart schuften. Und wenn Städter und Vorstädter sich deprimiert fühlen, gehen sie zur Aufmunterung auf Shoppingtour. Fühlt man sich auf dem Land niedergeschlagen, kann man losziehen und einen Baum umhacken oder im Sonnen- oder Mondlicht spazierengehen. Gleich fühlt man sich wieder großartig – ohne dass man einen Cent ausgegeben hätte.

Das Soziallleben auf dem Land scheint viel reger als in der Stadt. Als gutes Beispiel dafür möchte ich unseren ersten Winter in Whistler anführen. Die Tage waren kurz, die Nächte lang, die verschneiten Straßen tückisch. Abends war das Fahren harte Arbeit, und man konnte ohnehin nirgends hin außer ins örtliche Pub. Oder man ging im mondbeschienenen Schnee spazieren. In unserer zweiten Woche dort schlug jemand vor, gemeinsam Theater zu spielen. Also trafen wir uns im ehemaligen Schulgebäude, zehn Erwachsene fast ohne jede Erfahrung, ohne richtige Bühne, Kulissen, Beleuchtung – doch wir spielten Stücke von Beckett, Pinter, Shaw und Edward Albee. Ich hatte auf der Uni Theaterkurse belegt, daher hatte ich eine vage Ahnung, wie man schauspielerte und Regie führte. Alle anderen hatten keinen Schimmer, und es war ihnen auch egal. Sie waren nicht gekommen, um Stars zu werden, sondern um sich zu amüsieren.

Jeder schien augenblicklich alle Hemmungen abzulegen, wir brüllten vor Lachen über die gewagten Gesten, die wir alle erfanden, über Textvorträge, die sich so niemand hätte träumen lassen und die besser nur Traum geblieben wären.

Am besten war, dass wir alle, obwohl sich die meisten vorher kaum gekannt hatten, sofort zu Freunden wurden. Mit einem der Paare sind wir bis heute befreundet. Das passiert dir selten, wenn du ins Kino gehst.

So sehr ich es auch liebte, in New York zu leben, und so sehr ich auch die Theater liebte, vom Lincoln Center bis zu den Kellerbühnen der Lower East Side, muss ich doch sagen, mich an keine Aufführungen erinnern zu können, die so dynamisch und lebendig gewesen wären wie jene in den Winternächten von Whistler.

Es gilt, zwischen »Spaß« und »Unterhaltung« zu trennen: Spaß ist der Ausdruck davon, sein Leben leidenschaftlich zu leben. Unterhaltung bedeutet, man sieht jemand anderem dabei zu, wie er sein Leben lebt.

Wenn man in der Toskana abends weggeht, dann zu Freunden, die auf dem Land eine viel wichtigere Rolle spielen. Und jeder Abend bringt nicht nur Geselligkeit, sondern auch ein denkwürdiges Festmahl samt gutem Wein. Und dann gibt es noch die Nachbarn. Was könnte es Schöneres geben, als zu den Paoluccis hinüber zu gehen, am Kamin zu sitzen, Nonna beim Nähen zuzusehen, oder Franco beim Flechten eines neuen Korbes für die Olivenernte, dazu Wein zu trinken, über Landwirtschaft zu reden, über Obstbäume, Weinreben, Bekannte: Wer wurde geboren, wer hat sich verlobt, wer hat geheiratet, wer ist gestorben? Man kramt Erinnerungen hervor, beklagt den Verlust geliebter Dinge. Beim Heimgehen über die dunklen Schotterstraße, die sich unter den Sternen windet, spürt man den Wein und fühlt sich mit allem verbunden – seinen Freunden, dem stillen Tal, den Tieren in den Ställen, der anregend frischen Winterluft oder der warmen Sommerbrise. Man hat das Gefühl, dazuzugehören.

Zum Thema Urlaub: Ich kann Ihnen gar nicht sagen, wie oft wir einen geplant hatten. Die Reservierungen waren schon gemacht, teilweise sogar Anzahlungen geleistet, doch in der letzten Sekunde betrachteten wir unser Haus, die Landschaft um uns und beschlossen, dass es daheim doch noch immer am schönsten ist. Nur wenn es an ganz einzigartig geschichtsträchtige oder bezaubernde Orte gehen sollte wie auf die Seychellen, nach Andalusien oder auf den Peloponnes, fuhren wir doch.

Der alte und der neue Familienbetrieb auf dem Land

Nicht technische Erfindungen oder hohe Löhne sorgen für wahre Kontinuität, echte Liebe zum Heimatland und echte Beständigkeit. Das kann meiner Ansicht nach nur der Heimatboden und die Liebe des Menschen für den Grund, auf dem er lebt.

Louis Bromfield
At Malabar

Die Landschaft der Toskana bevölkerte sich erst Anfang des dreizehnten Jahrhunderts richtig. Davor hatten die Menschen aus Furcht vor Plünderern in befestigten Städten gelebt und sich nur tagsüber herausgewagt, um die Tiere grasen zu lassen und das Land zu bestellen. Gegen Abend zog man sich wieder in die Sicherheit der Stadtmauern zurück. Als dann zwischen den Stadtstaaten Friede einkehrte – Florenz war noch nicht mächtig genug, Siena noch nicht ehrgeizig genug –, zogen die ersten Menschen aufs Land hinaus. Damit war der Grundstein gelegt für die Entwicklung jenes mythenumrankten Gebäudes: des toskanischen Landhauses.

»Zweifellos ist es aber ein Erlebnis, die ... schier unendliche Menge von Häusern zu betrachten, die sich ... die Hügel hochziehen« schwärmte Montaigne 1581 über die Aussicht von Giottos Turm im Herzen von Florenz. Er beschrieb den sichtbarsten Ausdruck des Landlebens: die Landhäuser und Bauernhöfe einer Existenz, die sich in Jahrhunderten zwischen *padroni* und *contadini*, Landbesitzern und Bauern, herausgebildet hatte.

Die Häuser selbst seien von »fast mythischer Natur«, schrieb er weiter, »kosmisch, beständig, daher klassisch; sie haben noch immer Charakter und werden ihn immer behalten, eine Aura fast religiöser Frömmigkeit. All diese Architektur hat eines gemeinsam: Sie wurzelt fest im gesunden Menschenverstand, die Harmonie ihrer Proportionen ist fast schon musikalisch, ohne impulsive Ausbrüche oder Capricen. Alles wirbelt in Reinheit, stiller Harmonie und vor allem Ausgeglichenheit, Heiterkeit. Es ist Teil einer in sich perfekten, in sich geschlossenen, kompletten Welt, die alles vereinigt, was für ein gesundes Leben nötig ist: Haus, Felder, Gemüsegärten, weitere Früchte des Bodens, wilde Düfte von Wäldern und Blumen, verschiedene Stimmen von Tieren, Hügeln und dahinter das unendliche Mysterium, das man von hier betrachtet, von der großen Wahrheit überzeugt, dass alles vom Land kommt und wieder zum Land zurückkehrt.«

La Pieve di Santa Restituta, die Landkirche, an der vorbei man zu unserem Haus gelangt, wurde in den Geschichtsbüchern erstmals im siebten Jahrhundert erwähnt. Sie wurde neben einer Römerstraße erbaut, die von den Malariasümpfen an der Küste durch die Hügel ins Hinterland führte. Pilger machten hier auf dem Weg nach Rom Rast, und einer von ihnen, Karl der Große, ließ in einem stillen Tal einen Hügelzug weiter östlich eine Kirche bauen.

Als wir *Il Colombaio* kauften, war es eine verlassene Ruine. Die Felder waren überwuchert, Brombeergestrüpp bedeckte die Olivenbäume, der alte Weinberg war von Wind und Regen eingeebnet worden und in den mediterranen Wäldern lagen die vom Sturm umgeworfenen Bäume kreuz und quer. Und trotzdem sagte uns eine Stimme, gegen jeden Verstand: »Das ist gut.«

Das einzige zurückgelassene Lebenszeichen bestand aus ein paar Fässern mit rostigen Dauben, einem Pflug, einigen mundgeblasenen Ballonflaschen und, im Wachturm, einem Haufen Papiere: Bücher, Landkarten, Briefe, Dokumente. Das Faszinierendste war eine fleckenübersäte Landkarte, die in unserem Tal ein Dutzend Bauernhäuser zeigte, alle Felder und Wälder umriss und mit Symbolen verriet, was wo angebaut wurde. Die Umrisse der Felder und Höfe unterschieden sich zwar leicht, doch insgesamt vermittelten sie das Gefühl, dass sich alle *poderi* glichen: jedes *podere* war ein eigenständiges Königreich.

Typischerweise standen die Häuser in einem ummauerten Scheunenhof, nahe der Straße, um zugänglich und einladend zu sein. Auf den Feldern um den Hof wuchs Getreide; in regelmäßigen Abständen standen Bäume, so dass man immer nur ein paar Schritte gehen musste, um sich im Schatten von der Hitze erholen, einen Bissen essen und einen Schluck Wein trinken zu können. Zeilen mit Weinreben wurden von Obst- und Olivenbäumen unterbrochen. Durch den wechselnden Anbau von Getreide, Gemüse und Viehfutter konnte sich der Boden immer wieder erholen, außerdem boten die verschiedenen Pflanzen einer Vielzahl von Insekten einen Lebensraum, die sich gegenseitig in Schach hielten. Neben den Feldern hatte jedes *podere* klassische Wälder, den Forst.

Bis vor fünfzig Jahren gehörten riesige Flächen samt zahlreichen *poderi* einzelnen Großgrundbesitzern. Doch die Eigentümer fanden es nachhaltiger, produktiver und humaner, den Häusern ihre Unabhängigkeit zu gewähren, und jeder Familie Platz für Vieh, Geflügel, Oliven, Getreide, Wald, Weiden und Wein zuzuteilen – alles, was man für eine gute Existenz brauchte.

Das Land verschenkt seine Gaben aber nicht. Es will bestellt und umsorgt sein. Das bedeutet harte Arbeit für die Menschen, aber so bleiben sie immer in Bewegung und damit gesund. Auf einem diversifizierten Hof gibt es immer irgendetwas zu tun. Zugegeben, manche Tage sind mörderisch; ich erinnere hier nur an das Bergen des Holzes aus der Schlucht. Aber selbst solche Tage sind für etwas gut: Man kann sich einmal richtig austoben, man setzt Muskeln an, man holt sich ein paar Kratzer und blaue Flecken, aber man fühlt sich richtig lebendig. Ein derartiges körperliches Hochgefühl erlebt ein Städter normalerweise nie – außer er zahlt jemanden dafür, ihn mit einem Holzbalken zu verprügeln.

An unseren siebzig-, achtzigjährigen Nachbarn lässt sich ablesen, wie gesund und rüstig einen diese konstante Bewegung in der Natur hält. Settimia ließ es erst langsamer angehen, nachdem sie beim Olivenpflücken vom Baum gefallen war – im Alter von fünfundachtzig Jahren. Castelli ist noch älter, aber auf seinem Weingut schafft er noch immer an. Er bewegt sich derart flott und flink, dass er wahrscheinlich noch den Leichenwagen überholt, der ihn zum Grab trägt.

Auch der Verstand bleibt auf einem Bauernhof immer in Bewegung. Klar, ein Teil der Arbeit wiederholt sich ständig, aber weil man so viele verschiedene Pflanzen anbaut und Tiere hält, muss man ständig neue Entscheidungen fällen, Einschätzungen treffen: Man muss sich ans Wetter anpassen, den Bedarf, die Dringlichkeit und die eigene Laune. Für Monotonie bleibt da kein Platz. Nehmen Sie eine der simpelsten Aufgaben, den Rebschnitt. An jedem Rebstock muss man die toten Äste aus dem Vorjahr abschneiden, außerdem alles bis auf vier, fünf Triebe. Diese Triebe sollten gleichmäßig verteilt sein, nicht aus sehr alten Spornen sprießen oder nach unten wachsen, weil sie sonst leichter brechen. Hat man die fünf Triebe gewählt, muss man so nahe wie möglich am Flachbogen – dem gebogenen horizontalen Teil – schneiden, man muss aber auf jedem zwei winzige, noch geschlossene »Augen«, zukünftige Knospen, übriglassen und den *lupo* (Wolf), ein noch kleineres Auge an der Gabelung des Triebs, das einen späten Frost oder Hagelschlag überlebt, der die beiden weiter oben gelegenen Augen vernichten könnte. Beim Schnitt selbst muss man darauf achten, dass die Schnittkante vom obersten Auge weg zeigt, damit Regenwasser wegfließt, anstatt auf das Auge, wo es sich festsetzen und in einer frostigen Nacht anfrieren könnte. Und während man all diese Entscheidungen trifft, beteiligt man sich am endlosen Geplauder im Weinberg. Das hält einen geistig auf Trab.

Bis vor kurzer Zeit waren der Bauer und seine Frau die innovativsten Leute auf dem Land und beherrschten das breiteste Spektrum an Fähigkeiten. Sie mussten sich in viel mehr Bereichen bestens auskennen als Menschen in anderen Berufen. Ein Bauer musste Botaniker sein, Biologe, Schreiner, Mechaniker, Tierarzt, Geburtshelfer, Wetterfrosch und unermüdlicher Umgraber. Die Bäuerin war Gemüsegärtnerin, Tierpflegerin, Küchenfee, Einmach-Expertin, Buchhalterin und Beichtmutter, die sich mit unendlicher Geduld die Sorgen ihres Mannes anhörte. Beide mussten sie die Gelassenheit von Philosophen haben und die Geduld von Heiligen, um allen Widrigkeiten zu trotzen, mit denen Gott und die Menschen sie konfrontierten. Fast noch wichtiger: Sie mussten gute Menschen und hervorragende Freunde sein, denn auf Bauernhöfen war man früher immer auf die Hilfe der Nachbarn angewiesen, ohne die man nicht hätte überleben können. Die meisten Bauern waren all das – und noch mehr. Wie Louis Bromfield in den dreoßiger Jahren schrieb: »Wenn man Geselligkeit, gute Gespräche, Intelligenz und geistige Anregung sucht, sollte man den Umgang mit braven Bauern pflegen.«

Ein toskanischer Familienbetrieb

Lassen Sie mich einen idealen bäuerlichen Kleinbetrieb am Beispiel der Paoluccis beschreiben. Sie leben in einem der schönsten Täler der Toskana. Der Boden war früher Meeresgrund – in fast jeder Schaufel Erde findet sich ein Fossil –, weshalb die Hügel sanft gerundet sind; in weichem Schwung reflektieren sie die endlose Bewegung des Meeres, den Wechsel der Gezeiten, die formenden Kräfte der Strömungen. Im Frühsommer wogt der grüne Weizen im Wind wie ein Ozean.

Das Haus der Paoluccis steht an einem Feldweg, der in der Mitte des Tales einen Kamm entlang verläuft. Der Weg ist so schmal, dass zwei Autos nicht aneinander vorbeikommen, und man muss ziemlich aufpassen, damit man mit dem Heuwagen keine Ecke ihres Hauses mitnimmt. Uns scheint es merkwürdig, sein Haus direkt an die Straße zu bauen; wir wohnen lieber weiter von Verkehr und Menschen, von Lärm und neugierigen Blicken entfernt. Aber in Italien herrscht auf dem Land Ruhe, und den Nachbarn ist man eng verbunden. Ginge ein Nachbar vorbei, ohne ein paar Worte mit einem zu wechseln, käme das fast einem Schlag ins Gesicht gleich.

Die sieben Hektar der Paoluccis liegen auf beiden Seiten der Straße. Die Felder haben die verschiedensten Formen und Größen, und es wachsen mehr verschiedene Nutzpflanzen darauf, als man an den Fingern zweier Hände abzählen könnte. Den größten Anteil macht Getreide aus; auf knapp drei Hektar wächst Weizen, gelegentlich ersetzt durch Hafer oder Alfalfa-Gras, damit sich der Boden erholen kann. Der Weizen wird teilweise zu feinem Mehl gemahlen, aus dem die Familie Pasta und Brot macht, und teilweise grob geschrotet, als Futter für Schweine, Kühe, Hühner, Enten und sonstiges Federvieh. Die übrigen fünf Tonnen werden verkauft. Auf den weiteren Flächen wächst Gras für Kühe und Kaninchen. Und dann gibt es noch die kleinen Felder, die Juwelen des Hofs, auf denen die wertvollsten Früchte gedeihen.

Niemand weiß genau, welche Fläche der Weingarten genau hat, weil die Paoluccis drei *vigne* mit ziemlich bizarren Formen besitzen. Aber insgesamt haben sie zweitausendfünfhundert Weinstöcke, die einen jährlichen Ertrag von knapp viertausendfünfhundert Kilo Trauben bringen. Ein Viertel davon keltert die Familie für sich selbst und für den Direktverkauf in Ballon- und normalen Weinflaschen. Der Rest wird an die großen *cantine* verkauft, die Trauben von verschiedenen Erzeugern kaufen und daraus Wein machen. Das Einkommen aus dem Weingarten schwankt, je nachdem, wie viel verkauft wurde, und wie teuer. Nimmt man sich die Zeit, die Trauben selbst zu Wein zu keltern, kann man ihn *sfuso*, en gros, für etwa das Doppelte verkaufen.

Noch höher geschätzt als Weinberge werden Olivenhaine. Das Olivenöl der Toskana hat ein gutes, kräftiges Aroma, ist sehr gefragt und lässt sich direkt ab Hof für fünfzehn Euro das Kilo verkaufen. Ein Vorrat fürs nächste Jahr, in tönernen Gefäßen sicher verwahrt, darf im Keller keines Bauernhauses fehlen. Und nur wenige Dinge werden höher geschätzt als der eigene Olivenhain. Oliven sind der Traum jedes Bauern: Man muss sie nur alle zwei Jahre zuschneiden, man muss im Hain nur einmal jährlich pflügen und einmal Mist aus den Ställen verteilen, und ein einziger alter Baum bringt bis zu vierzig Kilo Öl. Die Ernte allerdings ist mühsam, jede Olive muss einzeln per Hand gepflückt werden.

Hauptsächlich leben die Paoluccis aber von der Tierzucht. Vom Wurf der zwei Säue behalten sie zwei, drei Ferkel selbst, den Rest päppeln sie zwei, drei Monate lang und verkaufen sie dann auf dem Markt. Noch gefragter ist das Fleisch vom Milchkalb. Paolucci hält im Schnitt immer drei Kälber, die er verkauft, wenn sie vier Monate alt sind. Städter lieben auch die ofenfertigen Hühner und Kaninchen der Paoluccis. Die Hühner des Hofs legen etwa ein Dutzend Eier am Tag, von denen einige verkauft werden; den Rest isst die Familie.

Die übrigen Lebensmittel beziehen die Paoluccis aus ihrem riesigen Gemüsegarten, der auf dem Hof über drei verschiedene Standorte verteilt ist. Überall stehen Obstbäume. Susina, eine kleine örtliche Pflaumenart, wächst hier wild und wird zu Marmelade verarbeitet, eingemacht oder zum Backen verwendet. Pfirsich-, Birnen-, Kirsch- und Aprikosenbäume tragen in dem harten Tonboden zwar nicht viele Früchte, die schmecken dafür aber umso besser. Ganz Italien beneidet die Toskana um sie. Was die Paoluccis im Sommer nicht essen, machen sie für den Winter ein. Tomaten werden entweder eingekocht oder in der Sonne getrocknet, Artischocken werden in Öl eingelegt, Obst wird eingedost.

Der große offene Kamin in der Küche heizt das Haus im Winter. Im holzgefeuerten Herd brennt das ganze Jahr über ein Feuer. Hier entstehen die wunderbaren gebratenen Enten, Kaninchen, Tauben. Das Holz für Kamin und Ofen schlägt Paolucci in einem Wald drei Kilometer weiter taleinwärts und transportiert es mit dem Traktor heim.

Die Paoluccis setzen so wenige Maschinen ein, wie das auf einem modernen Hof überhaupt nur geht. Der einzige Traktor hat mittlerweile zwanzig Jahre auf dem Buckel und wird etwa hundertfünfzig Stunden im Jahr genutzt, zum Pflügen und zum Transport von Heu, Holz, Trauben oder Weinfässern. Darüber hinaus haben die Paoluccis eine kleine Mähmaschine, einen kleinen Fiat und einen Ape, einen dreirädrigen Lieferwagen, der genau genommen ein Hundert-Kubikzentimeter-Motorrad mit Blechkabine und angehängter Ladefläche ist. Und dann haben sie noch ein Fahrrad.

Von außerhalb braucht der Bauernhof kaum etwas. Die Tiere bekommen nur zu fressen, was auf dem Hof gewachsen ist, und liefern im Gegenzug Mist zum Düngen der Felder. Die Paoluccis produzieren praktisch keinen Müll und lassen nichts verkommen. Sie sind völlig autark und essen bessere – frischere, nahrhaftere, wohlschmeckendere – Lebensmittel als jeder König.

Zugegeben, ihre Arbeitstage sind lang. Sie beginnen um halb sieben morgens mit dem Füttern der Tiere und enden sommers gegen sechs und winters gegen vier Uhr nachmittags. Unterbrochen wird die Arbeit allerdings für ein ausgiebiges, fünfgängiges Mittagessen. Und während der Arbeit hetzt sich niemand zu Tode. Ich finde das bemerkenswert. Wenn ich Franco beim Heumachen helfe, bei der *vendemmia* oder bei der Olivenernte, ermahnt er mich häufig, *»piano, piano«*, nur die Ruhe!

Glauben Sie jetzt nicht, dass Franco faul oder unfit wäre! Der Mann hat stahlharte Muskeln und arbeitet sechs Tage die Woche. Aber sein Leben ist von einer unnachahmlichen Muße geprägt, einer inneren Ruhe, einer Art Frieden, als wäre er immer zuhause – was er ja auch ist. Dabei rede ich hier nicht von einem tiefgläubigen Heiligen, sondern von einem frommen Toskaner, der gern aus Leibeskräften flucht, der schallend lacht oder wutentbrannt brüllt. Aber unter diesen emotionalen Vulkan liegt ein stiller See der Zufriedenheit, der Lebensfreude. Es pressiert Franco nicht, weil ihm jeder Augenblick gefällt. Er muss sich nicht beeilen, um zu etwas Besserem zu kommen.

Paolucci lebt und arbeitet also *piano, piano*. Er sammelt Klee für die Kaninchen und hält kurz an, um ein wenig zu plaudern. Oder er beobachtet die Vögel. Oder er geht zum Teich, um die Enten zu betrachten. Oder er setzt sich eine Zeitlang auf seine ausgetretenen Steinstufen und gießt sich aus der Zweiliterflasche, die immer dort steht, ein Gläschen Wein ein.

Wobei ich hier nicht den Eindruck erwecken will, als bestehe Landarbeit aus Spaziergängen, auf denen man Gänseblümchen pflückt. Francos Frau hat breitere Schultern als ich, und Nonna, die letztes Jahr achtzig wurde, hat von einem arbeitsreichen Leben solche Kraft, dass sie einen Heuballen auf den Anhänger werfen kann, an dem ich noch dranhänge. Paoluccis Hände sind knorrig und schroff von den Anforderungen des trockenen Tonbodens. Wer glaubt, ein Bauernleben wäre himmlisch, vergisst, dass man Schweinekot und Kuhdung schippen, in der prallen Sonne auf dem Traktor sitzen und im glühend heißen Juli die verdammten Heuballen wegbringen muss.

Nicht zu vergessen auch die jährliche Angst vor einer Dürre, vor zu viel Regen, die Sorge um die Gesundheit der Tiere, die Angst vor Schädlingen, Pilzkrankheiten und Füchsen. Zum Ausgleich steht man aber auch jeden Morgen auf seinem Hof auf statt in einer anonymen Reihenhaussiedlung oder einer winzigen Wohnung. Man sieht die Sonne über Hügeln und Bäumen aufgehen statt über Betontürmen, man geht über einen stillen, staubigen, von Tau glänzenden Weg zur Scheune, anstatt im endlosen

Stau des Berufsverkehrs zu stecken, man riecht den frischen Tag und den Duft der Tiere statt Smog und Abgas, man blickt hoch und sieht den Himmel statt einer Neonröhre an der Bürodecke. Man verbringt den Tag draußen, unterwegs in den Hügeln, genießt die Sonne und füllt die Lungen bei jedem Atemzug mit klarem Sauerstoff, anstatt in einem Kasten eingesperrt recycelte Luft zu atmen. Verglichen mit dem erbarmungslosen Halb-Leben in der Stadt, erscheint selbst Schweinekot-Schaufeln paradiesisch.

Ein Bauernhof in New England

White Mountains, New Hampshire: Der Wildcat River stürzt über die Jackson Falls und fließt dann durch das winzige Dorf Jackson, das nur über gewundene Bergsträßchen erreichbar ist. Im Winter kurbelt man sich durch schneebedeckte Wälder hoch, an Bächen entlang, auf denen so dickes Eis liegt, dass das strömende Wasser nur gelegentlich durchkommt.

Im Dorf steht an einem Flussufer ein mit Erkerfenstern verziertes Hotel von 1869. Daneben die Kirche von 1847 mit ihrem offenen Glockenturm und einer weißen Spitze und die gedrungene Bibliothek, wie eine verspielte Scheune, von der Jahrhundertwende. Auf der anderen Seite der Brücke liegen das Postamt, zwei kleine Restaurants, einige Läden und die Oberschule Jackson, ein hübsches geschindeltes Gebäude, ganz im Stil von New England.

Die Gegend ist nicht gerade bäuerliches Wunderland, dafür sind die Winter hier im Norden zu lang. Die Apfelbäume blühen kaum je vor Ende Mai. Das Gelände ist hügelig und der Boden so steinig, dass man mit dem Pflug jede Furche einzeln ziehen muss – in einem guten Boden wären es vier oder fünf Furchen gleichzeitig. Im Winter bläst oft ein fieser Wind; auf dem Mount Washington, einige Kilometer nördlich, erreicht der Wind oft Geschwindigkeiten von hundertdreißig Stundenkilometern, wodurch die gefühlte Temperatur bis auf minus 73 Grad fällt.

Hier betreibt die Familie Davis seit neun Generationen Landwirtschaft, immer auf dem gleichen Boden. Drei Kilometer nördlich von Jackson, am Fuß des Black Mountain, bewirtschaftet sie einen Hof mit ansehnlichen hundertdreißig Hektar, zur Hälfte Felder und offene Weiden, zur anderen Hälfte Wälder: Zuckerahorn, Birke, Esche und, in den höheren Lagen, Fichten und Kiefern. Bob Davis, seine Frau Bea und einer ihrer drei Söhne leben in dem großen Holzrahmenhaus, das ihr Ururgroßvater 1863 errichtet hat. Die hölzerne Scheune mit ihrem Fundament aus mörtellos gefügten Feldsteinen stammt aus dem gleichen Jahr.

Noch vor vierzig Jahren fand überall in der Umgebung Landwirtschaft statt. Die meisten Höfe hatten weniger Grund, aber alle Bauern betrieben eine ebenso diversifizierte Landwirtschaft wie die Familie Davis: Im Winter gewann man Zucker aus dem Ahornwald, man pflanzte Mais und Kürbis, züchtete Rinder, Schweine und Geflügel und betrieb eine Molkerei. Noch in den sechziger Jahren gab es in dem Gebiet bis Conway, wo der Boden fruchtbarer ist, fünfundzwanzig mittelgroße Molkereien, von denen manche fünfzig Melkmaschinen hatten, manche dreihundert. Seitdem hat sich das Tal drastisch verändert. Die Molkereien machten zu, und die Bauernhöfe wurden Stück für Stück an Städter verkauft, die nur übers Wochenende kommen. Überall entstanden Eigentumswohnungen und Chalets. Aber Bob Davis und seine Familie machen weiter.

Ihre Landwirtschaft ist heute stärker diversifiziert denn je. Bob Davis, dreiundfünfzig Jahre alt, groß, hager, still, aber gedankenschnell und witzig, erzählt zuerst vom Vieh, das »wir jeden Morgen füttern, bevor wir selbst etwas essen.« Im Winter muss man durch Schnee und Dunkelheit zum Stall stapfen, wo es von den Körpern der Tiere warm und feucht ist. Man schneidet Heuballen auf und verteilt das Futter auf die Tröge oder macht einfach Häufen auf dem Stallboden. Im Sommer weiden die Kühe draußen, auf den Wiesen oder, wenn ihnen der Sinn nach exotischerem Futter steht, in den Wäldern. In ihrer Zucht halten sie aktuell um die fünfundzwanzig Kälber, die Hälfte Milchrassen, die bei Einsetzen der Geschlechtsreife mit zweieinhalb Jahren verkauft werden. Die anderen Kälber dienen der Fleischerzeugung; die Familie schlachtet und zerteilt die Tiere selbst und verkauft das Fleisch – üblicherweise in ganzen Hälften – an Nachbarn im Tal. Geschlachtet wiegen die Rinder gute zweihundert Kilo; eine (eingefrorene) Rinderhälfte deckt den Eigenbedarf der Familie fürs ganze Jahr.

Die zwanzig Hektar Wiesen liefern achttausend Ballen Heu; dreitausend brauchen die eigenen Rinder, den Rest verkauft die Familie im Sommer direkt vom Feld oder später aus der Scheune. Vierzig Hektar sind reines Weideland, und weil jede Kuh nur 0,4 Hektar Weide braucht, nimmt die Familie in den Monaten, da das Gras gut wächst, »Gastkühe« auf. Daneben baut sie auf 0,4 Hektar Zuckermais an und auf 0,4 Hektar Kürbisse; beides verkauft sie direkt.

Dann sind da noch die Hühner. Ihre Zahl schwankt, je nach Jahreszeit, in der Regel sind es aber immer so fünfundzwanzig Tiere, die groß gezogen und mit acht Wochen verkauft werden; sie landen in Backöfen und Töpfen. Außerdem hält die Familie etwa sechzig Legehennen, die jeden Tag vier Dutzend Eier legen. Die Eier liegen in Kartons auf dem Küchentisch – die Eingangstür steht immer offen – und die Leute kommen, holen sich, was sie brauchen, und legen das Geld in eine Tasse.

Ab Spätfrühling grünt es im Gemüsegarten. Er ist etwa zwölf mal dreißig Meter groß und liegt auf der flachen Kuppe eines Hügels, wo er besonders viel Sonne abbekommt. Hier baut Bea alles mögliche an: Erbsen, Bohnen, Karotten, Zwiebeln, Broccoli. Was die Familie nicht frisch verzehrt, friert Bea für später ein.

Die Familie hält auch zwei Schweine, von denen eines im Frühling und das andere im Herbst geschlachtet wird. Sie füllen die Speisekammer mit Schinken, Koteletts und Speck. So wachsen während der milden Monate die Vorräte (und das Bankkonto), vor allem aber bleibt der Geist frisch, weil die Arbeit so abwechslungsreich ist. Zu verschiedenen Jahreszeiten gibt es unterschiedliche Aufgaben, im Wald, im Stall, und innerhalb gewisser Grenzen kann man sich die Arbeit aussuchen, die der aktuellen Stimmung am ehesten entspricht. Diese Streuung ist hält aber nicht nur den Geist in Schwung, sie erhöht auch die Sicherheit der Familie. Wenn die Kürbisernte mal ausfällt oder die Kühe nicht tragen, greift man halt auf die anderen Dinge zurück. Bei Bauern hingegen, die sich völlig auf ein Produkt spezialisiert haben, kann ein einziges Unglück gleich den finanziellen Ruin bedeuten.

Im Winter ändert sich das Leben auf dem Hof radikal. Ende Oktober sind die Bäume kahl und die kalten Winde aus dem Norden fegen durch das Tal. Mais und Kürbisse sind geerntet und verkauft, der Gemüsegarten ist verwelkt und leer, bis auf die neu gesetzten Kartoffeln, die im Boden den Frühling abwarten. Im Winter gehen Bob Davis und seine Söhne – zwei sind schon erwachsen, arbeiten aber weiter auf dem Hof – in den Wald. Immer gibt es von den Stürmen des letzten Winters umgeworfene Bäume, die mit Kettensägen gefällt und gesäubert, mit dem Traktor den Hügel hinunter gezogen, aufgebockt, in Stücke geschnitten und für ein paar Jahre zum Trocknen gelegt werden. Die Familie selbst braucht für den Winter knapp dreißig Kubikmeter Holz, aber dabei lässt sie es nicht bewenden. Ein Wald wie ihrer kann, bei sorgfältiger Bewirtschaftung, eine Menge Feuerholz liefern. Das tut dieser bereits seit vielen Generationen. Die Männer der Familie holen jeden Winter fünfhundert Kubikmeter und mehr aus dem Wald, spalten es und verkaufen es ins Tal.

Wenn der Schnee fällt – heutzutage viel seltener als früher – montieren sie einen Schneepflug an den Traktor und räumen im Tal gegen Bezahlung Straßen und Einfahrten. Man wird zwar durch Schneeräumen nicht reich, aber dank des Zusatzverdienstes kann man sich vielleicht eine bessere Maschine oder bessere Ausrüstung kaufen, die auf dem Hof viel bewirken kann.

Und dann gibt es noch den Zuckergarten: Acht Hektar in den Hügeln, auf denen eintausendachthundert mächtige Zuckerahorn-Bäume stehen. Seit Generationen gilt die Zuckergewinnung als der Höhepunkt des Jahres, weil sie das Ende des langen Winters markiert. Sie ist auch eine der Gelegenheiten, bei der Alt und Jung zusammen arbeiten. Aus dem ganzen Tal kommen die Kinder und machen sich einen Spaß daraus, mit klappernden Schneeschuhen durch den tiefen Schnee zu stapfen oder die Pferde anzutreiben, die vor den gewaltigen Holzschlitten mit den Tank für den Ahornsaft geschirrt sind. Danach sitzen sie stundenlang im Zuckerhaus am lodernden Feuer unter dem riesigen eisernen Verdunster und schüren die hoch schlagenden Flammen mit neunzig Zentimeter langen Holzscheiten. Sie laufen in den Dunstschwaden herum, die aus den Schatten rülpsen, gießen Saft nach und schöpfen Sirup ab und stapfen dann wieder in den verschneiten Wald, um Nachschub zu holen.

Aber das Sirupmachen ist keine frivole Party. Man wandert auf Schneeschuhen durch den Wald, was schon unbelastet einigermaßen anstrengend ist, schleppt sich mit zwei Zwanzig-Liter-Eimern von Baum zu Baum und zapft den Saft. Wenn die Eimer voll sind und der Schnee weich, sinkt man bei jedem Schritt einen halben Meter ein, mitsamt Eimern, Schneeschuhen und Flüchen. Keuchend zerrt man seinen Fuß raus und schleppt sich weiter. Gott sei Dank für die Pferde, die kommen, wenn man nach ihnen pfeift, so dass man sich wenigstens den Rückweg erspart. Es gibt keine Zeit zu verlieren; wenn der Saft läuft, dann läufst du auch.

Doch wenn alles glatt läuft, ist das Sirupmachen ein Traum – und ein lukrativer. Man braucht eine Menge Saft, dreißig bis fünfundvierzig Liter für jeden wertvollen Liter süßen Sirup. In guten Jahren hat die Familie Davis schon bis zu tausendfünfhundert Liter Sirup abgefüllt. Bobs Großmutter verkaufte ihn vollständig, Fläschchen für Fläschchen; per Post versandte sie ihn ins ganze Land. Selbst jetzt, da die Familie deutlich weniger Bäume anzapft und entsprechend weniger Sirup gewinnt, läppert sich bei zwanzig Dollar pro Liter doch einiges zusammen.

Landwirtschaft im Norden von New Hampshire ist kein Zuckerschlecken, so viel ist wohl klar geworden. Aber genau deswegen habe ich ein Beispiel aus jener Gegend gewählt. Denn wenn die Familie Davis sich an diesem wandelbaren, felsigen Ort mit seinen langen Wintern neun Generationen lang gehalten hat, dann wäre es doch gelacht, wenn man auf den besseren Böden und im milderen Klima

Virginias oder Albertas oder Oregons nicht von der Landwirtschaft leben könnte. Aber Bob Davis und seine Familie sind geblieben,weil sie die Stille schätzen, ihre Bäume, ihre Unabhängigkeit. Nur Menschen vermisst Bob Davis; nicht die Touristenhorden, die jetzt jedes Wochenende in der Gegend einfallen, sondern seine Freunde, die weggezogen sind. Manchmal überlegt er sich, an einen Ort zu ziehen, der sich weniger verändert hat. Dorthin, wo die Bauernhöfe noch klein sind, dorthin, wo Nachbarn noch Freunde sind, wie es hier vor vierzig Jahren war.

Der toskanische Gemüsegarten

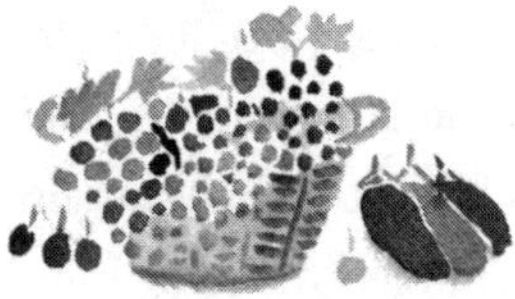

Wenn wir vergessen, die Erde zu bearbeiten und den Boden zu pflegen, vergessen wir uns selbst.

Mahatma Gandhi

Die Familie in all ihrer Komplexität und ihrer weit reichenden Loyalität ist das Fundament der Toskana, aber fast ebenso wichtig ist der toskanische Nutzgarten. Selbst in unserer Gegend, wo viele Bauern als Winzer wohlhabend geworden sind, gilt ihre besondere Liebe den Flächen rund ums Haus: den Obst- und Olivenhainen, dem riesigen Gemüsegarten und natürlich dem quirligen Scheunenhof. Hier hat sich im Lauf der Jahrhunderte nicht viel verändert.

Viele Anwesen in der westlichen Welt haben bis vor kurzem ähnlich ausgesehen, bis sich etwas veränderte: Selbst bescheidene Gemüsegärten verschwanden, Obstbäume wurden abgeholzt und durch perfekt getrimmten Rasen und ein paar Büsche ersetzt. Das sollte eigentlich überraschen, zeigen doch Umfragen, dass die meisten Leute in ihrer Freizeit am liebsten gärtnern. Auch unsere eigenen Freunde, die in Großstädten, machen da keine Ausnahme: Sie graben am Wochenende am liebsten Erde um. Irgendein innerer Drang treibt sie dazu, und um ihn befriedigen zu können, nehmen sie mitunter extreme Schwierigkeiten auf sich.

Eine in Brooklyn lebende Freundin zog die Erde eimerweise auf ihre Dachterrasse hoch, wo sie in großen Töpfen Kräuter, Tomaten, Radieschen und Petersilie pflanzte. Eine in Mailand lebende Freundin ließ sich die Erde sogar von einem Kran auf ihr Dach heben, wo sie in Hochbeeten auf siebenundzwanzig Quadratmetern Sommer- und Wintergemüse zieht, genug sogar noch für ihre Nachbarn. Hier geht es niemandem darum, sich beim Einkaufen ein bisschen was zu sparen. Zwei Freunde, beide Cheflektoren in New York, deren Familien reich genug wären, einen mittelgroßen Staat zu kaufen, bringen nach Wochenenden oft so viel selbstgezogenes Gemüse mit in die Stadt zurück, dass sie es am Montag körbeweise im Büro verteilen können.

Mir hat die Idee, unsere Lebensmittel selbst anzubauen, immer gefallen, und ich bewunderte auch immer, mit welcher Energie Candace und Buster harkten und schaufelten. Aber wie befriedigend das Gärtnern ist, verstand ich erst, als Candace eines Abends verkündete, dass der Mond perfekt für das Pflanzen von Knoblauch stehe, sie aber im Weinkeller zu tun habe.

Also musste ich ran. Es ist mir zwar völlig schleierhaft, warum eine fünf Zentimeter tief in die Erde steckende Knoblauchzehe sich einen Dreck darum scheren sollte, was ein 380.000 Kilometer entfernter Erdtrabant so treibt. Aber ich habe vor langer Zeit gelernt, dem Volksglauben der Toskana zu vertrauen, also ging ich hinaus. Dazu sei gesagt, dass ich Knoblauch liebe, wie andere Leute Fußball oder ihre Autos lieben. Es war November, der Himmel war klar, die Venus schien so hell, dass sie fast blendete. Rasch harkte ich einen großen Bereich, entfernte Unkraut, lockerte den Boden, zog kleine Gräben, brach den Knoblauch in Zehen und pflanzte auf Candaces Rat hin nur die größten und besten Zehen, da die Energie für das Pflänzchen aus der Zehe kommt. Und mit der Spitze nach oben, hatte sie mit geschmerztem Lächeln hinzugefügt, als hätte sie die nächste Knoblauchernte schon abgeschrieben.

Ich verteilte sie großzügig, alle hundertzwanzig Zehen, drückte sie zweieinhalb Zentimeter in den Boden und bedeckte sie liebevoll mit weiteren zweieinhalb Zentimetern Erde. Dann goss ich sie vorsichtig, denn Candace hatte mich gewarnt, Knoblauch sei kein Goldfisch. Eine Woche lang rührte sich gar nichts. Dann kam der erste Spross. Dann trieben weitere und schließlich alle. Ich habe Segelboote und Häuser gebaut und ein Dutzend Bücher geschrieben, aber ich kann ehrlich behaupten, nie so hemmungslos stolz gewesen zu sein wie damals. Nicht, weil ich etwas zum Leben verholfen hatte, sondern weil der Dschungel vor mir Knoblauch geben würde, den wir mit frischem Olivenöl auf unsere *bruschetta* geben würden, oder den wir klein hacken und in die Muschelsoße für unsere *linguini* mischen würden, oder der um die Schweinelende käme, die am Feuer braten würde. Mein Knoblauch. Mein eigener handgemachter Knoblauch. Mit einem Anstupser vom Mond.

Auf Colombaio wachsen rings um Haus Lebensmittel. Wir ließen hundert Olivenbäume umsetzen, in einem Ring um unser Haus, wie ein Burggraben; genügend Bäume, um Familie und Freunde fürs ganze Jahr mit Öl zu versorgen. Dann pflanzten wir fünfzig Obstbäume der verschiedensten Arten, ein Feld Artischocken, ein riesiges Feld Erdbeeren, Reihen von Spargel, ein Kartoffelfeld; wir legten einen Sommer-Gemüsegarten an, der von einer Brise gekühlt wird und Schatten bekommt, und einen von einer Steinmauer umfriedeten Wintergarten, in dem sich die Wärme hält. Über dem Haus fanden wir unter einer alten Eiche Pfifferlinge, die wir jetzt pflegen und gießen und gegen die Gourmet-Wildschweine verteidigen, die uns jedes Jahr zuvorzukommen versuchen.

Das ganze Jahr hindurch beobachten wir gespannt, wie die Dinge sprießen und blühen und schließlich zur Reife gelangen. Es wäre müßig, selbstgezogene Lebensmittel rational mit solchen zu vergleichen, die von irgendwelchen Normalsterblichen auf diesem Planeten produziert wurden: Nichts schmeckt so wie etwas, das du mit eigenen Händen gezüchtet hast, das du gepflanzt und über Wochen hinweg gegossen, gepflegt, vor allem Bösen beschützt, wachsen und reifen gesehen hast. Alles andere fällt dagegen hoffnungslos ab. Deine Erzeugnisse, egal wie fleckig, klein, unförmig sie sein mögen, schmecken süßer, intensiver und haben Aromen, die man sich nie hätte vorstellen können, während einem die Pampe aus dem Supermarkt nur noch wässrig, geschmacklos, kaum essbar vorkommt.

Ich übertreibe nicht, wenn ich sage, dass ich mich im Sommer jeden Morgen den ganzen Vormittag lang darauf freue, kurz vor dem Mittagessen in den Garten zu gehen und die dunkelsten, reifsten Tomaten von den Stauden zu pflücken. Nichts auf der Welt lässt sich mit dem Geschmack einer vollreifen Tomate vergleichen, die man selbst gezogen hat. Was für ein Geschmack, was für ein Duft, wenn man in die noch sonnenwarme Frucht hineinbeißt! Nur Knoblauch kann damit noch mithalten.

Und frische Erbsen, die süß wie Honig aus den Schoten rollen. Oder frisch ausgegrabene Radieschen voller Aromen, die sie aus der Erde gezogen haben. Oder die Aprikosen, die man tagelang beobachtet hat, um den perfekten Moment idealer Reife abzupassen – den Moment, bevor die verdammten Vögel kommen und einem alles wegfressen –, wenn die Früchte bei der leichtesten Berührung in deine Hand fallen, weich, voller Nektar. Der erste Biss – er war die lange Wartezeit wert.

Die Besessenheit von selbsterzeugten Lebensmitteln liegt den Menschen der Toskana im Blut. Selbst Städter unterhalten oft kleine Gärten in der näheren Umgebung, mit einem kleinen Schuppen für Werkzeug. Überall werden neue Gemüsegärten angelegt. Der Monte Argentario, eine ehemalige Insel, ist heute über eine sandige Landzunge mit dem Festland verbunden. Die Hügel sind trocken, steil und felsig, die alten Schäfer- und Fischerhütten sind heute alle Sommerhäuschen. Das Gelände ist so steil, dass es terrassiert werden muss. Der Blick über das blaue tyrrhenische Meer und die Inseln Giglio und Elba sollte eigentlich Wochenendurlauber ehrfurchtsvoll erstarren lassen. Doch die angereisten Städter schnappen sich ihre Geräte und beharken den gnadenlosen Boden um ein paar Rebstöcke, Oliven- und Feigenbäume. In deren Schatten pflanzen sie all das Gemüse, das sie dem Boden mit dem Regenwasser entlocken können, das sie über das Jahr in Zisternen gesammelt haben.

Die Gärten der Toskana gedeihen nicht nur, weil die Menschen hier ein genetisch verankertes Bedürfnis zu harken hätten: Gemüsegärten wecken hier echte Leidenschaften.

Ich habe Paolucci einmal gefragt, warum er mühsam selbst Gemüse und Obst anbaue, wo doch die Stände auf dem Wochenmarkt vor frischen Lebensmitteln nur so überquöllen. In all den Jahren, die wir uns kennen, hat er mich damals das einzige Mal mit enttäuschtem Blick angesehen. Er nahm einen tiefen Schluck Wein. »Da draußen gibt's massenweise Frauen«, antwortete er schließlich. »Und massenweise Kinder. Warum willst du deine eigenen haben?«

Auch in der Toskana gilt das Sprichwort »Aller Anfang ist schwer.« Wie überwinden Sie sich, als erster in der Nachbarschaft Ihren Rasen aufzureißen und einen Gemüsegarten anzulegen? Nun, die Familie Obama könnte es … Wie auch immer, hier sind fünf gute Gründe dafür: Gesundheit,

Ersparnis, Geschmack, Umwelt und Steigerung des Familienzusammenhalts.

Gesundheit

Die gesundheitlichen Vorteile davon, möglichst viel der eigenen Nahrung selbst herzustellen, sind so vielfältig, dass man ein ganzes Buch damit füllen könnte – vom Trimm-dich-Effekt all des Grabens und Harkens mal ganz abgesehen. Aber ich will Sie gar nicht lange aufhalten, damit Sie gleich loslegen und Ihren Rasen in die Luft sprengen können.

Bevor wir aber darüber zu sabbern anfangen, welch herrliche Sachen man nach der Toskana-Methode pflanzen und essen kann, möchte ich erst mal damit beginnen, was Sie nicht essen werden:

In Deutschland wurden 2005 fünfzehntausend Tonnen Herbizide, zehntausend Tonnen Fungizide und sechstausend Tonnen Pestizide ausgebracht. Selbst wenn man davon abzieht, was wir auf unsere Rasen werfen, bleiben noch etliche Tonnen, die letztlich in Lebensmitteln und Umwelt landen. Wer seine eigenen Lebensmittel anbaut, isst schlicht viel weniger Gift.

Sie mögen den Ausdruck »Gift« jetzt vielleicht für etwas melodramatisch halten, aber die Nachsilbe -zid bedeutet nichts anderes als »eine Substanz, die umbringt«. Herbizide, Fungizide und Pestizide werden nur zu einem Zweck geschaffen: um lebende Zellen möglichst effektiv zu töten.

Natürlich erzählt man uns, dass viele dieser Gifte nach ein, zwei Wochen unschädlich würden, außerdem gebe es Gesetze und Kontrollen, um Missbrauch zu vermeiden. Na toll. Wenn die ebenso effektiv sind wie die Gesetze und Kontrollen zur Regulierung des Bankensektors, dann gute Nacht! Und wie viele Betrüger wie Bernie Madoff gibt es in der Nahrungsmittelkette? Wie viele in der Tomatenbranche? In der Futtermittelindustrie? Im Fastfood-Geschäft? Ich frage ja nur.

Erlauben Sie mir einen kurzen historischen Exkurs, wie es so weit kommen konnte. Es ist die tragische Geschichte vom Niedergang der Bauernhöfe. Bis in die vierziger Jahre arbeiteten die meisten Bauernhöfe als Familienbetriebe, ähnlich denen der Familien Davis oder Paolucci: Man hielt Vieh und Geflügel und baute mehrere Feldfrüchte an. Die meisten Bauern machten Heu und Körnerfutter für ihr Vieh selbst, nach dem uralten, natürlichen – und, ja, biologischen – System der Fruchtfolge. Der Boden wiederum wurde mit dem Mist der Tiere gedüngt. Schädlinge hielt man dadurch in Schach, dass man auf kleinen Feldern die verschiedensten Dinge anbaute.

Auch mithilfe der Fruchtfolge vermied man so, dass für einzelne Schädlinge wahre Paradiese entstanden. In dieser hochgradig diversifizierten Umwelt blieben immer auch Lebensräume für die Fressfeinde der Schädlinge. Teilweise lockte man die Fressfeinde mit einer ganzen Palette von Methoden geradezu an, etwa indem man in Obstgärten Vogelkästen für Arten anbrachte, die bestimmte Schädlinge besonders gern verspeisten. Manchmal wurden die natürlichen Feinde auch schlicht herangekarrt, etwa die süßen, aber gefräßigen Marienkäfer, die sich dann über Blattläuse hermachten. 1888 rettete die Einführung der australischen Marienkäferart *Rodolia cardinalis* die kalifornischen Zitrusplantagen. Unkraut wurde früher mit arbeitsintensiven Methoden, vor allem mit der Harke, bekämpft.

Und dann kam die industrielle Landwirtschaft.

Innerhalb von Jahrzehnten gaben Millionen Bauern den Betrieb auf; gesichtslose Großbetriebe übernahmen die Flächen und trimmten alles auf Profit und Effizienz. Für vernünftige Anbaumethoden, die sich über tausende Jahre bewährt hatten, blieb kein Platz mehr. Diversifizierung wich der Spezialisierung, riesige Flächen wurden mit einer einzigen Feldfrucht bepflanzt, wodurch für einzelne Schädlinge ideale Lebensbedingungen entstanden. Also brauchte man Pestizide. Nutztiere, die früher frei herum gelaufen waren, wurden jetzt wie Sardinen zusammengepfercht, in Ställen, wo zehntausende Tiere Wange an Wange stinken und gären. Ein idealer Nährboden für Krankheiten. Also verabreicht man vorbeugend Antibiotika. Hacke und Pflug wurden als Methode zur Unkrautvernichtung zu teuer – also nahm man Herbizide. In den USA wurde ihr Verbrauch von der Regierung sogar gefördert, mit schrecklichem Ergebnis. Heute vergiften Herbizide das Land buchstäblich; der sorgsam wirtschaftende bäuerliche Familienbetrieb ist durch Agrobusiness ersetzt worden, das mit Chemie nur so um sich wirft.

So kam all das Gift in die Welt.

Rachel Carson beschrieb unseren Wahnsinn mit treffenden Worten: »Künftige Historiker dürften sich mit Recht über unsere verschrobenen Vorstellungen von richtigen Größenverhältnissen höchlich wundern. Wie konnte nur ein intelligentes Wesen ein paar unerwünschte Arten von Geschöpfen mit einer Methode zu bekämpfen suchen, die auch die gesamte Umwelt vergiftete und selbst die eigenen Artgenossen mit Krankheit und Tod bedrohte?«

Ersparnis

Niemand in der Toskana, der auf sich hält, würde zugeben, dass er seine Lebensmittel aus wirtschaftlichen Gründen selbst erzeugt. Dabei spart man sich eine Menge, wenn auch großteils indirekt. Weil die selbst erzeugten Dinge so köstlich schmecken – wenn man organischen Dünger verwendet und nur vorsichtig gießt, konzentrieren sich Aromen und Geschmack – isst man deutlich mehr Gemüse und Obst und spart sich deutlich teurere, oft behandelte Nahrungsmittel aus dem Supermarkt.

Ich selbst mochte Obst und Gemüse nie besonders, mir waren industriell hergestellte Snacks viel lieber – bis wir nach Paris zogen und auf dem Markt einzukaufen begannen, der sich unter alten Ulmen über mehrere Straßenzüge erstreckte. Damals lernte ich Obst und Gemüse lieben – eine Liebe, die sich zur Besessenheit steigerte, als Candace begann, uns in der Toskana aus ihrem Garten zu ernähren. Seit wir unser eigenes Obst und Gemüse haben, das im Gegensatz zur Supermarktware nicht wie Servietten schmeckt, ist sein Anteil an meiner Ernährung von vorher zehn Prozent in kurzer Zeit auf über sechzig Prozent angestiegen. Rechnet man das Olivenöl noch mit, von dem wir täglich einen halben Liter verbrauchen (zu rohem Gemüse, zu frischem Weißbrot, zu Kartoffeln, Fleisch usw.), und den Wein, meinen liebsten Fruchtsaft, machen Obst und Gemüse bis zu neunzig Prozent unserer Ernährung aus. Daran lässt sich leicht erkennen, dass die Ersparnis weit höher ausfällt, als man vorher vielleicht annimmt.

Und wieviel können wir als Gesellschaft sparen, wenn wir Obst und Gemüse im Toskana-Stil selbst anbauten? Nun, Nordamerikaner geben im Jahr über fünfzig Milliarden Euro allein für Schlankheitskuren und Fettabsaugungen aus – versuchen Sie mal, mit Selleriestangen und Äpfeln dick zu werden! Dazu kommen die Behandlungskosten für all die Krankheiten, die durch starkes Übergewicht entstehen: Herzleiden, Schlaganfälle, Diabetes. Und dann noch die sozialen Kosten der Krebserkrankungen, die durch vom Gift in unseren Lebensmitteln ausgelöst werden. In der Summe lassen sich die Kosten überhaupt nicht abschätzen.

In Florida, wo Pinienwälder und Orangenplantagen gefällt wurden, um Platz für Häuser zu schaffen, wurden viele der »traumhaften« Wohnanlagen nie fertiggestellt. In der *Times* las ich, dass zwischen den verlassenen Häusern von Lehigh Acres zweihundertzwanzig Familien auf kostenlose Lebensmittel einer Kirche angewiesen waren. Nebenan »durchsuchten arbeitslose Bauarbeiter in Flanellhemden die Müllsäcke vor einem zwangsgeräumten Haus und nahmen alles mit, was sich verkaufen ließ, Draht, CDs usw.«

Ich rief Joseph Whalen an, den Vorsitzenden der Handelskammer Lehigh. Whalen, ein freundlicher Mann, spricht verständlicherweise ein wenig defensiv über seine Stadt, in der die Immobilienpreise seit ihrem Höhepunkt um achtzig Prozent gefallen sind und jeder vierte Einwohner von der Sozialhilfe lebt. Wir plauderten über die Zukunft, die Probleme, die Hoffnungen. Und am Ende stellte ich eine Frage, mit der ich lange gezögert hatte. »Sie haben ja guten Boden und viel Wasser, bis vor ein paar Jahren war hier ja, so weit ich weiß, alles landwirtschaftliche Nutzfläche. Was schätzen Sie, wie viele Haushalte in Lehigh Acres haben Obstbäume gepflanzt oder Gemüsegärten angelegt?«

Er dachte eine Weile nach und antwortete dann: »Wir brauchen solche Dinge nicht. Wir können Nahrungsmittel von nahe gelegenen Bauernhöfen bekommen.«

Oder von der Kirche.

Geschmack

Einen kurzen Spaziergang vom Haus entfernt, am Gemüsegarten vorbei durch den Obstgarten und am Teich vorbei, beginnt der Wald. Dort haben wir in einer Lichtung mit drei knorrigen Olivenbäumen ein Betonfundament gegossen und einen Hühnerstall gebaut, so groß wie Thoreaus Hütte am Waldensee.

In der Toskana gibt es dieses wunderbare Baumaterial *tufo*, Sandstein (aus dem etwa auch das Heidelberger Schloss oder das Straßburger Münster besteht). In Blöcke geschnitten, lässt er sich mit Mörtel leicht zu einer Mauer fügen, die man weder innen noch außen verputzen muss. Wir kauften zwanzig Küken und Hühner, ein halbes Dutzend Enten, fünf Perlhühner, zwei junge Truthähne und einige Tauben, die in den Gärten jagen gehen sollten.

Es macht Freude, jeden Morgen das Gatter zu öffnen und die Tiere voller Begeisterung in den Wald laufen und watscheln zu sehen. Dort fressen sie Pilze, Körner, Kräuter und Beeren. Im Obstgarten picken sie auf Fallobst herum, in den Weinbergen fressen sie die Trauben, die beim Grünschnitt entfernt wurden, und vom Komposthaufen holen sie sich die besten Küchenabfälle.

Jetzt fragen Sie sich vielleicht: »Warum langweilt er uns mit diesen Details?«

Aus folgendem Grund: Nur wer sich klarmacht, was für eine wundervoll vielseitige und völlig natürliche Ernährung unser freilaufendes Federvieh hat, kann verstehen, welchen verblüffenden Geschmack sie entfalten, wenn man sie mit Olivenöl bestreicht, ihnen ein wenig Rosmarin und Salbei unter die Haut steckt und sie dann brät. Ich sage Ihnen, nie hat ein Huhn, eine Ente, ein Ei je so gut geschmeckt. Und wie gut die Perlhühner sind, verrate ich Ihnen gar nicht, sonst sterben Sie vor Neid.

Außerdem beleben Hühner, Enten und Tauben den Hof mit ihren Farben und Rufen. Nur den Hahn wünsche ich oft zum Teufel, wenn er mich sommers um fünf Uhr aus süßesten Träumen reißt. Aber diesen Nachteil gleicht er später aus, wenn er später mit Pflaumen gestopft gebraten und mit Bratkartoffeln und geschmortem Fenchel serviert wird.

Auch unser Obst und Gemüse schmeckt exquisit. Es läuft zwar nicht frei in Wäldern und Weinbergen herum, um sich exotische Nahrung zu suchen, aber seine konzentrierten Aromen machen es unvergesslich: Der Rucola ist so würzig, dass es einem die Tränen in die Augen treibt, die kleinen, krummen Karotten sind süß wie Naschwerk, der grüne Paprika ist gleichzeitig süß und herb, und unsere Äpfel und Aprikosen sind zwar klein und hässlich, schmecken aber so gut, dass man beim Hineinbeißen genüsslich die Augen schließt.

Doch wenn wir die unnachahmlichen Aromen nie erfahren, die ein eigener Garten hervorbringt, wie sollen wir dann je erkennen, was wir verpassen? Wie können wir lernen, uns nach ihnen zu sehnen? Und wenn wir nie erfahren haben, welche Freude Natur machen, welchen Kick sie uns geben kann, wie sollen wir sie da lieben lernen? Deswegen sollten wir alles daran setzen, unsere eigenen Tomaten anzubauen, voller Geschmack und voller Sonne.

Umwelt

Wenn man einen Gutteil seiner Nahrung selbst anbaut, schützt man automatisch auch die Umwelt. Man verzichtet nicht nur auf Herbizide, Pestizide und chemischen Dünger, die dem Menschen, aber auch Wildtieren und dem Grundwasser schaden, man verwendet auch vornehmlich Handgeräte statt riesige, umweltverpestende Maschinen wie die industrielle Landwirtschaft.

Nicht zu vergessen der Götze unserer modernen Zeit: der Transport. In Amerika legen Lebensmittel zwischen Erzeuger und Verbraucher im Durchschnitt erschütternde 1.700 Kilometer zurück. In unserem toskanischen Dorf durchschnittlich fünfzig Schritte. Ein Report des Worldwatch Institute mahnt für die Zukunft eine nachhaltige Wirtschaftsweise an. Denn wenn wir mit Massenproduktion und -transport von Lebensmitteln so weitermachten wie bisher, würden ganze Volkswirtschaften kollabieren und Landstriche unbewohnbar werden. Damit die Welt nicht vor die Hunde geht, müssen wir unsere Kohlendioxidemissionen um zwei Drittel senken, wir »können uns einfach nicht leisten, gewaltige Mengen Lebensmittel über Tausende Kilometer hinweg zu transportieren«.

Doch die beim Transport entstehenden Emissionen verblassen ohnehin im Vergleich mit der Umweltverschmutzung, die bei Verarbeitung, Verpackung und Vermarktung unserer Nahrung entsteht. Ganz konkret: Der Bauer bekommt fünfundzwanzig Cent von jedem Euro, den Sie für Lebensmittel ausgeben. Der Rest geht drauf für … erraten.

Wenn man nur selbst angebaute Nahrung isst, muss man sich auf das beschränken, was gerade Saison hat. Aber ist das so schlimm? Müssen wir im November Erdbeeren und im Januar Wassermelonen essen? Warum warten wir auf Himbeeren_nicht mit der gleichen Vorfreude wie auf Lebkuchen und Spargel? Muss es denn alles immer geben? Wie langweilig! Schon Goethe sagte: »Nichts ist schwerer zu ertragen als eine Reihe von guten Tagen.«

Zusammenwachsen der Familie

Buster lernte im Alter von vier Jahren harken, als der Stiel des Geräts ihn noch um dreißig Zentimeter überragte. Candaces Gemüsegarten eroberte einen immer größeren Teil unseres Lands, er brach aus seiner ursprünglichen Form aus und wand sich zwischen Rosmarin-Büschen zum Schatten der mit Zypressen bestandenen Allee hinunter. Buster und Candace wurden beim Graben, Harken, Pflanzen und Ernten unzertrennlich. Dabei plauderten sie pausenlos, wie sie von den Paoluccis gelernt hatten. Buster ist obsessiv, wenn er einmal loslegt, kann er Erde schneller umgraben als eine Bodenfräse, und seine Manie für exakt gerade Zeilen ist ein Genuss fürs Auge. Kaum war er vom *asilo* der Nonnen nach Hause gekommen, schufteten Mutter und Sohn wie Sklaven, aber, viel wichtiger, auch als Freunde, im Obstgarten, im Olivenhain oder im Gemüsegarten.

Freundschaften vertiefen sich, wenn man zusammen arbeitet. Es hat etwas Besonderes, wenn man seine Bewegungen abstimmen, sich aneinander anpassen muss. Hinzu kommt der Stolz auf gemeinsam Geschafftes und der Trost, dass man Rückschläge gemeinsam erleidet. Wo könnte man besser Zeit mit seinen Kindern verbringen als im eigenen Garten? Gemeinsam draußen in der Sonne, an der frischen Luft zu arbeiten, mit Körper, Hirn und Seele, und mit eigenen Händen Nahrungsmittel für den eigenen Tisch zu erzeugen? Nie habe ich Buster stolzer oder Candace glücklicher erlebt, als wenn die beiden aus dem Garten zurückkehrten, mit einem Korb voller Dinge, die sie selbst dem Boden entlockt hatten.

Und dieses gemeinsame Arbeiten hörte an der Haustür nicht auf. Bald half Buster seiner Mama auch in der Küche. Anfangs musste er sich auf einen Stuhl stellen, damit er zur Spüle hochkam, und konnte nur einfache Aufgaben erledigen, wie etwa Erde von den Karotten zu schrubben oder Marienkäfer aus dem Salat zu pflücken. Doch schnell diente er sich zum Schäler und Schnitzler hoch, bis er schließlich die Messer wirbeln ließ wie ein Sushimeister. Dann fingen sie an, gemeinsam zu kochen und sogar zu backen, alles begleitet von ununterbrochenem Geplauder.

Im Lauf der Jahre weiteten sie ihre gemeinsame Arbeit bis in den Weinkeller aus, wo sie ein großartiges Winzerteam wurden; von der Vergärung über den Ausbau und die Verkostung bis hin zur Betreuung von Journalisten und Weinkennern.

Selbst heute, wenn er in den Semesterferien über tausende Kilometer anreist, amüsiert er sich bei der gemeinsamen Arbeit im Garten, im Weinkeller oder in der Küche mit am meisten. Er und ich haben immer schwere Arbeit miteinander gemacht, haben Oliven aufgeladen und zum *frantoio* hinunter gebracht, wo sie zu Öl gepresst wurden. Oder wir haben Körbe mit Lesegut aufgeladen und in der Kelter gepresst, wir haben Unterholz ausgelichtet, Holz gehackt und Pfade angelegt. Wir haben tagelange Wanderungen und Klettertouren in den Bergen und lange Fahrradtouren unternommen, wir haben Ball gespielt. Und doch haben diese frühen Jahre in der Küche und im Garten ein Band zwischen Mutter und Sohn geschaffen, das weit über die übliche Mutter-Kind-Beziehung hinausreicht; die beiden wurden zu Freunden, Vertrauten. Und egal, wie weit er von zuhause weg ist oder wie spät nachts es ist: Wenn Buster Ärger in der Uni hat oder unter Liebeskummer leidet, dann hört Mama es als erste und wird um Rat gefragt.

Und wenn kurz vor Weihnachten Plätzchen gebacken oder festliche Mahlzeiten vorbereitet werden, ist jeder gut beraten, dem sein Leben lieb ist, sich aus ihrer Küche rauszuhalten, während dort die Messer und Wörter herumwirbeln.

So wird in der Toskana die Liebe zum guten Essen von Generation zu Generation weitergereicht; nicht über den Teller beim Abendessen, sondern in ihrer Gesamtheit, buchstäblich von Grund auf. Keinem Kind, das ich kenne, hat man »beigebracht«, wie man pflanzt, harkt oder erntet.

Kein Nachbar, den ich kenne, erlegt seinen Kindern Pflichten auf – dafür wären die Kinder der Toskana auch viel zu verzogen –, und doch sind die Kinder schon von klein auf draußen und arbeiten zu allen Jahreszeiten mit: Das ist ihr Spiel, es kommt ganz natürlich, sie suchen sich ihr Plätzchen im Gesamtgefüge. Spielend finden sie heraus, wo sie sich für die Familie nützlich machen können, wie sie mithelfen können, ihre Bedürfnisse zu befriedigen.

Und ich kann Ihnen ganz ehrlich sagen, dass ich als Vater nie eine größere Befriedigung erfahren habe, als wenn ich stundenlang mit Buster an einer Aufgabe gearbeitet habe, egal, wie hart die Arbeit war oder wie banal. Wir haben zusammen gelacht und geflucht und uns zusammen fürchterlich aufgeregt, wenn was nicht geklappt hat, aber am Ende sagte er gern: »Paps, ich liebe es, mit dir zu arbeiten.«

Die Freude an körperlicher Arbeit und die Liebe zur Scholle sind dann am größten, wenn man beides von Kindesbeinen an kennt. Candace verbrachte den Großteil ihrer Jugend draußen, im Garten und im Wald, und selbst in Budapest bearbeitete mein Großvater mit mir einen Flecken Erde, in der Ecke des Gartens eines Freundes in den Budaer Bergen. Und nach unserer Flucht aus Ungarn erblühte die Leidenschaft erst richtig.

Als wir in Kanada ankamen, besaßen wir nichts außer unserer Kleidung und etwa hundert Dollar, die meine Eltern beim Jobben in Wien zusammengekratzt hatten. Wir lebten in der Nähe von Vancouver in einer Dreizimmerwohnung unterm Dach. Wir hatten einen Blick auf die Berge – und als Kühlschrank diente uns eine knallorange Kiste, die wir draußen vors Fenster hängten. Aber wir fanden sofort einen Schatz: Feribacsi, den Großonkel meines Stiefvaters. Feribacsi besaß in der Nähe ein Anwesen, das mir selbst rückblickend als Paradies erscheint. Das Tal, in dem er lebte, war bis kurz vor unserer Ankunft voller kleiner Bauernhöfe gewesen; ihm gegenüber hielt sich noch eine kleine Hühnerfarm, bei der man sich mit seinem abgenutzten Eierkarton Eier holen konnte. Einige waren noch warm, an anderen klebten noch Strohreste. Feribacsi lebte mit seiner Frau Ildiko in einem winzigen Häuschen, aber das Haus war makellos gepflegt und von Blumen umgeben. Am besten gefielen mir aber die achttausend Quadratmeter Grund um das Haus. Es gab ein kleines Rasenstück, einen Obstgarten, einen Gemüsegarten, ein überwuchertes Feld und im Wäldchen hinter dem Haus einen völlig von Brombeergestrüpp zugewucherten Hühnerstall. Viele Jahre zuvor musste hinter dem Hühnerstall eine Lichtung gewesen sein, denn dort standen keine Bäume, es wuchs nur die Woge von Gestrüpp, die über das Dach spülte und sich durch die Fenster ergoss. Eines Abends im Frühling erklärte Feribacsi, wenn wir unseren eigenen Gemüsegarten haben wollten, könnten wir den im Gestrüpp hinter dem Hühnerstall gerne anlegen.

An einem Sonntagmorgen fingen wir zu hacken an. Mein Stiefvater ging die Machete schwingend voran, meine

Mutter folgte direkt hinter ihm und riss mit einem Rechen Gestrüpp aus. Ich war die Nachhut und kämpfte mit einer Armeeschaufel gegen Brombeerwurzeln, die bis nach China zu reichen schienen. Jeden Feierabend ergriffen wir unsere Waffen und schlugen das Gestrüpp weiter zurück. Es war Ende Mai, und die Tage waren endlos. Wenn wir nachts zu unserer Dachgeschosswohnung heimgingen, war es noch immer nicht ganz dunkel. Wir waren hundemüde, lachten uns aber über meine Versuche kaputt, zu jodeln wie Gene Autry. Wir schliefen gut. Wir überlebten zwei Wochen hacken, schwitzen und jodeln, aber dann war der Boden gerodet. Als nächstes gruben wir ihn um. Mein Gott, was für eine wunderbare Erde! Ich war erst elf und wusste nichts über Humus und Fruchtbarkeit, aber dieser schwere, schwarze, lehmige Waldboden hatte etwas ganz Besonderes. Wie er sich in der Hand anfühlte, wie er roch, wenn man ihn zerkrümelte!

Wir legten gerade Beete an, deren Breite der Länge des Harkenstiels entsprach. Dann trampelten wir auf den Pfaden herum, damit das Unkraut nicht wieder durchkam. Am zehnten Juni, genau drei Monate nach unserer Ankunft in der Neuen Welt, säten wir auf dem schwarzen Boden, der beinahe unser eigener war.

Eine Woche lang tat sich gar nichts. Jeden Abend gossen wir und gingen dann wieder heim. Ich sagte nie was, hegte aber große Zweifel, dass aus dieser schwarzen Wüste je etwas wachsen würde. Doch eines Samstags passierte es. Es war heiß. Die Sonne stand hoch am blauen Himmel, und am Nachmittag verströmten die Zedern um uns einen nie gekannten Duft. Ich stand bei der Garage und half Feribacsi, seinen 1954er Ford zu waschen und für die sonntägliche Ausfahrt vorzubereiten. Da erschallte ein Freudenschrei aus Richtung des Hühnerstalls. Wir rannten hin. Mein Stiefvater und meine Mama standen über die Beete gebeugt und sagten: »Schaut! Schaut!« Ich fürchtete schon, der tote Boden habe sie endgültig in den Wahnsinn getrieben, aber ich schaute trotzdem. Ich kniete mich hinunter, legte den Kopf schräg und sah, in der schwarzen Erde, von der untergehenden Sonne angestrahlt, Reihen von Spielzeugsoldaten, von zarten grünen Sprossen, die sich zum Himmel reckten.

Es wurde ein guter Sommer. Dennis Mitchell und ich richteten ein Fort in einem hohlen Baumstamm ein, und abends gossen und jäteten wir unseren Garten. Im August wucherte es dort wie in Tarzans Dschungel: Radieschen und Petersilie und Sellerie und Zwiebeln. An Sonntagen gingen wir angeln, und zur Erleichterung der ganzen Familie verging mir das Bedürfnis zu jodeln vollständig und dauerhaft.

Den ganzen Herbst hindurch arbeiteten wir wieder hinter dem Hühnerstall und ernteten Mais, Pastinaken, Karotten, zwei Säcke Kartoffeln sowie grüne und gelbe Paprika, von denen einige so scharf waren, dass sie einem Tränen in die Augen trieben. Oder wir saßen einfach auf den sonnengewärmten Stufen des Stalls. Selbst an Oktoberabenden, wenn der harsche Winter des Nordens schon sein eisiges Haupt erhob, brachte uns der Garten zusammen – allerdings nicht draußen, sondern in der Küche unserer Wohnung, wo wir einen Teil unserer Ernte einmachten.

Dieses kleine Stück Land hatte uns mit genügend Nahrungsmitteln für den ganzen Winter beschenkt. Ganze Abende lang nahmen wir Paprikaschoten aus, hobelten Kohl klein und legten ihn dann ein, schnitten rote Rüben in Scheiben und kochten sie ein, schälten kleine Zwiebeln und füllten sie in Einweckgläser. Wir stellten Regale in den niedrigsten, kühlsten Teil der Wohnung und füllten sie mit Einweckgläsern. Was für eine Farbenpracht, was für Aromen! Den ganzen Winter hindurch blieb uns der Garten präsent: Er war da, wenn wir mit einem Plopp am Abendessentisch eine Konserve öffneten, wenn wir in eine knackige Essiggurke bissen. Er war so präsent wie an allen Sommerabenden mit ihren Rufen: »Vergiss die verdammte Schaufel nicht!«, »Was für eine gewaltige Melone!« und »Denk an die Schnecke!« Auch im schlammigen Frühjahr beschäftigte uns der Garten; auf dem sauber geschrubbten Küchentisch standen die bunten Samentüten, lagen die sorgfältig gezeichneten Pläne, was in den Beeten wo gepflanzt werden sollte.

Unser Gemüsegarten schweißte die Familie über Jahre hinweg zusammen: erst der hinter dem Hühnerstall, dann der hinter unserem ersten eigenen Häuschen, und später der hinter dem großen Haus, das wir hoch auf einen Hügel bauten. Aber bei jedem Umzug, mit jedem Jahr schrumpfte der Gemüsegarten ein wenig, und nach jedem Umzug, mit jedem Jahr wurden wir uns ein wenig fremder. In den letzten Jahren aßen wir nur noch im Urlaub zusammen. Und in dem Jahr, als meine Mutter starb, war nur noch eine Zeile Petersilie vom Garten übrig geblieben.

Wer weiß, ob nun die Vernachlässigung des Gartens der Grund für unsere Entfremdung war oder nur ein Symptom? Aber im Gemüsegarten haben wir ganz besondere Augenblicke geteilt, viele gute und vermutlich auch mehr schlechte, als mir jetzt noch einfallen. Aber eines haben uns diese Gärten zweifellos gegeben: eine Gemeinsamkeit. Meine Mutter hatte ihren Job, mein Stiefvater hatte seinen, ich verbrachte meine Zeit mit Schule, Sport und Freunden. Wir alle hatten unsere eigenen Probleme, Bedürfnisse, schlaflosen Nächte und Ängste, aber in diesem Garten teilten Freude und Leid; zusammen jäteten wir, sorgten uns um die Pflänzchen und ernteten wir. Das ist vielleicht nicht viel, aber in einer so chaotischen Welt wie der unsrigen, wo die Bindungen zwischen den Menschen immer lockerer werden, wo Eltern und Kinder einander fremd werden und wir kaum noch etwas gemeinsam haben, erscheint der Garten rückblickend wie eine Insel fern vom Lärmen der Welt, auf der wir uns näher kommen konnten.

Das toskanische Haus

Zwei Dinge stechen beim typischen Haus der Toskana ins Auge: seine Schlichtheit und seine Solidität. In seiner Grundform sieht es aus, wie ein Haus in einer Kinderzeichnung: Schrägdach, Tür, einige Fenster. Unwillkürlich denkt man sich: »So was Einfaches könnte ich selbst bauen.«

Und das stimmt auch.

Man nimmt einen Stein, legt ihn hin, klatscht Mörtel drauf. Und nimmt den nächsten Stein.

Unser Haus wurde von Mönchen gebaut, und das sieht man. Die Mauern künden davon, dass hier kein Maurer mit geschultem Auge, mit Kunstfertigkeit und Ethos am Werk war, der die Steine sorgfältig ausgewählt oder zugehauen hätte, so dass sie gut aufeinander passen. (Ganz anders sieht es bei der von Etruskern gebauten Mauer hinter unserem Haus aus, hier passt kein Zigarettenpapier zwischen die Steine.) Die Wände sind aus Feldsteinen zusammengeschustert, die rund und auffällig klein sind: Unsere Mönche waren schlicht keine Helden im Steineheben und -zerkleinern.

Einige Wände sind neunzig Zentimeter stark, manche stehen schon seit über tausend Jahren. Bei dreizehn verschiedenen Gelegenheiten wurde ans Haus angebaut, so dass es jetzt den gesamten Innenhof und den Wachturm umgibt. Es gibt Bögen verschiedenster Krümmungen, *sesti*, wie die Toskaner sagen: flache, kreisrunde und unentschiedene, als hätte der Maurer am Morgen mit einer genauen Vorstellung angefangen, nach dem mittäglichen Wein aber wagemutiger weitergebaut. Da sich niemand weiter mit Winkelmaßen, Wasserwaagen oder sogar Loten abmühte, sind die Wände oft schräg, ausgebeult, fast schon wellenförmig, als hätten sie ihr eigenes Leben. Dennoch sind sie fest und beständig. Die Dächer werden von dicken Eichen- oder Kastanien-Balken getragen; die Stämme werden schlicht von der Rinde befreit und sich nach oben verjüngend aufgestellt. Quer dazu laufen dünnere Dachlatten, auf denen tönerne Dachziegel liegen, die fast ebenso haltbar sind wie der Stein. Selbst Regenrinnen und Fallrohre bestehen aus Kupfer und halten mehrere Generationen lang.

Das toskanische Haus ist – wie so ziemlich alles der Gegend – bis ins letzte Detail vernünftig. Die Räume sind klein, es gibt keinen Schnickschnack, keine Extras, denn sie zu bauen und zu unterhalten würde einem die Zeit für Wichtigeres nehmen. In Florenz und Siena haben reiche Haushalte zwar Marmorböden, aber auf dem Land entdeckten die Toskaner etwas Billigeres und leichter zu Bearbeitendes, das aber fast genauso lang hält: die Terrakottafliese. Selbst unter den früher üblichen genagelten Schuhe überleben sie jahrhundertelang, unter modernen Turnschuhen sollten sie Jahrtausende halten. Selbst die bescheidensten Häuser haben allerdings Küchenoberflächen aus Marmor, denn die sind unverwüstlich. Auch die Spülbecken sind aus Stein, und wenn sie an einer Ecke abgeschabt sind oder eine Kuhle hinein erodiert ist, trägt das nur noch weiter zu ihrer Schönheit bei.

Außenwände und Dächer erfordern keinerlei Unterhalt. Die großartigen Holztüren und hölzernen Fensterrahmen brauchen alle paar Jahre eine Lage Beize, aber davon abgesehen ist ein Haus dafür da, genossen zu werden, nicht ständig unterhalten und repariert zu werden.

Unbewusst wurden die Häuser der Toskana so gebaut, dass sie in Sachen Umweltschutz um Lichtjahre voraus sind: Der gesunde Menschenverstand zwang zum sparsamen Umgang mit Energie. Die steinernen Wände eignen sich hervorragend, die Jahreszeiten zu verlängern: Sie speichern die Sommerhitze bis weit in den Herbst und die Frühlingskühle bis in die Junihitze. Auch die kleinen Fenster leisten ihren Beitrag, nicht zuletzt wegen ihres genialen Isolationssystems: Statt Vorhänge gibt es innen angebracht dicht schließende hölzerne Läden. Sie schaffen nicht nur eine abgeschlossene Luftschicht, sondern isolieren, da sie aus Holz bestehen, viel besser als jede Glasscheibe. Außerdem sorgen sie für absolute Dunkelheit im Zimmer, so dass man am Wochenende bis lang nach Sonnenaufgang schlafen kann.

Gegen die Sommerhitze sind bei vielen Häusern *persiane* angebracht, hölzerne Außenjalousien mit geneigten Lamellen, die die Sonne aufhalten, aber Luft hereinlassen, um einen Hitzestau zu vermeiden. Oder man hat *sportelli*, geschlossene hölzerne Fensterläden. In der Toskana können Juli und August gnadenlos heiß werden, aber wenn man nachts die Fenster weit öffnet, um die kühle Luft – und den Klang des Froschkonzerts – hereinzulassen und morgens die Läden schließt, dann bleibt das Haus auch ohne Klimaanlage angenehm, die nur Strom frisst, Kosten und Lärm verursacht.

Die Einfachheit des typischen Grundrisses lässt sich am Besten anhand von Paoluccis Haus erläutern: Hinter der Eingangstür beginnt ein langer Gang, der das Haus in zwei Teile trennt. Nach rechts gelangt man in die *cucina*, die Küche, dahinter führt eine Tür in einen Keller, wo Olivenöl, Würste, *prosciutti*, Konserven und Knollen im Dunklen gelagert werden. Der Boden aus gestampfter Erde sorgt für Kühle.

Auf der linken Seite geht es vom Gang aus in drei Schlafzimmer und ganz hinten in ein Badezimmer. Das Ganze hat nicht mehr als 135 Quadratmeter.

Die Küche ist, und war immer, das Zentrum des toskanischen Lebens. Bei den Paoluccis nimmt ein riesiger offener Kamin eine gesamte Wand ein. Sein riesiger Mantel aus Ziegeln wird von Steinsäulen getragen, die über einen gewaltigen Sturz miteinander verbunden sind. Unter dem Mantel – im Grunde im Kamin – stehen auf einem erhöhten Boden zwei niedrige Bänke, auf denen man in Winternächten sitzt. In einer Ecke der Küche befindet sich ein uraltes Spülbecken aus Marmor, daneben ein Holzofen zum Heizen und Braten von Fleisch sowie ein Gasherd. Daneben steht ein winziger Kühlschrank – einen größeren braucht man nicht, weil man in der Toskana so viel wie möglich frisch isst. In einer hinteren Ecke steht eine Couch, in der Mitte des Raums befinden zwei Tische, einer mit Marmorplatte, ideal zum Teigkneten und -ausrollen, und ein mit Wachstuch bedeckter, an dem die Familie isst. Für das große Festessen am Sonntag werden die zwei Tische zusammengestellt.

Die Küche ist der Ort, an dem die Familie lebt. Früher hat Eleonora hier gesessen und Hausaufgaben gemacht, während Carla, ihre ältere Schwester, bügelte, nähte oder mit ihrem Freund stritt. Heute sind beide Töchter verheiratet und ausgeflogen, aber ihre Mutter kocht noch immer hier, füllt Konserven mit gekochten Tomaten oder Pflaumenmarmelade, während Nonna, die Großmutter, am Feuer Pilze grillt oder trocknet. (Pilze, die nicht sofort gegessen werden, schneidet man in dünne Scheiben und trocknet sie am Feuer, damit man auch in düsteren Winternächten *tagliatelle* mit Pilzsoße essen kann.) Hier strickt Nonna auch mit ihren von einem arbeitsreichen Leben knorrigen Händen Handschuhe, Mützen und Wollsocken für die Familie. Hier sitzt Paolucci am Feuer oder hilft seiner Frau, spielt mit den Enkeln und empfängt seine Nachbarn.

Hier setzt sich die Familie auch zwei Mal am Tag nieder, um ein gewaltiges Mahl aus Pasta, Fleisch, Salat, Käse, Obst und Wein zu verzehren.

So sieht also Paoluccis Küche aus, in der die Familie einen Großteil ihres Lebens verbringt. Hätten sie außerdem noch ein riesiges Esszimmer, ein großzügiges Wohnzimmer und einen Fernsehraum, wäre dadurch, so weit ich das beurteilen kann, nichts gewonnen. Es bestände nur die Gefahr, dass sie etwas enorm Wertvolles verlieren: die Gesellschaft der anderen. Plötzlich wäre da niemand mehr im Zimmer, den man anbrüllen, berühren oder zum Lächeln bringen könnte. Vielleicht würden die Familienmitglieder bald nicht mehr völlig ungezwungen miteinander umgehen, wie man es nur unter sehr vertrauten Menschen tun kann. Vielleicht würden sie verlernen, die Schrullen der anderen zu ertragen. Möglicherweise würden sie sich, unbeabsichtigt, unmerklich und doch unweigerlich voneinander entfremden. Sie könnten, nach und nach, verlernen, eine Familie zu sein.

Wohin sind all unsere Häuser verschwunden?

Bemerkenswert in der Toskana ist nicht nur, was die Menschen alles besitzen, sondern auch, worauf sie bewusst verzichten. Es scheint, als hätten sie vor langer Zeit verstanden, dass auf dieser Welt alles seinen Preis hat. Offenbar ist ihnen bewusst, dass jede Anschaffung, sei das jetzt etwas so Banales wie eine neue Garage oder Aufregendes wie eine neue Küche, nicht nur Geld kostet, sondern einen Teil des Lebens: die Zeit, die man gebraucht hat, um das Geld zu verdienen.

Es ist gar nicht so lang her, da lebten wir in vernünftigen Häusern, deren Herz in der Wohnküche schlug: Hier standen der warme Herd und der große Tisch, hier waberten hundert magische Düfte, hier verbrachte die Familie zahllose Stunden miteinander, beim Kochen, Essen, Aufräumen. Man redete miteinander, über alles und nichts. Doch in letzter Zeit, vielleicht aufgrund unseres frisch erworbenen Wohlstands – oder, genauer gesagt, der frisch entdeckten Möglichkeit, immer leichter an Kredite heranzukommen – sind insbesondere amerikanische Häuser zu traurigen Ungetümen geworden, in denen Paare oder Kleinfamilien sich verlieren wie Mücken in einem leeren Fass.

Verblüfft las ich der *Times* von einem Paar, das sich in Florida eine Wochenendwohnung von dreihundertsechzig Quadratmetern gekauft hatte. Unter der Woche geht es doch schon so hektisch zu, dass wir uns kaum mehr sehen. Sollten wir da die Wochenenden nicht dafür nutzen, den geliebten Menschen wieder nahezukommen? Auf Tuchfühlung zu gehen? Doch wie soll man sich in einem Kolosseum nahe kommen? Oder wollten die Käufer nur angeben? Um wen zu beeindrucken?

Der Radiosender NPR brachte einmal eine Reportage über das unaufhaltbare Wuchern des amerikanischen Traumhauses. Offenbar wächst es sogar noch schneller als der Hüftumfang der Bevölkerung. 1950 hatte ein durchschnittliches neues Eigenheim knapp neunzig Quadratmeter, doch schon 2004 war es auf über zweihundertzwanzig Quadratmeter angewachsen, obwohl die Familien gleichzeitig kleiner geworden waren. Margot Adler, die ihre Reportage an einem Tausend-Quadratmeter-Domizil aufhängte, fragte sich: »Ist es Wohlstand? Ist es Gier? Oder spielen subtilere Dinge eine Rolle?«

Eine in den (legendär wohlhabenden) Hamptons tätige Architektin glaubt, die Menschen suchten nach einem Schutz für sich und ihre Familie: »Wer weiß, wann der nächste 11. September passiert? Diese Häuser vermitteln Sicherheit – je größer das Haus, desto sicherer die Burg.«

Burg? Soll das ein Witz sein? Ich wollte unseren Hühnerstall in dem Stil bauen, in dem die meisten Häuser in den Hamptons errichtet werden: Holzständerbauweise, Gipskartonwände, Plastikisolierung außen, Teerpappe auf dem Dach. Doch Giancarlo, seit unseren Anfängen im Weinkeller unser Universalhandwerker, weigerte sich, auch nur den Hammer zu heben. »Das Holz vergammelt dir, das Dach wird lecken und wenn der Hahn wütend wird, tritt er dir das ganze Dings um.«

Am Ende bauten wir den Hühnerstall aus Sandsteinblöcken, dem gleichen Material, aus dem auch die Burg in unserer Nähe besteht – übrigens seit 1422.

Laut John Stilgoe, einem Geschichtsprofessor in Harvard, »symbolisieren die Riesenhäuser die Zersplitterung der amerikanischen Familie. Es hat nicht nur jeder seinen eigenen Fernseher, sondern auch sein eigenes Bad. Einige dieser Häuser haben tatsächlich drei Spielzimmer für zwei Kinder. Auf diese Weise müssen die Familienmitglieder kaum mehr interagieren. Die Vorstellung, Kompromisse zu machen, ist schlicht out.«

Unsere riesigen Häuser sind, wie unsere riesigen Autos, Symptome einer Kultur, die sich völlig vom gesunden Menschenverstand verabschiedet hat, die die Fähigkeit nachzudenken verloren hat.[1]

Einmal sind wir mit Freunden zu einer vorweihnachtlichen Cocktailparty in Scottsdale (Arizona) gegangen. Stinkreiche Leute, endloser Rasen, ein von Säulen getragener Eingangsportikus so groß wie der Parthenon, die Kuppel der Eingangshalle voluminös wie Brunelleschis Dom von Florenz. In der Ferne verlor sich eine geschwungene Prunktreppe direkt aus *Vom Winde verweht,* auf der der Jungenchor von Phoenix stand und Weihnachtslieder schmetternd sich seine vorpubertären Seelen aus den Leib sang. Als die Sänger gingen, wurden Karten-, Würfel- und ein halbes Dutzend Roulettetische aufgebaut, komplett mit Croupiers, und die Feier der ärmlichen Geburt Christi ging fröhlich weiter.

Der Rest des Hauses, insgesamt eintausendeinhundert Quadratmeter, war ebenso heimelig. Es gab ein Dschungelzimmer mit ausgestopften Tieren an den Wänden, ein Alpenzimmer mit Spitzendeckchen, geschnitzten Stühlen und einer Kuckucksuhr, ein Piratenzimmer, aus dem

1 Die Entwicklung in Deutschland ist in dieser Hinsicht gesünder. Zwar hat sich zwischen 1950 und 2004 die Quadratmeterzahl pro Kopf verdreifacht, von 14 auf 42, doch zwischen 2004 und 2008 (die aktuellste verfügbare Zahl) blieb die Größe der durchschnittlichen Familienwohnung (knapp 92 qm) unverändert, möglicherweise tritt tatsächlich eine Sättigung ein.

ich zu schnell zurückgeschreckt bin, um Details zu vermerken, und natürlich ein Wildwestzimmer mit Pistolen und Tomahawks und einem lebensgroßen Holzindianer. Entfesselter Wahnsinn. Und die Gastgeber erzählten mit schamvollen Augen und festzementiertem Lächeln aus ihrem Leben, in dem jetzt ihrer Meinung nach die Zeit gekommen gewesen sei, ein »Statement« abzugeben. Das ist ihnen vollauf gelungen mit ihrem Stein – Verzeihung, Gipskarton – gewordenen Wahnsinn.

Die erste Behausung, die Candace und ich uns teilten, war ein VW-Bus mit zweieinhalb Quadratmetern Wohnfläche – Fahrersitz schon mitgerechnet. Vier Monate lang gondelten wir in diesem Bus durch Mexiko, Guatemala, El Salvador (vor dem Krieg), Nicaragua (dito), Costa Rica, Belize und Panama. Wir lebten von fünf Dollar am Tag, Benzin schon eingerechnet.

Neun Jahre später bauten wir in West Vancouver ein Haus am Strand, am Fuß eines Kliffs. Es war vier Stockwerke hoch; am Ende der Zufahrt gelangte man über eine Fußbrücke ins oberste Stockwerk. Der ganze Bau bestand aus Glas, wodurch man nach vorn einen ungehinderten Blick auf den Ozean und nach hinten auf den bewachsenen Abhang hatte. Die Seiten waren innen und außen mit Zedernholz verkleidet. Das Haus war ein architektonisches Wunder – und genau hundert Mal so groß wie der VW Bully. Allerdings fühlte es sich heimelig an wie ein Olympiastadion. Nachdem wir ein Jahr lang zwischen den leeren Räumen hin- und hergebrüllt hatten, zogen wir in eine winzige Pariser Wohnung, wo wir kuschlig zusammenrücken mussten, wo wir uns heimisch fühlten.

Wenn ich so zurückblicke, dann waren die vier Monate im Bus die schönsten unseres Lebens, sogar noch besser als das komfortable Leben in der Toskana.

Die Häuser der Toskana zeichnen sich nicht nur durch ihre bescheidene Größe aus, sondern ganz allgemein dadurch, was sie nicht haben. Marco, immerhin Elektromeister mit sechs Angestellten, hat sich gerade ein Haus gebaut – mit vierundsiebzig Quadratmetern Wohnfläche! Es bietet einen tollen Ausblick, ist heimelig und so makellos gebaut, dass es eine Freude ist. Was braucht man mehr?

In der ganzen Toskana fällt mir kein Haus ein, und sei es noch so grandios, das eine gepflasterte Einfahrt hätte. Da mag der Eigentümer noch so reich sein. Verdrehen Sie jetzt nicht die Augen – das sagt eine Menge. Schauen Sie sich Ihre Grundstückseinfahrt an: hundert Quadratmeter glänzend schwarzer Asphalt. Haben Sie den geringsten Schimmer, was Sie dafür bezahlt haben? Vielleicht kein Vermögen, vielleicht können Sie die Summe in einem Monat abbezahlen, aber genau darum geht es: um diesen Monat. Haben Sie wirklich einen ganzen Monat Lebenszeit geopfert, nur damit Ihr Auto zehn Meter weit auf Asphalt fährt statt auf Erde?

Natürlich bewerten wir unseren Konsum kaum je mit dem, was Thoreau »die wahren Kosten einer Sache« genannt hat. Wir nehmen das Leben, wie es kommt, nur allzuoft als Gesamtpaket, bei dem uns keine Wahl bleibt. Und wir unterschreiben auf der gepunkteten Linie, ohne je bedacht zu haben, dass das Kleingedruckte, das wir nicht gelesen haben, uns lebenslang einsperren wird.

Als nächstes die Garage: In der Toskana verzichten die meisten Leute darauf. In Nordamerika sind Garagen inzwischen wahre Paläste mit Fenstern, elektrischen Toren, Heizung und Musikberieselung – ein dreißigköpfiges chinesisches Dorf könnte darin in großem Komfort leben. Rechnet man Kreditzinsen und Versicherungsprämien, ein neues Dach hier und ein neues Tor dort hinzu, zahlt man über die Jahre bald hunderttausend Dollar für so einen Autopalast – das Nettoeinkommen von zwei Jahren. Was ist Ihnen lieber? Die Kiste, die ohnehin bald schon Schrott ist, im Regen stehenzulassen, und dafür zwei Jahre am Bach angeln zu gehen, sich an den Ozean zu setzen oder durch den Südpazifik zu segeln? Oder stehen Sie doch lieber zwei Jahre jeden Morgen auf, rasieren und duschen sich, schlingen das Frühstück runter, quälen sich durch den mörderischen Berufsverkehr zur Tretmühle, schuften acht Stunden, sorgen sich, schleimen, ertragen die Peitsche des Chefs und sehnen den Feierabend herbei?

Wenn Ihnen das zweite Szenario lieber ist, dann legen Sie das Buch weg. Ich würde tauben Ohren predigen.

Das Wohnzimmer

Gibt es in unserer Kultur ein Zimmer, dessen Name weniger zutreffend wäre? Dürfen wir auf einer Couch gammeln und tanzenden Punkten auf einem Bildschirm zusehen »wohnen« nennen? Oder wäre »im Koma liegen« nicht zutreffender?

Wie viele Tage im Jahr füllt sich dieser leere Raum mit Freunden oder Nachbarn, die vorbeischauen, sich auf ein Bier, ein Glas Wein oder eine Tasse Tee niederlassen und mit Ihnen über die Übel der Welt reden, über das Leben oder über Zucchini plaudert? Wie oft wird in Ihrem Wohnzimmer aus vollem Herzen gelacht oder hitzig diskutiert? Und wann ist das letzte Mal eine Horde Onkel, Neffen, Vettern, Tanten und Omas hier eingefallen und hat sich mit der selbstverständlichen Vertrautheit von Angehörigen über die Sitzgelegenheiten verteilt? Denn dafür ist ein Wohnzimmer da. Wenn sich in unseren Wohnzimmern alles auf den Fernseher reduziert, sollten wir es besser abreißen und einen kleinen Hain anlegen. Dort könnten wir Vögel und Bäume betrachten, das wahre Leben. Und dann bedenken Sie, um wieviel niedriger die Hypothek ausgefallen wäre, wenn Sie aufs »Wohn«zimmer verzichtet hätten, und um wieviel ruhiger Sie deswegen nachts schlafen würden.

Das Esszimmer

Wenn alles gut läuft, setzen wir uns vielleicht einmal am Tag zu einer gemeinsamen Mahlzeit in diesen leeren Raum – und dann gibt es nur allzu oft ein Fertiggericht oder etwas vom Lieferservice. Brauchen wir dafür ein eigenes Zimmer? Reicht dafür nicht ein Tisch in der Küche?

Die vollausgestattete Küche

Besonders stolz scheinen Leute auf ihre riesigen Küchen voller Inseln und Halbinseln und genügend Geräten, um die *Titanic* zu versenken. Die Menschen scheinen zu glauben, die Geräte würden das Essen kochen und nicht wir. Dabei vollbringen Rosanna und Nonna und Candace ihre kulinarischen Wunder an einem einfachen Herd oder am offenen Kamin, und ihre einzigen mechanischen Hilfsmittel sind Schöpfkellen und Korkenzieher. Mark »der Minimalist« Bittman, ein amerikanischer Kochjournalist, schrieb einmal: »In der Küche zählen Größe und Ausstattung viel weniger als Hingabe, Leidenschaft und gesunder Menschenverstand. Wer das vergisst und zigtausende Dollar für eine Küche ausgibt, verhält sich genauso blöd wie jemand, der sich ein neues Bett kauft, weil er glaubt, damit würde sich sein Sexleben verbessern.«

Der amerikanische Starkoch Mario Batali schlägt in die gleiche Kerbe: »Nur schlechte Köche geben der Ausrüstung die Schuld. Ich könnte fast jedes Gericht, das ich in meinen Restaurants serviere, auf einem ordinären Elektroherd mit vier Platten und normalem Bratrohr machen.«

Viele Gerätschaften, die man glaubt, haben zu müssen, sprechen dem gesunden Menschenverstand Hohn. Nehmen Sie nur den Küchenabfallzerkleinerer. Mit einem Riesenkrach schleudert der kompostierbare Essensreste an unerreichbare Stellen. Oder den Müllverdichter. Der kostet einen Haufen, frisst Platz, und wenn man den verdichteten Müll rausbringt, hebt man sich einen Bruch. Was ist denn an verdichtetem Müll so toll?

Dann die Spülmaschine. Wir hatten mal eine, aber ich habe ihren Sinn nie kapiert. Weingläser musste man ohnehin weiter von Hand spülen, ebenso Töpfe und Pfannen, und den ganzen Rest musste ich vorspülen oder sauberwischen, bevor ich ihn in die Maschine steckte. Hinterher musste man die Maschine ausräumen und das Geschirr oft genug von Hand nachtrocknen. Man lehnt sich also nicht direkt zurück und lutscht Bonbons. Und genau das, was man gerade braucht, ist ohnehin immer schmutzig und steckt in der Maschine, wo man es ausgraben und vom inzwischen hart getrockneten Schlonz befreien muss. Heißt das Bequemlichkeit?

Oder der elektrische Dosenöffner. War der mechanische wirklich zu anstrengend, weil man die Hände benutzen musste? Oder waren die zehn Sekunden körperlicher Arbeit zu entwürdigend?

Und so geht es endlos weiter: Elektromesser, Zerkleinerer, Mühlen, Pürierer und Haumesser, von denen die meisten ohnehin längst vergessen in irgendwelchen schwer zu erreichenden Schubladen vor sich hin dösen. Zugegeben, die moderne Küche erfreut das Auge – aber wo sind bitte die unvergesslichen selbstgekochten Mahlzeiten? Und, noch wichtiger, wo sind bitte die Menschen?

Das Wäschezimmer

Entschuldigen Sie meine Neugier, aber warum brauchen dreckige Socken und Slips ein eigenes Zimmer? Viele Menschen glauben ein Wäschezimmer zum Bügeln zu brauchen. Aber Bügelbretter lassen sich leicht tragen, man kann also überall bügeln. Und wer will schon allein im Kämmerlein vor sich hin ackern? Macht Bügeln denn in Gesellschaft nicht mehr Spaß?

Jetzt zum Trockner.

Vor gar nicht allzu langer Zeit wehte in unseren Hinterhöfen die saubere Wäsche auf der Leine im Wind. Das Wäscheaufhängen sorgte nicht nur für ein bisschen Bewegung, es war auch ein sozialer Akt, bei dem man oft mit den Nachbarn ins Gespräch kam. Das funktionierte auch in der Stadt – an Waschtagen flattern in den engen Gässchen von Städten wie Neapel und Venedig noch immer die farbigen Fahnen im Wind. Wohin sind unsere Wäscheleinen verschwunden? Sie sind nicht nur vergessen, sondern in vielen Orten sogar verboten. Habt ihr sie noch alle? Einen Humvee – die vulgärste Beleidigung der menschlichen Intelligenz – darf man öffentlich parken, aber über frisch gewaschene Kleidung an einer Leine regen wir uns auf?

Ein Freund aus der Toskana, gebildet und weit gereist, musste lachen, als ich ihm von einer Maschine erzählte, die Kleidung trocknet. Er dachte, ich veräppele ihn. Warum, fragte er, sollte ein vernünftiger Mensch Geld für eine Maschine ausgeben – die nach manchen Schätzungen bis zu zehn Prozent des in Amerika verbrauchten Stroms frisst – anstatt das Trocknen von Sonne und Wind erledigen zu lassen? Ich erzählte ihm, dass man in Nordamerika seine Wäsche nicht zum Trocknen aufhängt, damit einen die Nachbarn nicht für arm halten. Traurigerweise verstand er das.

Und natürlich, ein Trockner spart uns vielleicht ein paar Minuten, nur wofür? Damit wir länger vor der Glotze sitzen können? Oder damit wir im Internet ausführlicher nach neuem Klimbim suchen können, den wir dringend brauchen? Oder damit wir in Chatrooms länger mitverfolgen können, welcher Schwachkopf wieder neue Nichtigkeiten mitzuteilen hat? Ist das wirklich schöner, als sich ein wenig in den Hof zu stellen und Luft zu schnappen?

In Wahrheit leben wir wohl einfach nur vor uns hin, wir werden süchtig nach dem, was uns vorgesetzt wird. Vielleicht hat Darwin unrecht und wir stammen gar nicht von Affen ab, sondern vom Schaf, das sich bekanntermaßen dadurch auszeichnet, dass es gerne hinterher trottet.

Bauen Sie sich Ihr eigenes Leben

Die Menschen der Toskana sind spontan und unabhängig. Meistens ist das sehr erfrischend, gelegentlich muss man aber schon nach dem Riechsalz greifen.

Ein paar Monate zuvor hatten wir uns einen neuen Volkswagen gekauft. Als ich den Ölstand prüfen wollte, rutschte mir meine Kreditkarte aus der Hemdtasche in den dicht gepackten Motorraum.

Mancini, der Besitzer der Tankstelle, verschwand kurz in der Werkstatt und kam mit Schraubenzieher und Rohrzange zurück. Hm. Verglichen mit ihm war Attila der Hunne sensibel wie eine Hebamme. Die Rohrzange blitzte und der Schraubenzieher wirbelte und wenige Minuten später lag der halbe Motor in Einzelteilen auf dem Boden. Wild verstreut. Als ich nach einer leichten Herzattacke wieder zu atmen begonnen hatte, begann ich die Teile in der Reihenfolge ihres Ausbaus zu sortieren. Doch Mancini interessierte sich nicht die Bohne für irgendeine Reihenfolge. Er nahm sich hier ein Teil, dort ein Teil, schraubte alles aufs Geratewohl zusammen, zog die letzte Schraube an und schloss die Motorhaube. Ich war sprachlos. Nicht wegen seiner Geschwindigkeit, sondern weil noch immer drei Teile in meinen Händen lagen. Nach Luft schnappend hielt ich sie ihm hin, aber er legte mir nur den Arm um die Schulter und tröstete mich: »Deutsche. Die machen alles viel zu kompliziert.«

Der VW lief danach prima. Sogar besser als zuvor.

Und dann war da noch Bindi, der Installateur.

Er sollte uns einen Boiler für Heizung und Warmwasser einbauen, ein grandioses schwedisches Meisterwerk, ein Turbo irgendwas. Bindi installierte es, überprüfte es, runzelte die Stirn und zog mich dann nach draußen, um mich drauf hinzuweisen, dass überhaupt kein Rauch aus dem Kamin kam, nur Wasserdampf. Mit finsterer Miene schnupperte er die Luft. Er ging ins Haus, schaltete den Boiler aus, zerlegte ihn in Sekunden und brachte ein Juwel von Gussteil zutage, durch dessen hundert winzige Löcher der Turbo seine Luft blies. Er zog eine winzige Rundfeile heraus und begann, Loch um Loch zu vergrößern. Während ich panisch über verfallene Garantien und gebrochene Umweltgesetze lamentierte, setzte er alles wieder zusammen und aß eine Banane. Dann ging er nach draußen, schnupperte die Luft und breitete mit völlig unveränderter Miene die Arme aus wie ein Trapezartist, der gerade die dreifache Todesschraube vorgeführt hatte.

»Und wenn das Ganze explodiert und wir alle sterben?«, jammerte ich wütend.

Er dachte einen Augenblick lang nach, faltete seine Bananenschale und sagte: »Darüber reden wir dann, wenn es so weit ist.«

Eine Woche später setzte ich mein Auto beim Rückwärtsfahren ganz gelassen – ich hatte bei Inaldo, unserem örtlichen Krempel- und Antiquitätenhändler wohl ein Gläschen zu viel getrunken – seitlich über die Kante eines tiefen Treppenschachts. Es hing feierlich in der Luft. Bindi, der vor dem Café Karten spielte, hatte den Vorfall beobachtet.

Er kam herübergeschlendert und schaute sich die Sache an.

»Da brauchen wir zwei Abschleppwagen«, grummelte ich. »Einer muss vorn anheben, einer hinten, damit nichts beschädigt wird.«

»Vielleicht«, sagte Bindi.

»Ich hole sie. Glaubst du, der Wagen stürzt ab, während ich weg bin?«

»Kann sein.«

Ich lief los.

Als ich in Mancinis Abschleppwagen zurückkam, war mein Matra von Leuten umgeben. Ich hörte Bindis Stimme: »Uno, due, tre!«

Es hob ein großes Rufen an, dann kehrten alle wieder zu ihrem Kartenspiel zurück. Sie hatten den Matra mit bloßen Händen wieder auf festen Boden gestellt. Bindi mischte die Karten und strahlte nur so vor Selbstzufriedenheit. »Wo ein Wille ist«, begann er, doch Mancini beendete den Satz, »da ist auch ein sturer Esel.«

Toskaner sind völlig angstfrei, sie probieren alles.

Ich habe Paolucci auf steilen Hügeln scheinbar unmögliche Manöver mit seinem Traktor fahren sehen. Ich habe erlebt, wie Lamberto, der im Leben keine Maurerkelle in der Hand gehabt hatte, eine perfekt verfugte dreißig Meter lange Steinmauer errichtete. Pasquino, von Beruf Lasterfahrer, schlachtet und zerlegt seine eigenen Schweine und die der Nachbarn, ohne mit der Wimper zu zucken. Fosco, der die Restaurierung unseres Hauses leitete, hielt nicht mit seiner Meinung hinter dem Berg, welche Details meiner Pläne er für Unfug erachtete. Zum Beispiel riet er mir, den überdachten Abendessenplatz, den ich geplant hatte, sechs Meter vom Haus weg zu verlegen und seine Überdachung auf vier eigene Säulen zu stellen, weil er freistehend viel dramatischer wirken würde. Und tatsächlich wurde er zum schönsten Teil des Hauses.

Unwichtige Details, denken Sie? Doch in ihnen zeigt sich die Selbstgewissheit, die alle Aspekte des Lebens in der Toskana durchzieht. Vielleicht ist das auch der Hauptgrund, warum die meisten Menschen hier selbstständig sind und ihrer Arbeit mit Stolz nachgehen. Vielleicht sorgen sie sich deswegen kaum vor Rezessionen und Wirtschaftskrisen, weil sie stets wissen, dass sie sich einfach etwas Neues ausdenken und wieder auf den Beinen landen können. Das ist keine Kleinigkeit. Wie schon erwähnt, lernen Toskaner von Kindesbeinen an, dass Arbeit Spaß macht. Es wird ihnen zur zweiten Natur, ihren Händen und ihrem Urteil zu vertrauen – und dann ist nichts mehr unmöglich. Jeder weiß, dass es allein an ihm liegt, Dinge möglich zu machen.

Ich werde oft gefragt, wie Candace und ich den Mut für so gewaltige Projekte wie die Restaurierung einer Ruine, das Anlegen eines Weinbergs oder den Aufbau einer eigenen Winzerei (gegen weltberühmte Konkurrenz in der Umgebung) anzugehen.

Darauf antworte ich dann, dass ich den Mut meinen Nachbarn abschaute, die, von Gehirnoperationen einmal abgesehen, so ziemlich alles mal probierten. Warum sollte ich es nicht auch selbst einmal versuchen? Dabei kam mir meine Jugend im Nachkriegs-Ungarn allerdings ziemlich zupass. In der damaligen Geisterwirtschaft überlebte man nur mit Improvisationskunst. Erfolg hatte damals nur, wer man sich nicht scheute, Dinge auszuprobieren, von denen er nicht das geringste verstand.

Diese Fähigkeit, sich neu zu erfinden, mit fester Hand in unbekannte Gewässer zu steuern, scheint heute wichtiger denn je, wenn während der immer schlimmeren Wirtschaftskrisen Arbeitsplätze unversehens und dauerhaft verschwinden. Über Jahrzehnte hinweg haben uns Konzerne und Ketten darauf gedrillt, unser Ich, unsere Kreativität zu unterdrücken und uns in immer stupidere Jobs zu fügen, die mehr und mehr an hirntötende Fließbandarbeit erinnern.

Eine meiner nachdrücklichsten Erfahrungen, wie man überlebt, machte ich in der Woche nach unserer Flucht aus

Ungarn. Ich war damals elf Jahre alt. In Österreich wurden wir in ehemaligen Luftwaffenkasernen untergebracht. Eines Tages erschien ein elegant angezogener Gentleman, ein Herr Edlinger, und verkündete, er suche für seine Fabrik nach erfahrenen Textilarbeitern. Sofort meldete sich ein junger Mann, den wir bei der Flucht getroffen hatten, als wir durch einen eisigen Graben krochen. Der Umstand, dass er bisher nur Bäume gepflanzt hatte, störte ihn dabei gar nicht. Er bekam den Job und entwickelte sich innerhalb weniger Monate zu einem der besten Mitarbeiter der Firma. Seine Unverfrorenheit ist mir im Gedächtnis geblieben. Und so kam es, dass ich sieben Jahre später, als ich eine Unterkunft für meine Zeit an der Uni brauchte, beschloss, mir ein Hausboot selbst zu bauen, als wäre das das Selbstverständlichste der Welt.

Als ich Bindi gegenüber einmal bemerkte, wie unerschrocken die Menschen der Toskana neue Dinge anpackten, sagte er ohne Zögern: »Wenn ein anderer Mensch etwas hinkriegt, warum sollte mir das nicht auch gelingen?«

Ein alter Freund, der Sozialpsychologe Norm Cleary, bestätigte diese Ansicht. Er hatte die Erfahrung gemacht, dass er Menschen innerhalb einer Woche fast jeden Job beibringen konnte. Und er hatte ebenfalls beobachtet, dass für den Lernerfolg außer Intelligenz vor allem eines zählte: Selbstsicherheit. Offenbar hängt die Lerngeschwindigkeit davon ab, ob jemand den Umgang mit Neuem als Chance, etwas zu erreichen, begreift oder als Gefahr zu scheitern. Wenn man nach Art der Toskana aufgewachsen ist – im ganzen Haus aktiv – und bewundert und belohnt wird, wenn man etwas Neues versucht, bildet man höchstwahrscheinlich ein natürliches Selbstbewusstsein aus. Umgekehrt muss einen die Komplexität der »realen« Welt einschüchtern oder gar erschrecken, wenn man in der virtuellen Welt von Fernsehen und Videospielen groß geworden ist.

Und wenn man in seiner Jugend für Tätigkeiten belohnt wurde, bei denen man mit Hand und Verstand etwas Nützliches geleistet hat – wenn man etwas mit aufgebaut, angebaut oder gekocht hat –, baut man dann nicht ganz selbstverständlich großes Zutrauen in den eigenen Verstand und die eigene Geschicklichkeit auf? Und diese Gewissheit, dass man notfalls immer für sich selbst sorgen könnte, verhindert ein Abgleiten in »Verzweiflung, Entmutigung und Depression«, die viele Menschen empfinden, wenn sie ihren Job verlieren und sich vor der Zukunft fürchten.

Es gibt viele Gründe, warum man ein *Do-it-yourself*-Leben führen sollte, also ein Leben, in dem man selbst herstellt, was man braucht – Haus, Hütte, Zaun –, anstatt sich einen Job zu suchen und so viel zu verdienen, dass man sich diese Dinge schließlich kaufen kann.

Ersparnis

Wie beim Nutzgarten rührt auch hier ein Großteil der Ersparnis davon, dass man Zwischenhändler ausschaltet.

Man erspart sich, die Gemeinkosten von Firmen mit zu tragen, ihren Gewinn, ihre Steuern und Fehlkalkulationen. Mit allem, was man macht, erzielt man eine direkte und sichtbare Wirkung.

Man spart auch, wenn man improvisiert und sich beim Einkauf der Materialien Zeit nimmt. In ihrem Trott gefangene Handwerker machen das nie, und wenn sie es tun, reichen sie die Ersparnis garantiert nicht an die Kunden weiter.

Nach dem Erwerb des Lastkahns für hundertfünfzig Dollar blieben mir von meinem Sommerjob gerade noch sechshundert Dollar für den Bau der Hütte übrig. Also musste ich improvisieren. Die Holzbalken kaufte ich einem Abbruchunternehmen ab, das Sperrholz für die Wände hatte Macken und war deshalb reduziert, den offenen Kamin baute ich aus einem kleinen Beton-Trichter, einen den ganzen Boden bedeckenden Sisalteppich staubte ich bei einer Dame ab, der er zu kratzig gewesen war, die Isolierung bestand aus Abfällen einer Styroporfabrik und sowohl der Herd als auch der kleine Kühlschrank hatten kosmetische Fehler, die der Unterseite der Arbeitsplatte herzlich egal waren.

Meine gesamten Ausgaben lagen bei fünfhundertfünfzig Dollar. Hätte ich einen Zimmerer mit dem Bau beauftragt, hätte ich zehn Mal so viel bezahlt. Und ich hätte die grandios interessante Materialsuche verpasst: Bei meinen Ausflügen zu Abbruchfirmen, Altmetallhändlern, Secondhand-Läden für Bootszubehör und sogar zu Holzhändlern habe ich etliche skurrile Typen getroffen, von denen mir viele mit Rat und Rabatt weiterhalfen.

Wenn man einmal die Materialien für ein eigenes Hausboot zusammengeschnorrt und daraus ein Heim gezimmert hat, ist es im Vergleich geradezu ein Kinderspiel, sein Leben einzupacken und in die Toskana zu ziehen.

Stolz

Ich kann mir ehrlich keine bereicherndere – oder frustrierendere, nervenzerfetzendere und wütender machende – Unternehmung vorstellen als die, sein eigenes Haus zu bauen. Um ein altes Klischee zu verwenden: »Jeden Tag ist Weihnachten.« Es gibt kaum etwas Befriedigenderes im Leben, als nach einem Arbeitstag durchzuschnaufen und zu betrachten, was man seit dem Morgen geschafft hat. Als wir unser Glashaus am Strand bauten, arbeiteten wir an den kurzen Wintertagen oft vom Aufgang der Sonne bis zu ihrem Untergang. Am Abend räumte ich das Werkzeug weg, fegte Späne und Reste zusammen, um am nächsten Tag wieder freie Bahn zu haben, und setzte mich dann in eine Ecke, das dunkler werdende Meer zu meinen Füßen, und besah mir, was wir geschafft hatten. Das war eine ganz besondere Zeit. Ich war voller Stolz, viel zufriedener als später, als das Haus schon fertig war.

Ein anderer Stolz blieb mir allerdings, ein subtilerer, aber länger anhaltender. Jeder Teil des Hauses barg Erinnerungen, an bestimmte Tage, an Gelächter, an kleine Katastrophen, an Ereignisse, die einen noch Jahre später immer wieder an die Zeit erinnern, als man sein eigenes Leben aufbaute.

Qualität

Niemand baut dein Haus so sorgfältig, wie du es selbst machst. Für sich selbst produziert niemand Pfusch, der bald schon wieder repariert werden muss. Bauunternehmer denken in erster Linie an ihren Profit, deswegen verbauen sie die günstigsten, nicht die besten Materialien. Die Garantiezeit überleben die verbauten Teile dann so gerade eben, und dann fangen die Probleme an – und Sie stehen allein damit da.

Gute Qualität bekommt man auch, wenn man ein enges Verhältnis zu seinen Handwerkern aufbaut. Wenn man selbst am Bau mitarbeitet, lernt man die Handwerker mit der Zeit kennen und schätzen. Das führt dazu, dass sie sich mehr ins Zeug legen, gute Arbeit abzuliefern. Eine enge Beziehung zwischen Auftraggeber und -nehmer sorgt auch für eine implizite Garantie – gut für den Nachtschlaf des Bauherrn.

Bei der Restaurierung von *Il Colombaio* verwendeten wir gebrauchte Türen und Fenster. Wegen ihres guten Rufs beauftragten wir *Arte* 5 mit Anpassung und Einbau der Elemente. Etwa zwei Jahre später hatte sich an der Sonne und Regen ausgesetzten Südseite des Hauses eine Tür leicht verzogen und schloss nur noch widerwillig. Voller Panik stürzte ich zum Telefon, um mich zu erkundigen, ob die Garantiezeit schon abgelaufen war. Ugo versprach, vorbeizukommen und sich das Ganze mal anzusehen. Er kam, sah, summte und machte sich an die Arbeit. Ich dachte, er würde nur kurz die Angel justieren, und wandte mich meinen eigenen Aufgaben zu. Als ich zurückkam, sah ich entsetzt, dass er den ganzen komplexen Mechanismus ausgetauscht hatte, der sich in vier ineinander greifenden Teilen über die ganze Höhe der Tür zog. Kreidebleich fragte ich, was mich die Reparatur kosten würde.

Ugo lächelte: »Ein Glas Wein.«

»Aber die Garantie«, hakte ich nach. »Wann läuft die ab?«

Er sah auf, bekreuzigte sich und sagte: »An dem Tag, an dem ich sterbe.«

Das Wissbare wissen

Der letzte Grund, sein Haus selbst zu bauen: Wenn man was selbst gebaut hat, weiß man auch, wie man es wieder auseinandernimmt. Das verschafft einem das beruhigende Wissen, dass man, egal was kaputt geht, die Reparatur selbst machen kann. Es ist fast, als hätte man einen Arzt in der Familie. In unseren angsterfüllten Zeiten, wo fast alles zu komplex ist, als dass man es selbst reparieren könnte, ist es ein beruhigendes Gefühl zu wissen, dass man alle einfachen Reparaturen am Haus selbst durchführen kann.

Das ist ein wichtiger Punkt, wenn man in einsamen Gegenden wohnt, und ein überlebenswichtiger, wenn man ein Jahr lang segeln geht, wie wir es getan haben.

Nach dem Erfolg mit dem Hausboot vor Selbstbewusstsein strotzend, beschlossen Candace und ich, ein Segelboot zu kaufen und durch den Pazifik zu gondeln. Ein toller Traum, mit nur einem Haken: Geld. Oder vielmehr: Geldmangel.

In den Hochglanzbroschüren sahen wir verlockende Bilder von Segelbooten mit Innenausbauten komplett aus Holz, schick wie auf einer Yacht. Leider kostete so ein Boot komplett ausgebaut dreißigtausend Dollar, und wir konnten gerade mal neuntausend aufbringen, wenn wir unser Hab und Gut zu Geld machten. Also beschlossen wir, nur Rumpf und Deck zu kaufen und den ganzen Rest selbst zu machen: Innenausbau, Böden, Schotts, Luken, Niedergang, alles. Dabei hatten wir von Tuten und Blasen keine Ahnung! Als Rumpf und Deck in der kleinen Werft in Newport Beach ankamen, wo wir das Boot über das nächste Jahr fertig stellen wollten, sah es, aus der Ferne betrachtet, aus wie alle anderen Boote im Trockendock. Wir lehnten eine Leiter an den Rumpf, stiegen hinauf und blickten hinein. Jetzt stellen Sie sich mal eine gewaltige leere Putzmittelflasche vor, voll komplizierter Rundungen und krummer Winkel, die man, nur mit den eigenen schwachen Händen, in einen Segelkreuzer verwandeln muss. Das ist Horror.

Aber nach über einem Jahr Arbeit stachen wir mit der beruhigenden Gewissheit in See, zu wissen, wie alles ineinanderpasste.

Nachdem wir *Il Colombaio* fertig restauriert hatten, begannen wir, sechs Hektar Wein zu pflanzen. Natürlich hätten wir das Ganze von einem Spezialisten durchführen lassen können, aber wir machten lieber alles selbst. Wenn man jeden Schritt selbst erkundet hat, vom Pflügen des Bodens über das Pflanzen der Rebstöcke und das Setzen der Pfosten bis hin zum Spannen der Drähte, beruhigt das ungemein. Ich kann es nur schwer erklären, aber wenn ich nicht jeden Schritt kenne, fühle ich mich unbehaglich wie auf unbekanntem Terrain. Ich fühle mich wie ein Besucher, fast wie ein Eindringling, anstatt mich geborgen und zu Hause zu fühlen.

Hausgemachter Spass

Sitzt man vor Mirenos Bar und schaut über die Piazza, bietet sich ein herrlicher Anblick. In der Ferne geht der Mond hinter dem Städtchen Sant'Angelo in Colle auf und wirft sein Licht auf den Vulkan, der über dem Tal thront. Im Dunst zeichnen sich die Zypressen ab wie schwarze Kerzen und nur herabschießende Eulen stören das feierliche *Madonna puttana*, »Madonna, du Hure« der Kartenspieler in der Bar.

Im vergangenen Jahr war die Bevölkerung von Camigliano auf neunzehn Menschen geschrumpft, und entsprechend ruhig ging es bei Mireno zu. Ein paar Männer hockten in der rauchgeschwängerten Luft an den Tischen, während die Frauen im Mondschein an der Piazza saßen und wahrscheinlich Ideen austauschten, wie sie ihre Männer am besten ermorden könnten.

Irgendjemand – niemand erinnert sich mehr, wer – befand, dass Camigliano wieder belebt werden müsse. Er schlug vor, einmal im Jahr auf der Piazza ein großes Festessen mit den besten traditionellen Gerichten des Ortes zu veranstalten. Wenn nur fünfzig zahlende Gäste kämen, so die Idee, könnte man mit dem Gewinn die kaputten Fliesen auf dem Spielplatz vor der ehemaligen Schule ersetzen. Bald hingen überall in Montalcino Plakate mit einer Telefonnummer für Reservierungen. Jetzt mussten die Leute nur noch kommen. Im ersten Jahr drängten sich zweihundert hungrige Gäste in der engen Gasse. Im folgenden Jahr kamen über sechshundert, und im darauf folgenden mussten die Einwohner des Orts über das Wochenende verteilt vier Essen ausrichten, zu denen jeweils achthundert Gäste kamen. Camigliano schwamm nur so in Lire.

Nach dem ersten Festessen blieben die Ortsansässigen auf der Piazza und sangen und tanzten bis in den Morgen. Irgendwann fragte sich jemand, warum hier nicht jedes Wochenende getanzt werden sollte? Also baute man eine Freiluft-Disco, zu der heute regelmäßig mehr als fünfhundert Menschen kommen, selbst aus Rom oder Florenz, um bis in die Puppen zu tanzen. Jetzt schwimmt Camigliano in Euro.

Aber Geld spielt nur eine untergeordnete Rolle. Alle Ortsansässigen und selbst die Bewohner des Umlands helfen zusammen, organisieren, machen und teilen den Stolz auf ihr Werk. Mit dem eingenommenen Geld hat Camigliano die ehemalige Schule zu einem Gemeindezentrum umgebaut. Man arbeitet zusammen, isst zusammen zu Abend und fährt zusammen auf Wochenendtrips. Man ist zu einer verschworenen Gemeinschaft geworden.

Andere Gemeinden machen sogar noch mehr als Camigliano. Monticchiello veranstaltet im Juni ein Freiluft-

Volkstheater, bei dem zwei Wochen lang Stücke von den Einwohnern zur Aufführung kommen. Montepulciano richtet jeden August ein internationales Theater- und Musikfestival aus; Spitzenkünstler aus aller Welt kommen und treten in Höfen, Palästen und Kirchen auf.

Im nahe gelegenen Torrita findet ein einmonatiges Bluesfestival statt, in Pienza, San Quirico und Montalcino ein gemischtes Musik-, Theater- und Filmfestival.

Und nicht nur im Sommer brodelt das Leben, denn die meisten Veranstaltungen bedürfen intensiver Vorbereitungen, die sich über Monate oder sogar das ganze Jahr hinziehen können. Das fördert die Gemeinschaft und erfüllt die Menschen mit Stolz auf das Erreichte – was man ihnen vom Gesicht ablesen kann.

Das ist das Besondere an Unterhaltung in kleinen Städten und auf dem Land, sei das nun in der Toskana, in Vermont oder auf einer Hochebene New Mexicos: Genau so, wie man für seine eigenen Felder und Gärten verantwortlich ist, ist man auch für seine Unterhaltung selbst verantwortlich, man muss sie sich selbst erfinden und verwirklichen. Hat man das dann geschafft, erfüllt es einen mit einer Befriedigung, die sich mit kaum etwas vergleichen lässt – außer vielleicht mit der Befriedigung, wenn man selbst eine Mauer errichtet, seine eigenen Kartoffeln erntet oder Marmeladen für den Winter einkocht. Vergnügungen, die man selbst organisiert hat, sind unendlich interessanter. Vergleichen Sie doch nur: Was ist lustiger, mit den Kumpels Fußball zu spielen oder sich Fußball im Fernsehen anzusehen? Alle kommerzielle Unterhaltung verblasst im direkten Vergleich und ist bald vergessen, während die Erinnerung an Nachmittage, die man mit der Familie angelnd an einem Bach verbracht hat, oder an Spaziergänge im Mondschein über zugefrorene, mit frischem Schnee bedeckte Seen dich bis ans Ende deiner Tage begleiten.

Ich weiß nicht, ob man vom Leben mehr verlangen kann.

Ein toskanisches Familienunternehmen

Monteriggioni ist eine einzigartige mittelalterliche Stadt auf einem symmetrischen Hügel mit planierter Kuppe. Ihre Stadtmauer ist so hoch, dass die Häuser vollständig vor den Blicken der Außenwelt versteckt sind. Entsprechend sieht man auch aus keinem Haus der Stadt ins Umland. Steht man innerhalb der Mauern, etwa auf der großen zentralen Piazza oder in einem der wenigen Gässchen oder im Schatten eines Baums, fühlt man sich unendlich sicher. Es stimmt, ab und zu überkommt einen der Drang, eine Bresche in die Mauer zu reißen, durch das einzige Tor zu laufen oder auf einen Turm zu steigen, nur um einen Blick auf die Außenwelt zu erhaschen. Aber dieser Blick genügt einem dann auch bald wieder und man kehrt glücklich in die Umarmung der Stadt zurück.

Vor einigen Jahren flog einmal ein Reporter des staatlichen Radios von Minnesota ein, um mich zu meinem letzten Buch zu befragen. Als Treffpunkt schlug ich *Il Pozzo* vor, ein kleines, von einer Familie geführtes Restaurant am Hauptplatz. Wir aßen und tranken und begannen, lang und breit über das Geheimnis der Toskana zu sprechen, was sie sie schön gemacht hat, was sie schön hält, was so gut funktioniert, dass wir uns alle in sie verlieben. Wir aßen hervorragend und tranken einen ebenso guten Wein. Gelegentlich erkundigte sich der Wirt, der einige Monate in Brooklyn verbracht hatte und deshalb Englisch konnte, diskret, ob wir noch etwas bräuchten. Wir hatten fertig gegessen, die anderen Gäste waren alle schon gegangen, doch er arbeitete um uns herum, immer in gewissem Abstand, um uns nicht in unserer Unterhaltung zu stören. Aber natürlich bekam er mit, worüber wir sprachen, und lächelte gelegentlich. Schließlich konnte er sich nicht mehr zurückhalten, er kam mit leidenschaftlich leuchtenden Augen an unseren Tisch und platzte, viel zu laut, heraus: »Erzählen Sie bitte in Amerika, dass in Italien *la famiglia regge ancora,* die Familie noch das Wichtigste ist.« Dazu ballte er die Fäuste, um zu demonstrieren, wie fest der Zusammenhalt war, fest wie die Mauern seiner Stadt.

Und wenn die Familie gemeinsam ein Unternehmen betreibt, wird der Zusammenhalt noch fester. Das sieht man in den Hügeln der Toskana oft. Ich meine damit nicht nur Bauernhöfe und Winzereien, die oft mit immensem, stillem Stolz von einer Generation zur nächsten weitergereicht werden. Nein, auch viele Handwerker führen ihre Kinder in ihre Kunst ein und arbeiten schließlich mit ihnen zusammen: Möbelschreiner, Schmiede, Steinmetze und natürlich Köche mit eigenem Restaurant. In letzter Zeit haben sogar Vertreter anderer Berufsgruppen damit angefangen: Die beiden Apotheker der Stadt lassen ihre Kinder in ihren einträglichsten Läden arbeiten, der Bauingenieur Piccardi beschäftigt seinen Sohn Alessandro, einen Architekten, und seine Tochter Francesca, eine Ingenieurin, in seiner Beratungsfirma.

Doch die sichtbarsten Familienbetriebe sind natürlich die Restaurants. Bei uns in Montalcino werden fast alle Restaurants von Familien geführt.

Nach amerikanischer Ansicht ist das ein Unding, dort hält man Familienbetriebe für so mittelalterlich wie Monteriggioni, wo die massiven Mauern zwar für Sicherheit sorgen mögen, aber auch einengen, die Welt aussperren. Doch meiner Ansicht nach überwiegen die Vorteile von Familienbetrieben ihre Nachteile bei weitem. Familienbetriebe bieten eine unschätzbar wertvolle finanzielle, emotionale und soziale Sicherheit. Was macht da schon, dass sie nur begrenzte Möglichkeiten bieten? Die Kinder der Inhaber sehen das offenbar genauso, denn die meisten steigen gerne bei ihren Eltern ein und bleiben, mit Vergnügen und Stolz.

Il Marruchcto ist eine Rarität, ein Fischrestaurant dreißig Kilometer vom Meer entfernt. In Nordamerika gelten dreißig Kilometer als Katzensprung, aber nach italienischer Auffassung befindet man sich dreißig Kilometer vom Meer weg mitten auf dem Festland. Die einfache Trattoria liegt in der Nähe des Castello Banfi, am Rand des Anbaugebiets für Brunello. Mittags gibt es für die arbeitende Bevölkerung ein Menü für zwölf Euro, bestehend aus: Pastagericht, Fleisch mit Gemüse, *un quarto di vino,* einem Viertel Wein, Mineralwasser und natürlich einem Espresso. Dennoch kommen die Gourmets bis aus Florenz und Rom, um bei der Familie del Regno zu essen. Die führt das Lokal mit freundlicher Würde und absoluter Detailbesessenheit.

Nur die allerfrischesten Zutaten kommen auf den Tisch. Das Lokal fasziniert mit einem verblüffend breiten Angebot an Fisch, von filetierten Sardinen in einer Soße aus Kapern, Petersilie und Olivenöl bis hin zu Babyoktopus, der in ein Tuch geknotet lange in einer Brühe aus Tomaten, Olivenöl, Knoblauch und schwarzen Oliven geköchelt hat.

Carmine del Regno, der Vater, steht in der Küche. Kochen ist nicht sein Beruf, sondern seine Leidenschaft – oder vielmehr seine Obsession. Das Restaurant öffnet zwar erst um zwölf, doch er wirft jeden Tag um sieben den Herd an und backt Desserts, bei denen einem das Wasser im Mund zusammen läuft: Mascarpone-Kuchen mit Mandeln und Birnen, köstliche Beerentörtchen und die beste Tarte Tatin, die du je gegessen hast. Carmine hat früher in einem französischen Fünfsterne-Restaurant an der Mosel gearbeitet. Dort kaufte er den Fischern zweimal täglich den frischesten Fang ab. Die Kombination von ostfranzösischer und amalfitanischer Küche (Carmine stammt von der Amalfiküste) führte zu unvergesslichen Gerichten. Für seine liebsten Gäste kreiert er manchmal spontan etwas ganz Besonderes. Fragt man Carmine, warum er sich so viel

Mühe macht, sagt er mit ungespielter Bescheidenheit: »Ich genieße es, Menschen glücklich zu machen.«

Seine Frau Amelia bestellt die Zutaten und hilft natürlich in der Küche; der ältere Sohn, Enzo, mittlerweile über dreißig, besorgt die Weine, leitet die Bar und bedient, während sein jüngerer Bruder Federico am Pizzaofen steht und überall aushilft, wo gerade Not am Mann ist. Wir sind seit fast zwei Jahrzehnten befreundet – bei Carmine isst man wie zuhause bei Mama. Das ist keine Phrase, sondern drückt genau das Gefühl aus, das viele Gäste haben. Denn die Portionen sind großzügig und die Aromen komplex, vor allem aber kommen die Stammgäste wegen der entspannten, lebendigen Atmosphäre immer wieder. Die Familie del Regno betreibt das Lokal, als wäre sie hier zu Hause – was sie auch ist. Sie setzen sich zu dir, essen und trinken mit dir, plaudern und lästern, jammern oder ziehen dich auf.

Eines Abends besprachen wir mit der Familie bei ein paar Flaschen Wein die Vor- und Nachteile von Familienbetrieben. Unserer Einschätzung nach gab es zwei wichtige Nachteile: Erstens kann man kaum den Job wechseln, weil es für die ganze Familie einen Schock bedeutet, wenn du dich zum Gehen entschließt. Und zweitens ist es emotional aufreibend, mit den Menschen, die man liebt, auch zusammenzuarbeiten.

Aber dem steht eine ganze Reihe von Vorteilen entgegen. Erstens weiß man sicher, dass man nicht gefeuert wird – außer vielleicht, man brennt den Laden auf die Grundmauern nieder. Zweitens ist da die Atmosphäre: Man ist immer in Familie. Und da die meisten italienischen Familien sich ohnehin nahe stehen, weil sie ihr Leben lang gemeinsam gegessen, ihre Freizeit und all ihre Ferien gemeinsam verbracht haben, ist die allgemeine Stimmung entspannt. Enzo drückte es so aus: »Ich habe nicht das Gefühl zu arbeiten. Ich bin einfach zu Hause und amüsiere mich.«

Wenn man sich derart gut kennt, ist es einfach, die Stimmung des anderen zu erkennen, seine Macken zu ertragen und, mit ein bisschen Anstrengung, das Beste aus den anderen herauszukitzeln.

Spannungen, die bei der Arbeit durchaus entstehen können, können in italienischen Familien leicht abgebaut werden, weil jeder daran gewöhnt ist, den anderen seine Meinung spontan und offen zu zeigen – weiter nördlich in Europa würde man dazu vermutlich »Herumbrüllen« sagen.

Das beste – allerdings untoskanische – Beispiel ist *Al Barcareto* in der Nähe des Campo Santo Stefano, mein zweites Zuhause in Venedig. Dort betreiben Emilio und Anna zusammen mit ihren Söhnen Adriano und Fede die anerkannt beste klassische Osteria der Stadt. Zusammen mit einer Handvoll Stammgäste, die seit bald zwanzig Jahren hier jeden Tag zu Mittag essen, sitze ich am Familientisch direkt an der Tür zur Küche. Das fröhliche Treiben erinnert an *carnevale,* ein Ballett im Schnellvorlauf oder einen Zirkus, dessen Löwen gerade entsprungen sind. Manchmal erhitzen sich die Familiengemüter, dann fliegen gebrüllte Beleidigungen durch den Raum. Die Stammgäste mischen sich ein, ergreifen Partei oder mokieren sich, bis das Ganze einer Rossini-Oper ähnelt. Diese häusliche Atmosphäre sorgt in der Familie – von gelegentlichen Ausbrüchen einmal abgesehen – für eine spürbare Gelassenheit. Da es keine Häuptlinge gibt, nur Indianer, sucht sich jeder die Rolle, die am besten zu ihm passt, wobei Rollen auch angepasst oder getauscht werden können. Der Laden gehört dir, wenn irgendwas erledigt werden muss, dann machst du es halt.

Ein weiterer Pluspunkt sind die flexiblen Arbeitszeiten. Du musst nicht pünktlich kommen und die Stechuhr betätigen, du musst nur dafür sorgen, dass alles Notwendige rechtzeitig erledigt wird. Und wenn du das mal nicht schaffst, ist es auch kein Beinbruch. Die Stammgäste sind unkompliziert: Wenn der Service nicht hinterher kommt, warten sie ohne zu klagen; Wasser, Brot und Wein holen sie sich notfalls selbst, manchmal helfen sie sogar beim Abräumen mit. Kein Grund, sich bei ihnen zu entschuldigen: Sie fühlen sich dadurch nur noch heimischer.

Während des Arbeitstags bestimmt man selbst den Rhythmus, man setzt sich hin, wenn man eine Pause braucht, legt sich kurz in die Sonne oder läuft kurz zu seinem Schatz heim, für ein bisschen Liebe.

Unter dem Jahr kann man sich Tage oder Wochen frei nehmen, wann man es nötig hat. Kein toskanisches Restaurant macht jeden Tag auf; jedes hat einen Ruhetag – der mit den anderen Restaurants der Umgebung abgestimmt ist, damit niemand hungrig bleiben muss. Aber wenn man mehr freie Tage braucht, richtet die Familie das so ein. Und da es in Familien langfristig darum geht, die Zufriedenheit aller Mitglieder zu maximieren, versucht man fast reflexhaft, die anderen glücklich zu machen. Glück ist ansteckend, und ich kann das anhand meines Familienunternehmens, in dem wir seit vielen Jahren zusammen Wein machen, hundertprozentig bestätigen.

Nun zum Geld. Deine Entlohnung ist so flexibel wie die Arbeitszeit. Bei *Il Marrucheto* gibt es weder Zahltage noch Gehaltsschecks, nur die Kasse. Wenn man Geld braucht, nimmt man es sich, wenn man keines braucht, wird von einem erwartet, dass man das Geld für diejenigen in der Kasse lässt, die es brauchen. »Egal wie wenig man verdient«, erklärte Enzo lachend, »man muss immer einrechnen, wie viel man dadurch spart, dass man keinen Hund braucht. Einen Hund, den man treten kann, wenn es in der Arbeit mies läuft.« Er deutete über den Raum. »Hier wechseln wir uns ab. Mal bist du der Hund, mal teilst du die Tritte aus.«

Magere Jahre, wie etwa dieses, wirken weniger schlimm, wenn alle in gleichem Ausmaß darunter leiden. Dann rückt man noch ein bisschen mehr zusammen und steht die Krise durch.

Gegen Ende des Abends hatten wir das Thema fast ausdiskutiert, als jemand *fiertà* aufbrachte, Stolz. Vom Vater angefangen, hatte jeder etwas zu diesem Punkt beizusteuern; auch Candace und ich wurden hineingezogen und stimmten überein, dass die Freude am selbstbestimmten Leben nur noch verstärkt wird, wenn die ganze Familie daran teilhat. Wir waren uns auch alle einig, dass der Stolz weniger daher rührte, etwas Eigenes geschaffen zu haben, seien das nun *gnocchi ai frutti di mare*, Gnocchi mit Meeresfrüchten, oder eine Flasche Wein, sondern hauptsächlich von der Zufriedenheit im Gesicht deiner Kunden. Denn man ist nicht nur stolz auf das, was man gemacht und aufgetischt hat, sondern auch auf seinen Platz, auf sich selbst, sein Leben und seine ganze Familie. Und obwohl man das nie in Worte fasst, zeigt es sich doch auf deinem Gesicht, und springt wie ein Glücksvirus von einem Menschen zum nächsten, von Haus zu Haus, Dorf zu Dorf, Stadt zu Stadt.

Ich musste nur die Episode von dem Paar aus North Carolina erzählen, das unseren Shiraz bei einem Freund probiert und grandios gefunden hatte. Es bestellte ihn bei uns, mit der Bitte, möglichst schnell zu liefern, weil es bald zu einer Dampferkreuzfahrt aufbrechen würde, auf der es ihn zu seinem fünfzigsten Hochzeitstag trinken wollte. Die Zeit war extrem knapp, wir schickten den Wein sofort per Kurier los. Am Abfahrtstag hatte das Paar die Hoffnung schon aufgegeben, es packte die Koffer, lud sie ins Auto und wollte rückwärts aus der Einfahrt setzen, als der Lieferwagen des Paketdienstes vorfuhr und die Einfahrt blockierte. Der Wein! Einige Tage später aß das Paar mitten auf dem Pazifik bei Kerzenschein zu Abend, schwelgte in Erinnerungen an ein langes gemeinsames Leben und trank auf die Gesundheit unserer Familie, die, von der Traube bis zur Flasche, ihren Lieblingswein erzeugt hatte.

Diese Bilder brennen sich dir ganz tief ein und zaubern in den unerwartetsten Augenblicken ein Lächeln in dein Gesicht.

Die Mehrgenerationen-Familie

Die Bartolommeis leben am Abzweig der Schotterstraße, die sich eine Meile weit durch die Landschaft schlängelt, bevor sie bei unserem Haus endet. Ihr Hof heißt *Caprili,* ist uralt und weitläufig, insbesondere seit ein Anbau für den Weinkeller und ein neues Haus für die Familie des ältesten Sohns hinzugekommen sind. Das Zentrum des Anwesens ist nach wie vor der große Scheunenhof, der im Sommer von einer dicht mit Wein bewachsenen Pergola beschattet wird, so dass nur wenige Lichtflecken auf den Steinboden tröpfeln. Um den Hof herum leben sieben Mitglieder der Familie Bartolommei, in vier Generationen. Und alle arbeiten in den eigenen Weinbergen oder der eigenen Kellerei.

Die Menschen der Toskana leben zwar gerne in Gesellschaft, legen aber großen Wert auf ihre Unabhängigkeit. Deswegen wurde das Bauernhaus in drei Wohnungen aufgeteilt. In einer lebt der Jüngste, Giacomo, mit seinen Eltern. In der zweiten wohnen seine Großeltern und sein Onkel Paolo und im Erdgeschoss Settimia, die Urgroßmutter.

Denn wenn sie den ganzen Tag im Weinberg geschuftet oder die Schweine an die besten Stellen im Wald geführt hat, wo die Bucheckern liegen, genießt sie am Abend die Ruhe allein. Ihr gefällt, dass sie keine Stufen steigen muss – so kann sie ihre Kraft dafür aufsparen, auf Leitern zu steigen und Obst oder Oliven zu pflücken.

Einen Kilometer entfernt leben drei Generationen der Familie Castelli in einer riesigen verzauberten Burg mit doppeltem Innenhof, Kapelle und eigener Familiengruft. Ein wenig hügelabwärts lebt die Familie Soldera, auch in drei Generationen, unterhalb von uns die Familie Fattoi, ebenfalls in drei Generationen. Nur Candace und ich, Flüchtlinge aus einer anderen Kultur, leben allein, seit Buster Richtung Uni ausgeflogen ist. Er fehlt uns, jede Jahreszeit, jeden Tag, schon aus praktischen Gründen, aber hauptsächlich, weil er unser Haus mit Freude und Liebe erfüllt hat.

Die Vor- und Nachteile des Zusammenlebens in mehreren Generationen werden meist aus rein praktischen Gesichtspunkten erörtert. Als Ausgangspunkt ist das vielleicht gar nicht schlecht. Ein auf den ersten Blick hartherzig wirkendes Sprichwort der Toskana besagt: »Erst sollen die Alten sich müde schuften.« Alte Menschen arbeiten in der Regel bis zu ihrem Tod. Auf all den Höfen um uns stehen die Alten in der Früh als erste auf, und sie mögen zwar mit der Zeit langsamer geworden sein – Settimia ist vierundachtzig, Castelli fünfundachtzig, die Großeltern Soldera und Fattoi Mitte siebzig – aber mit ihrer enormen Lebensfreude, mit ihren funkelnden Augen, mit ihrem energischen Schritt scheinen sie in allen Höfen die treibende Kraft. Spricht man sie darauf an, sagen sie, dass sie es sich anders gar nicht vorstellen könnten. Also sollte es auch gar nicht anders sein. Unzählige Studien haben gezeigt, dass eine große Zahl gravierender Leiden – zum Beispiel Herzkrankheiten, Schlaganfälle, Diabetes und Alzheimer – gar nicht erst aufkommen, wenn alte Menschen geistig und körperlich rege bleiben.

Ebenso wichtig ist die kontinuierliche geistige Anregung, nicht nur durch die bereits erwähnte vielfältige Arbeit, sondern auch durch den stetigen Umgang mit Angehörigen. Der hält geistig frisch, bis ins hohe Alter. Du bleibst interessant, unterhaltsam und deshalb ein gesuchter Gesprächspartner. Und da alles, was du tust, mit dem täglichen Leben der Familie verwoben ist, sind auch deine Kommentare und Anregungen für alle interessant.

Man kann sich gut vorstellen, wie lebendig Ofelio sich fühlt, wenn er von der Jagd einen Fasan mitbringt, oder wie stolz Settimia, wenn sie der Familie ihr tägliches fünfgängiges Menü kocht oder wenn sie ein Festmahl für fünfzehn Verwandte und Freunde ausrichtet, die bei der Weinlese geholfen haben. Und wie dankbar und befriedigt sie die ehrlichen Komplimente entgegennimmt, die sie nach solchen Mahlzeiten bekommt.

Was für ein Kontrast zu unseren Altersheimen oder gar den Rentnersiedlungen Amerikas, wo nur das vom Arzt verordnete Fitnesstraining die Monotonie eines Lebens unterbricht, das man ohne Gemeinheit »künstlich« nennen darf, eines Lebens, in dem man mit den Nachbarn nur zwei Interessen teilt: die an Körperfunktionen und an Krankheiten.

Die so hoch gepriesene Küche der Toskana hat sich auch deswegen über die Jahrhunderte erhalten, weil immer die Älteste im Haus fürs Kochen zuständig ist. Wobei ich mit Kochen meine, dass man die Geduld und die Leidenschaft aufbringt, Soßen und Eintöpfe über Stunden hinweg langsam köcheln, Fleisch stundenlang im offenen Kamin braten zu lassen und den ganzen Morgen lang Pastateig zu kneten, auszurollen und zu schneiden. Aber die Arbeit in der Küche trägt nur einen relativ geringen Anteil an der Vielfältigkeit und der Schmackhaftigkeit des toskanischen Essens. Wie bei der Weinproduktion – wo nur zehn bis fünfzehn Prozent des Ergebnisses von der Verarbeitung im Weinkeller abhängen und der Rest viel früher anfängt, im Weinberg – beginnt gute Küche in den Feldern, in Ställen und in Gemüsegärten. Noch die größte Kochkunst, noch die wildeste Entschlossenheit machen kein gutes Mahl, keinen guten Wein, wenn die Zutaten nicht mit grenzenloser Liebe und Sorgfalt hergestellt worden sind.

Die älteste Generation ist sich dessen bewusst. Sie weiß aus eigener Anschauung und Erfahrung, dass es beim Kochen und in der Weinherstellung nicht ein einzelnes Geheimnis gibt, sondern eine Unzahl kleiner, aber zeitaufwändiger Details. Und da können die Alten immer mithelfen, beim Kochen, der Hühnerzucht oder beim Kinderhüten. So halten sie mit ihrer unendlichen Geduld und Hartnäckigkeit, die nur Großeltern aufbringen, der jüngeren Generation den Rücken frei, so dass diese sorglos den anspruchsvollen Aufgaben ihres Alltags nachkommen kann.

Je älter wir werden, desto mehr schätzen wir offenbar unsere Familie. So können Großeltern als Ausgleich dienen, wenn Eltern zu sehr dem Erfolg nachhetzen, anstatt das Bedürfnis ihrer Kinder nach Zuneigung und Aufmerksamkeit zu erfüllen. Wie beruhigend muss es für Kinder jedes Alters sein zu wissen, dass sie beim Heimkommen kein leeres Haus vorfinden, sondern immer jemand da sein wird, der sich um einen kümmert, der sein Leben mit einem teilt.

Diese Einbindung der Großeltern ins Leben sorgt in der Toskana für Kontinuität, denn Kinder lernen ganz nebenher, schlicht durch Beobachtung, wie man kocht, zahllose Tätigkeiten auf dem Hof erledigt, komplexe Interaktionen mit Freunden oder Angehörigen managt. Hier sollten wir auch einen der am meisten vernachlässigten Aspekte der Erziehung erwähnen: körperliche Zuwendung. Vor ein paar Jahren wurden in Amerika die Autoaufkleber »Hast du dein Kind heute schon in den Arm genommen?« populär. Erschütternd, dass man so etwas überhaupt fragen muss! Und wie läppisch wenig ist eine Umarmung im Vergleich zum riesigen Bedürfnis unserer Kinder nach körperlicher Zuwendung! In den Arm nehmen? Lächerlich! Wir alle wollen vor Liebe geradezu erdrückt werden! Gibt es ein »zuviel« davon? Für das durchschnittliche Kind wohl nicht. Und die meisten Großeltern sind gerne bereit, ihre Enkel vor Liebe zu erdrücken.

Großeltern zeichnen sich oft durch Gelassenheit aus und lehren die Enkel allein durch ihr Beispiel diese schwer zu erlangende und dennoch so wichtige Kunst. Im Gegenzug färben Energie und Lebendigkeit der Enkel auf die Alten ab; die beiden Generationen leben in fast perfekter Symbiose und spenden sich gegenseitig unablässig Energie und Liebe. Auch hier könnte der Kontrast zum üblichen Modell nicht größer sein, wo Alte und Junge wie in Ghettos nur mit Gleichaltrigen zusammengepfercht werden.

In rein praktischer Hinsicht profitiert die mittlere Generation vielleicht am meisten. Sie hat nicht nur stets verfügbare Babysitter für die Kinder, die Alten nehmen ihr auch viele Arbeiten drinnen und draußen ab. In unseren Zeiten endlosen Nachmittagsunterrichts und unzähliger außerschulischer Aktivitäten fällt den Älteren auch oft die Aufgabe des Chauffeurs zu. Und weil die meisten Bewohner der Toskana in Familien aufgewachsen sind, in denen man sich austauschte und unterstützte, ist es für die mittlere Generation immer beruhigend, jemand Älteren um sich zu haben, der einem zuhört oder sogar Rat geben kann. Und oft reicht es ja, jemandem sein Leid zu klagen, damit man neue Kraft schöpft. Jeder, der einmal einem guten Freund in einer Lebenskrise sein Ohr geliehen hat, weiß, wovon ich rede. Die Großeltern sind also nicht nur Babysitter, Köche, Dienstmädchen und Chauffeure, sondern auch noch Psychoanalytiker.

In der Toskana versorgen Eltern ihre Kinder, egal wie alt die schon sind. Ein Freund zog einmal eine interessante Parallele zwischen Familien in der Toskana und großen Teilen der westlichen Welt: Wenn in Amerika (oder in Deutschland) jemand mit fünfundzwanzig noch bei seinen Eltern lebt, schütteln die Nachbarn den Kopf und fragen sich, was mit dem Kind nicht stimmt. In der Toskana ist es umgekehrt: Wenn ein fünfundzwanzigjähriges Kind von zuhause auszieht, schütteln die Nachbarn den Kopf und fragen sich, was mit der Familie nicht stimmt.

In der Toskana leben fünfzig Prozent aller jungen Männer zwischen zwanzig und dreißig noch zu Hause. Und wenn sie dann ausziehen, dann oft in eine Wohnung, die ihnen die Familie zur Verfügung gestellt hat. Warum auch nicht? Haben denn junge Paare nicht schon genug Sorgen? Ist das Leben – Ehe, Jobs, Kleinkinder – für sie denn nicht schon aufwühlend genug? Brauchen sie wirklich noch eine Hypothek? Wenn man in der Toskana mehr Platz braucht, wird oft einfach angebaut. Der ehemalige Konvent, den wir renoviert haben, ist in dreizehn Bauabschnitten entstanden; im Lauf der Zeit war immer angestückelt worden, wenn der Platz ausging. Wenn der Zeitpunkt gekommen ist, dass die Kinder heiraten, versuchen die meisten toskanischen Eltern, ihr Haus zu erweitern. In der Stadt gilt das ebenso wie auf dem Land; man baut entweder an oder wandelt eine Scheune, einen Stall oder eine Garage um. Und wenn das wirklich nicht mehr möglich ist, versuchen die Eltern, etwas in der Nähe zu kaufen, idealerweise in fußläufiger Entfernung. So kann sich die Familie jederzeit sehen, so können Kinder mühelos zwischen Mama und Oma hin und her laufen.

In der Toskana beobachten Kinder die grenzenlose Großzügigkeit ihrer Großeltern und lernen ganz selbstverständlich, selbst ebenfalls freimütig zu geben. In der Toskana kann man unmöglich ein Haus betreten, egal, zu welcher Tages- oder Nachtzeit, ohne dass man nachdrücklich eingeladen würde, sich hinzusetzen und ein Glas Wein oder Grappa zu trinken und einen Happen zu essen. Dieses selbstverständliche Teilen und Abgeben geht Kindern in Fleisch und Blut über. Buster hat zwar keine Großeltern, doch die Fattois, die Paoluccis, Marina und Francesco haben diesen Mangel mehr als wettgemacht. Er hat viele Nachmittage bei ihnen verbracht, wie selbstverständlich immer mit ihnen gegessen, er wurde genährt und gemästet wie eine Weihnachtsgans. Und diese Großzügigkeit hat er übernommen. Es gibt nur wenig Schöneres und Befriedigenderes, als Busters freudestrahlendes Gesicht zu sehen, wenn er seiner Mama ein kleines selbst gemachtes Geschenk überreicht oder wenn er mit *porcini* oder wildem Spargel aus dem Wald zurückkehrt.

Dazu kommt noch das unsichtbare Geschenk der Geborgenheit. Wenn es in Familien Streit gibt, wenn die Eltern sich zoffen, wirkt allein die Anwesenheit der Großeltern schon beruhigend. Und wenn ein Elternteil krank wird oder stirbt, tröstet nichts besser als die Liebe der Großeltern.

Auch die Elterngeneration profitiert emotional, nicht nur von der offenkundigen Unterstützung in Zeiten der Not, sondern auch vom Wissen, dass die Großeltern immer da sind, um nach dem Haus und den Kindern zu sehen. Und wenn die Kinder ausfliegen, um zu studieren oder mit einem Partner zusammenzuziehen, dann ist es schön, noch jemanden in seinem leeren Nest um sich zu haben.

Die oft lärmende, manchmal geradezu tumultöse Mehrgenerationenfamilie liefert wahrhaftig genug Emotionen noch für den Bedürftigsten.

Den Platz im Leben finden

In Europa und Nordamerika schaudert es vielleicht viele, wie eng die Menschen der Toskana mit ihren Familienmitgliedern, aber auch ihrer Umgebung verwoben sind. So sehr haben wir uns an eine zersplitterte Gesellschaft gewöhnt, in der nicht nur Arm und Reich getrennt leben, sondern auch Alt und Jung. Diese Abschottung sorgt, ebenso wie die Verstädterung, dafür, dass wir mehr konsumieren. Marketingabteilungen haben herausgefunden: Je besser sie uns vom wärmenden Kontakt der anderen abschneiden, je einsamer und isolierter wir uns fühlen, desto mehr konsumieren wir, um unsere Einsamkeit zu vergessen. Also wurden wir in Marktsegmente aufgeteilt, denen man Kinder-Fitnessstudios verkaufen kann, dann Teenager-Telefone, dann Wohnungen in Rentnersiedlungen. Die Konsumkultur hat ihren Höhepunkt erreicht, als schließlich jeder glaubte, dass materieller Besitz ein leidenschaftliches Leben ersetzen könne, dass Glück, Erfüllung, Liebe und Lachen automatisch kämen, sobald wir in Besitztümern schwimmen. Doch genau das Gegenteil stimmt.

Wir bereiten unsere Kinder von ihrer Geburt an auf ein Leben als Konsumenten vor. Wir überhäufen sie mit Luxus, aber unsere Liebe und unsere Zeit bekommen sie nicht. Wir bringen ihnen nicht durch unser gutes Beispiel bei, die Menschen zu lieben und Gesellschaft wie Freundschaft höher zu schätzen als sonst irgend etwas. Nein, unbewusst lehren wir sie, allein ihr Eigentum zu lieben. Anstatt ihnen das Teilen beizubringen, lehren wir sie Raffgier.

Ganz anders in der Toskana, wo man von Geburt an zu teilen lernt. Dort ist sich jeder bewusst, dass er von allen anderen abhängt. All die tollen Besitztümer ersticken die Phantasie; es scheint fast nie mehr nötig, sich etwas auszudenken, etwas zu erfinden. Und so entsteht eine Generation von jungen Leuten, der es in erschreckendem Ausmaß an Phantasie und Visionen mangelt, die ohne elterliche Liebe aufwuchs und nie Kontakt zu Menschen hatte, die anders ticken als sie selbst.

Wenn wir unsere Kinder mit Dingen überschütten – mit Spielzeug, Fernsehern und tausend anderen Ablenkungen – bleibt kein Platz mehr für Mysterien. Dabei gehören sie zu den größten Schätzen des Lebens. Wenn wir unsere Kinder, liebend und wohlmeinend, mit elektronischen Wundern überhäufen, mit Plärrendem, Sensationellem, dann machen wir sie taub für Subtiles, etwa im Umgang mit ihren Mitmenschen oder in der Natur um sie. Mitmenschen oder die sich ewig verändernde Natur – Berge, Wälder, Bäche, Wiesen und Sümpfe – bieten keinen solchen Thrill wie der neueste Schnickschnack. Und weil überall der gleiche neue Schnickschnack angeboten wird und auch die Unterhaltung überall die gleiche ist, haben wir am Ende überall nur noch Klone; von Individualität bleibt kein Hauch mehr.

Mit Joystick und Fernbedienung in der Hand haben unsere Kinder das Gefühl, sie könnten ihre mechanische Welt beherrschen. Sie haben kaum Anreize, nachzudenken oder sich in andere hineinzuversetzen. So lernen sie nie, in der realen Welt verständnisvoll, kreativ oder gar individualistisch zu sein. Sie lernen nur, wie sie Anweisungen stur befolgen, sie lernen eine perfekte Koordination von Hand und Auge, um so später am Fließband des Lebens besser funktionieren zu können.

Wer nimmt sich noch die Zeit, die Menschheit zu verstehen, wenn wir alle X-boxen, twittern oder zwischen fünfhundert Fernsehkanälen hin und her zappen? Wer hilft der Menschheit? Wer sieht anderen Menschen noch ins Gesicht? Welche Chance hat denn ein Mensch, der nur redet, lächelt und gelegentlich jodelt, gegen einen Bildschirm, der sich elf Mal die Sekunde blitzend, explodierend neu aufbaut? Warum sollte man sich um echte Freunde mit komplexen Problemen kümmern, die Zeit und Zuwendung beanspruchen, wenn man in Minuten ein Dutzend virtuelle Freunde finden kann? Wer braucht echte Menschen, wenn es mechanische Liebhaber und elektronische Freunde gibt?

Die Menschen in der Toskana versuchen ein solches virtuelles Leben nicht aktiv zu unterbinden, aber sie bieten völlig mühelos ein so intensives, humanes echtes Leben voll echter Gefühle – nicht alle positiv, aber alle intensiv: Trauer und Glück, Liebe, Angst und Freude –, dass selbst die Jüngsten dem oberflächlichen Thrill elektronischer Daddelei nicht viel abgewinnen können. Und wenn man echte Freunde hat, verliert die imaginäre Verbundenheit mit Fremden schnell ihren Reiz. Ebenso wie die Menschen der Toskana industriell hergestellte Nahrungsmittel für einen Graus halten, scheint ihnen auch der seichte Thrill virtueller Freundschaften im Vergleich zu Kontakten mit Menschen aus echtem Fleisch und Blut nur als trauriger Abklatsch. Sie wissen, dass in Zeiten der Not hundert »beste« Facebook-Freunde nicht so viel wert sind wie ein echter Freund an deiner Seite. Sie verstehen offenbar auch, dass man die Realität nicht mehr wahrnimmt, wenn man in einer elektronischen Phantasiewelt lebt. Dass man oft seine Aufmerksamkeit, Sorge und Liebe an Menschen verschwendet, deren Leben man nicht im Geringsten beeinflusst, anstatt sie denjenigen zukommen zu lassen, die einen wirklich lieben und brauchen.

Auf falschem Kurs

Wir driften als Gesellschaft nicht zufällig auseinander, wir sind nicht zufällig auf den Pfad des ungehemmten Konsums geraten. Nein, wurden dorthin geführt, von Menschen, denen wir vertrauten. Und wir sind ihnen gefolgt, obwohl der gesunde Menschenverstand uns riet: »Tu's nicht!«

In der Toskana hält man nicht viel von Politikern. Das erfuhr ich vor etwa zehn Jahren in Montalcino auf dem Wochenmarkt. Die Stände ziehen sich von der alten Burg (elftes Jahrhundert) am kleinen, pinienbestandenen Park (dreizehntes Jahrhundert), am Postamt (von vorgestern) vorbei bis hin zur winzigen Piazza unter der Renaissancefassade der Kirche Sant'Agostino. Alles ist gut organisiert: Die ersten Stände verkaufen Blumen und Pflanzen, so dass Verliebte sich schnell einen Strauß schnappen und den Rest auslassen können, denn wer verliebt ist, schert sich nicht um Nahrung oder Kleidung. Ebenso praktisch ist diese Aufteilung, wenn man nur schnell Setzlinge für den eigenen *orto*, Gemüsegarten, besorgen will. Man fährt vor, lädt ein und ist wieder weg. Dahinter kommen Haushaltswaren, denn selbst wenn man alle Zutaten selbst anbaut, braucht man früher oder später doch eine Pfanne. Es folgen Schuhe, denn die gehen am schnellsten kaputt, dann Kleidung aller Art, präsentiert von drallen Schaufensterpuppen in schwarzen Spitzen-BHs und mit Pelzmützen, wie man sie in Sibirien bei sechzig Grad minus trägt.

Der beste Teil des Marktes befindet sich vor Sant'Agostino: das Essen. Hier findet man Stände mit großen Pecorino-Rädern, dicken *prosciutto*-Scheiben, und Ketten von steinharten Wildschweinwürsten. Daneben gibt es Spanferkelbraten vom Spieß, köstliche, dampfende *porchetta,* ein gewaltiges Trumm gebratenes Schwein, gefüllt mit Rosmarin, Salbei, Knoblauch und genug Salz, um die Arterien eines Nashorns zuzukleistern.

Außerdem gibt es noch die Obst- und Gemüsestände. Der erste gehört einer gebrechlichen älteren Dame und ist eigentlich kein Stand, sondern das Lastendreirad ihres Manns, auf dessen Ladefläche sich bescheidene Häuflein selbstgezogenen Grünzeugs verlieren: Knoblauch und Zwiebeln, an denen noch Erde klebt, Salbeibündel, Spinatbouquets, Tomaten der verschiedensten Formen und Größen. Die zwei anderen Stände sind größer, professionell. Beim einen wird die Ware ganz informell in Holzkisten präsentiert, beim anderen kunstvoller zu Pyramiden gestapelt.

An jenem Freitag schien die Pyramiden-Signora erregt. Sie stapelte ihr Obst ungewöhnlich ruppig und knallte die Selleriebündel geradezu auf den Stand. Ich nahm ein Kilo hiervon und ein Kilo davon, und erkundigte mich neugierig: »Sie scheinen heute nicht glücklich zu sein. *Che c'è?*«

Sie boxte eine Rübe und begann, mit der Hand zu wedeln.

»Wer wählt denn so jemanden?« platzte es aus ihr.

»Wen?«

»Diesen Mann, der sich um die Präsidentschaft bewirbt. Diesen Bush. Ich hab ihn im Fernsehen gesehen.«

»Und?«

»Er ist dumm.«

Überrascht fragte ich: »Sie verstehen englisch?«

»Brauch ich nicht. Ich habe seine Augen gesehen. Ich schaue eine Rübe an und sehe eine Rübe. Ich schaue einen Blödmann an und sehe einen Blödmann.«

»Er ist kein Genie«, räumte ich ein.

»Er ist blöd! Und der will ein Land regieren?« schimpfte sie und schlug auf einen reifen Kürbis. »Ich würde den Mann nicht meine Tomaten stapeln lassen.«

Sie schwieg und gab mir eine Tüte Mandarinen.

»Euer Berlusconi ist auch nicht gerade ein Einstein«, frotzelte ich.

»Berlusconi ist ein Clown. Er ist harmlos. Und er regiert ja nicht. Wir regieren! Aber in Amerika wird der da regieren.«

Ich musste nicken. Sie akzeptierte meine Antwort und reichte mir einige Birnen. Ich zahlte und wandte mich zum Gehen.

»*Porca troia*!« Schweinesau!, fluchte sie und knallte den Sellerie so grob hin, dass er aufbrach. Sie sah ihn enttäuscht an und rief dann in die Menge: »Sellerie zum halben Preis! Sonderangebot zu den Wahlen!«

Damals, vor zehn Jahren, fand ich ihre Reaktion übertrieben. Angesichts der heutigen Lage – kollabierende Wirtschaft, ruinierte Umwelt, Existenzängste überall – muss ich zugeben, dass der zertrümmerte Sellerie noch eine kolossale Untertreibung war.

Es stimmt, in den letzten zehn Jahren haben wir moderne Wunder geschaffen, Wissenschaft, Technologie, Medizin und Kommunikation haben gewaltige Fortschritte gemacht, aber wir scheinen auch länger zu arbeiten, mehr zu pendeln, mehr anzugeben und uns gleichzeitig mehr Sorgen zu machen, mehr zu essen und fetter zu werden. Dann fühlen wir uns mies, fangen eine Diät an, schlafen weniger, lassen uns öfter scheiden und ersetzen Zwischenmahlzeiten durch Valium und Tabletten gegen Sodbrennen. Und alles, weil die falschen Leute Tomaten gestapelt haben.

Inzwischen ist der amerikanische Traum – sicherer Job, eigenes Heim, glückliche Familie –, der vor kurzem noch greifbar schien, für viele Menschen kein Traum mehr, sondern eine ferne Erinnerung.

So eifrig sind wir unseren Anführern auf die wilde Jagd nach Geld gefolgt, dass wir die einfachen Freuden übersehen, unsere Freunde und Partner vernachlässigt und das Wertvollste vergessen haben, was unsere Art je erfunden hat: die Gesellschaft der Anderen.

Jahrtausendealte Werte wie Ehrlichkeit und Verantwortungsbewusstsein, Ziele wie die Schaffung einer besseren Welt für alle sind großteils über Bord gegangen. Heute herrscht eine Kultur, die sich über altmodische Sprüche wie »Geben ist seliger denn nehmen« totlacht.

Zum Glück ist sich die Toskana treu geblieben. Ja, sie ist reicher geworden, aber, von ein paar Ausnahmen mal abgesehen, nur *piano, piano,* ganz allmählich. Und das Fundament des täglichen Lebens blieb weitgehend unverändert: der enge Zusammenhalt der Gemeinschaft, die Heiligkeit der Familie, die Hochachtung vor Acker, Nahrung und Mitmenschen.

Nach meiner Überzeugung bietet jede Krise auch eine Chance. Am Rand der Katastrophe stehend, haben wir Gelegenheit nachzudenken und vielleicht eine neue Renaissance anzustoßen.

Mit unserem unbegrenzten Zugang zu Wissen und Informationen und dem nur allzu schmerzlichen Bewusstsein, was schief gelaufen ist, könnte jetzt der ideale Zeitpunkt sein, unser Leben neu zu bewerten: unsere Jobs, Häuser, Gemeinschaften, Beziehungen, Schulen, selbst unsere Ernährung und unsere Unterhaltung. Vielleicht ist jetzt der ideale Zeitpunkt, endlich zu überwinden, was Bob Herbert von der *New York Times* »die Übelkeit erregende Ansicht« nannte, dass »der ungezügelte Konsum schundiger Verbrauchsgüter der einzige Inhalt unserer Kultur und der alleinige Daseinszweck der amerikanischen Wirtschaft ist.« Vielleicht ist jetzt der perfekte Augenblick, wahre Sicherheit und dauerhaftes Glück zu suchen, ein erfüllendes Leben, das uns auf unser Menschsein stolz macht. Möglicherweise ist jetzt der Moment gekommen, um eine humane, nachhaltige Kultur wie diejenige der Toskana aufzubauen.

Wir dürfen uns jetzt nicht im Unglück suhlen, sondern sollten freudig aufbrechen – wie die Menschen, die nach dem finsteren Mittelalter die Renaissance einläuteten.

Wer ließ die Leiter umfallen?

Ein altes toskanisches Sprichwort lautet: »Wenn die Leiter erst mal umgefallen ist, weiß jeder guten Rat.« Trotzdem sollte man besser aus seinen Fehlern zu lernen.

Auf den ersten Blick scheint es eine herkulische Aufgabe, das Netz unserer Existenz – Wirtschaft, Umwelt, Lebensqualität – völlig neu zu knüpfen. Aber alles scheint einfacher, wenn wir uns klar machen, wer das Netz ursprünglich geknüpft hat: wir selbst.

Wir alle haben den Versprechungen der Wall Street, uns über Nacht reich zu machen, gern geglaubt, auch wenn natürlich alles reinem Wunschdenken entsprach. Während sich die Immobilienblase immer weiter ausdehnte, wähnte sich jeder schon als Millionär. Kritische Stimmen wie die des Wirtschaftsnobelpreisträgers Paul Krugman überhörten wir geflissentlich. Wer will sich schon vorhalten lassen, er werfe mit Geld um sich wie ein besoffener Matrose?

Wir haben unseren Menschenverstand über Bord geworfen und sind auf eine unendliche Shoppingtour gezogen. Wir mussten alles haben, was je produziert wurde, und waren bereit, dafür alles zu tun, und sei es noch so zerstörerisch oder selbstzerstörerisch. Wir machten *Anything Goes* zu unserer neuen Hymne.

Und es ging wirklich alles – den Bach runter.

Erst Enron, dann Lehman Brothers, dann die ganze Wall Street, dann das Vermögen der Rentenkassen. Es folgten die drei größten amerikanischen Autohersteller und schließlich unsere Arbeitsplätze. Und als die letzte Blase platzte, wehte sie unsere Häuser hinfort, einen Eckpfeiler des amerikanischen Traums. Ein Sprichwort der Toskana weiß seit langem: »Wenn alle Idioten weiße Hüte trügen, sähe die Welt wie ein riesiger Schwarm Gänse aus.«

Nur allzu bereitwillig hatten wir verdrängt, dass der Wert unserer Häuser im Lauf der Generationen ganz allmählich anstieg, weil die Bevölkerung wuchs und damit die Nachfrage nach Häusern. Diese gesunde Entwicklung wurde von klugen Bankern unterstützt, indem sie Hypotheken an Leute vergaben, die sich als kreditwürdig erwiesen hatten, über ein festes Einkommen verfügten und eine Anzahlung leisteten – kurz: an »erstklassige« Kunden, die den Kredit mit hoher Wahrscheinlichkeit zurückzahlen würden.

Aber dann vergaßen unsere Banker ihre Vernunft. Als die erstklassigen Kunden ausgingen, stürzten sie sich auf die »weniger erstklassigen«: Kunden ohne festen Job, ohne erwiesen gute Zahlungsmoral, ohne Eigenkapital. Sollten die Raten sich als zu hoch erweisen, so die Überlegung, könnte der Schuldner sein Haus schließlich wieder – mit Gewinn – verkaufen. An wen er aber verkaufen sollte, fragte sich niemand. Die erstklassigen Kunden hatten inzwischen ja alle ein Haus, die »weniger erstklassigen« ohne Job oder Ersparnisse auch. Ein potenzieller Käufer musste also noch weniger kreditwürdig sein – aber wer sollte das sein? Obdachlose? Kindergartenkinder? Embryos?

Ich frage ja nur.

Leider bleibt in unserem turbulenten Leben, in dem wir immer weiter pendeln und immer länger arbeiten, kaum mehr Zeit für grundsätzliche Gedanken oder tiefgründige Gespräche. Gern haben wir den Experten in den Kurznachrichten geglaubt, denen zufolge sich der Wert unserer Häuser jeden Tag verdoppelte. Wir waren, zumindest auf dem Papier, unfassbar reich. Und dem Keynesianischen Dogma folgend, dass nur Leute in Irrenanstalten Geld einfach nur »hielten«, schlugen wir zu.

Mein Gott, schlugen wir zu.

Manche gingen von sich aus zur Bank, um ihr (wertvoller gewordenes) Haus höher zu belasten. Andere musste man ein bisschen ermuntern. Alex Kotlowitz schrieb, in Cleveland »kreuzten Hypothekenvermittler durch Wohnviertel und hielten nach Häusern mit alten Fenstern, schiefen Veranden oder anderen Mängeln Ausschau, die repariert werden könnten. Dann boten die Makler eine Finanzierung für diese Maßnahmen an.

Viele dieser Angebote schienen äußerst verführerisch und nach einer kurzen Phase niedriger Rückzahlungen schossen die Raten in die Höhe. Plötzlich überschuldet, verloren nun Leute ihre Häuser, die sie schon mal völlig abbezahlt hatten.«

Am fürchterlichsten war der Fall der neunzigjährigen Addie Polk aus Akron (Ohio). Als der Witwe ihr Haus, in dem sie vierzig Jahre lang gelebt hatte, gepfändet werden sollte, erschoss sie sich. Addie Polk, deren Haus einmal vollständig abbezahlt gewesen war, hatte sich eine Hypothek aufschwatzen lassen.

In einer engen Gemeinschaft, in der Verwandte, Freunde und Nachbarn aufeinander achten, sich ständig begegnen und fortwährend miteinander zu tun haben, wäre so etwas unvorstellbar. Nicht zuletzt, weil jeder den Banker kennt und umgekehrt. Hier wären schon früh Zweifel aufgekommen, und wenn jemand versucht hätte, andere über den Tisch zu ziehen, dann hätten ihn Freunde und Verwandte schnell gestoppt. Mit einem überzeugenden, traditionellen Argument der Region, bei dem eine Klaviersaite, Aufhängen und Eier eine Rolle spielen. Wie Nebbia es einmal ausdrückte: »Wenn du mich einmal bescheißt, solltest du dich schämen. Wenn du mich zweimal bescheißt, singst du künftig Sopran.«

Ein altes toskanisches Sprichwort sagt: »Wer zu oft dem Verstand der anderen zuhört, hat bald selbst keinen mehr.« Aber wir scheinen immer mehr auf andere zu hören.

Offenbar vertrauen wir unserem eigenen Verstand und Urteilsvermögen nicht mehr, weshalb wir uns von Politikern und Geschäftsleuten führen lassen. Und dann tun wir ganz entsetzt, wenn die derart Beauftragten ihre eigenen Interessen verfolgen oder gar betrügen. Dabei darf uns das doch nicht wundern. Die von uns beauftragten Anführer litten möglicherweise an einer Krankheit, die im neunzehnten Jahrhundert erstmals definiert wurde: »moralischem Schwachsinn«. Das moderne Wort dafür lautet Psychopathie. Psychopathen können charmant und intelligent sein, gleichzeitig aber »egozentrisch, unehrlich, emotional oberflächlich und kurzsichtig«. Der Psychiater Hervey Cleckley vertritt die Ansicht, dass die individualistische, raubtierkapitalistische Seite der amerikanischen Kultur Psychopathologie fördert. Und Professor Robert Hare schrieb: »Am wohlsten fühlen Psychopathen sich im Wirtschaftsleben …, wo Ellbogenmentalität, soziale Gewissenlosigkeit und scheuklappenblinde Fixierung auf Erfolg herrschen.«

Was unsere Kurzsichtigkeit und soziale Gewissenlosigkeit angerichtet haben, lässt sich an der Umweltzerstörung ablesen, die ein derartiges Ausmaß erreicht hat, dass wir gar nicht mehr wirklich wissen, was wir der nächsten Generation noch hinterlassen – »wenn es denn noch eine geben sollte«, wie Nick Paumgarten vom *New Yorker* kühl anfügte.

Obwohl seriöse Wissenschaftler seit Jahren einig sind, dass unser Lebensstil die Hauptursache des Treibhauseffekts ist, blieb Präsident Bush bis Anfang 2008 skeptisch; im gleichen Jahr bezeichnete der Chef von General Motors die globale Erwärmung als »totalen Blödsinn«. Aber niemand von uns hat die zwei mit Baseballschlägern und Ziegelsteinen in Händen besucht, um ihnen zu erklären, wie die Dinge wirklich standen. Gänzlich unreguliert stellten die Großen Drei aus Detroit weiter Riesenkisten mit ebenso riesigem Benzindurst – und noch riesigeren Gewinnmargen – her, während uns ihre Werbung einflüsterte, wir wären uncool, wenn wir keine Kleinlaster fahren, mit denen man bis vor kurzem eigentlich Schweine transportiert hat.

Die Bauindustrie merkte auch, dass Megaprofite sich am einfachsten mit Megahäusern scheffeln ließen. Und erstaunlicherweise fingen selbst grundvernünftige Menschen, die zufrieden und bequem in bescheidenen Häusern lebten, bald an zu glauben, sie müssten in Flugzeughangars leben, wo man eine Suchmannschaft braucht, um die Mitbewohner zu finden. Diese Hangars füllten wir dann mit allem möglichen Krempel, den man sich nur vorstellen konnte, Hauptsache, er war *super-sized* oder brandneu. Während sich unsere Gehirne das letzte Jahrzehnt freigenommen haben, sind unsere Beine unablässig in die Shoppingmalls gewandert. Und wir aßen pausenlos, bis die halbe Bevölkerung aussah, als hätte sie am Druckluftschlauch genascht. Doch obwohl unsere Kleidung, Schränke und angemieteten Lagerräume schon aus allen Nähten platzten, nahmen wir immer neue Kredite auf, wedelten mit Plastikkarten und setzten die Konsumorgie des Jahrtausends fort.

Wir kauften uns Ghettoblaster und iPods, Flachbildschirme und DVDs, Einwegkameras und Moulinetten, Popcornmaschinen, Muffin-Backmaschinen, Maschinen zum Rasenmähen, Krabbenbraten, Hundescheren, Holzsägen, Schneeräumen, zum Blasen von Blättern, Haaren oder Luft. Wir kauften uns Geräte, um Hühner zu grillen, zu braten, zu kochen, zu frittieren, zu toasten oder auf den Mond zu schießen. Wir schluckten Chemie, um unsere Angstattacken in den Griff zu bekommen, rüsteten zum Kreuzzug gegen Achselschweiß, ließen uns die Titten vergrößern und wurden von oben bis unten mit Elektronikspielzeug behangen zu Leierkastenmenschen der Moderne. War unser Leben so sinnleer geworden, dass wir jede Sekunde mit einem Spielzeug füllen mussten?

So gerieten wir in das »Zeitalter der Angst«, wie die Medien es genannt haben. Kein Wunder. Wenn jemand ein völlig sinnleeres Leben führt, wie sollte er da keine Angst haben?

Die eigene Toskana

Wenn es je eine Chance gegeben hat, unseren Abenteuergeist wieder zu erwecken und unser Leben dramatisch zum Besseren zu wenden, dann bietet sie sich jetzt, in diesen Zeiten des finanziellen und sozialen Schwebezustands. Wie das alte Sprichwort sagt: »Man soll das Eisen schmieden, solange es heiß ist.« Und vielleicht können wir ja eine noch bessere Toskana errichten als damals die Etrusker. Schließlich verfügten die nur über einfache Werkzeuge, Steine und Schlamm, während wir nicht nur iPhones haben, sondern auch Klauenhammer und sogar Alleskleber.

Was zögern wir noch?

Wenn man uns fragte, wie wir aufwachen wollen, würde da irgendjemand tatsächlich antworten: »im Stau, kaffeeähnliche Flüssigkeit aus einem Pappbecher trinkend, unterwegs zu einem Job mit dem Titel ›Morgen vielleicht schon weg‹«? Wenn Ihnen das reicht, dann ruhen Sie in Frieden!

Lautet Ihre Antwort aber »in einem Häuschen mit Garten in einer Kleinstadt oder im Grünen«, dann lesen Sie weiter, denn ich werde Ihnen im Folgenden moralischen Beistand leisten.

Sie müssen auch gar nicht in die Toskana ziehen, denn das, wonach wir streben – finanzielle Sicherheit, emotionale Ruhe, abwechslungsreiche Arbeit, ein Leben inmitten von Familie und Freunden, in Schönheit und Natur –, ist vielleicht schon hinter dem nächsten Hügel zu finden. Außer Sie leben in Hoboken, dann vergessen Sie's.

Worauf warten Sie noch? Geben Sie Ihre Hausschlüssel der Bank – das Haus ist ohnehin weniger wert als die Hypothek drauf[2] –, packen Sie die Kinder ins Auto, geben Sie Ihrem Boss einen Abschiedskuss und brechen Sie ins Grüne auf.

Was Sicherheit und Flexibilität angeht, schlägt nichts die Landfamilie. Der Sozialtheoretiker John Berger schrieb einmal: »Die Landbevölkerung ist die einzige Schicht, die aus sich heraus zur Konsumverweigerung neigt.« Dadurch ist sie viel widerstandsfähiger gegen Arbeitslosigkeit, Rezession, Inflation und Deflation. Man kann sich kaum eine engere und stabilere soziale Einheit als die Landfamilie und ihre Nachbarn vorstellen, mit denen man die gleichen Probleme und Hoffnungen teilt.

Nach lebenslangen Studien auf dem Feld der Psychologie und der Anthropologie identifizierte Carl Jung das Dorf als den idealen Wohnort für Menschen. Zum gleichen Schluss kam der Architekturkritiker Lewis Mumford, der die letzten Jahrzehnte seines Lebens im Weiler Amenia (Bundesstaat New York) verbrachte, den er liebte.

---

2 In Amerika ist das möglich, damit ist die gesamte Hypothek getilgt.

Das Landleben ist allerdings nichts für Weicheier. Man braucht Einfallsreichtum, klares Denken, einen gesunden Rücken, viel Tatkraft und eine große Portion guten alten Menschenverstand. Nun mögen Sie einwenden, Sie können einen Baum nicht von einem Lichtmast unterscheiden. Aber ein wenig Selbsterkenntnis ist ein guter Anfang. Da draußen wartet mehr Hilfe und Rat auf Sie, als Sie je brauchen werden. Wenn Sie nicht mehr weiter wissen, schauen Sie sich einfach um oder bitten Sie Ihre Nachbarn um Rat. So lernen Sie sie gleich besser kennen – und schätzen, denn man wird Ihnen freudig helfen. Je mehr Sie von Ihrem Umfeld lernen, insbesondere von den Menschen, die schon lange hier leben und Landwirtschaft betreiben, die die Eigenheiten und die Jahreszeiten kennen, desto selbstsicherer werden Sie, desto mehr fühlen Sie sich zuhause.

Und wenn Sie nicht ganz allein losziehen wollen: Nehmen Sie doch einfach Ihre besten Freunde mit! Die fleißigsten und die lustigsten Grummler werden erstklassige Land-Nachbarn abgeben. Die Familien Abbott und Keith haben es vorgemacht: Mit Hilfe von Freunden gründeten sie in der Nähe von Barrie (Ontario) einen eigenen Weiler. Inzwischen sind in Kanada und Dänemark etliche ähnlicher Siedlungen aus dem Boden geschossen.

Gemeinsam mit sieben weiteren befreundeten Familien haben die Abbotts und Keiths achtunddreißig Hektar Grund erworben, teilweise grenzwertiges Ackerland, teilweise Wald. »Uns gehört alles zusammen: Land, Gärten, Obstgärten, zwei alte Traktoren und selbst die dreißig

Hühner ... Nur die jeweils viertausend Quadratmeter Grund um die Privathäuser gehören den jeweiligen Familien; hier wird die Privatsphäre respektiert.«

Weil sie das Land gemeinsam kaufte, konnte die Gruppe nicht nur einen großen Grund erwerben, den sich niemand allein hätte leisten können, sie konnte auch in einer Gegend investieren, wo noch große Flächen angeboten werden und der Hektarpreis entsprechend niedriger liegt.

Jede Familie gestaltete ihr Haus selbst, wobei alle auf geringen Energieverbrauch achteten. Eines der Häuser ist in einen Hügel hinein gebaut, mit großen Glasflächen Richtung Süden. Ein anderes Haus wird von einem riesigen Kamin beheizt, der die Hitze über Nacht speichert. Das Hundertfünfzig-Quadratmeter-Haus der Abbotts wird vornehmlich mit Sonnenenergie beheizt – trotz der rauen Winter verbraucht die Familie keine vier Kubikmeter Holz im Jahr.

Planung spielt bei diesen Dörfern eine große Rolle. Meistens werden die Häuser nah aneinander gebaut, um den sozialen Zusammenhalt zu fördern und die nutzbare Fläche nicht zu zersplittern. Die Häuser sind typischerweise kreisförmig angeordnet, zwischen ihnen gibt es keine Straßen. So bleibt der Verkehr außen vor, wodurch man ganz traditionell wieder eine Dorfwiese und einen Dorfteich anlegen konnte, Flächen, an denen man sich ganz ungezwungen trifft und auf denen die Kinder wunderbar spielen können.

In Barrie kam man überein, Maschinen wie Rasenmäher, Bodenfräsen und Traktoren gemeinsam anzuschaffen.

Dadurch sparte man sich Geld, an sich schon etwas Positives. Doch der Hauptvorteil dieses Teilens ist sozialer Natur: Wenn man Dinge gemeinsam benutzt, sieht man sich automatisch öfter. Beim Hausbau halfen sich die Familien gegenseitig, auch der Dorfteich wurde gemeinsam angelegt. Im Sommer dient er der Gartenbewässerung und als Badeteich, im Winter kann man dort eislaufen. Die Familien machen sogar zusammen Ahornsirup und beherbergen die Gäste der anderen, wenn der Platz dort knapp wird.

In manchen Dörfern teilt man sich auch die Arbeit in den Obstgärten und auf den Äckern. Das ist schon deswegen sinnvoll, weil man so für jede Pflanzenart den besten Standort wählen kann. Außerdem stärkt die gemeinsame Arbeit die Gemeinschaft. In der Landwirtschaft gibt es ständig Gelegenheit zum Feiern. Was könnte es Schöneres geben, als diese Feste gemeinsam mit Freunden zu begehen, die ebenso sehr zum Gelingen beigetragen haben wie man selbst?

Kritiker mögen jetzt einwenden, der moderne Mensch habe sich schon zu weit vom einfachen Landleben weg entwickelt, sei zu modern. Doch wie Jung sagte: »Die Psyche ist nicht erst von heute. Sie reicht unmittelbar bis in prähistorische Zeiten zurück. Hat sich der Mensch in zehntausend Jahren wirklich verändert? Haben Hirsche ihr Geweih verändert in so kurzer Frist?« Zugegeben, diese neu gegründeten Dörfer sind winzig; egal, wie viele davon aus dem Boden sprießen, werden sie die Gesellschaft nicht über Nacht ändern. Doch in unseren unsicheren Zeiten voller Missgriffe in wirtschaftlichen, sozialen und umweltpolitischen Fragen bedeuten die neuen Dörfer vielleicht das erste Morgenlicht nach einer langen, grusligen Nacht.

Die größte Weisheit, die die Toskana mich gelehrt hat, ist die, mich mit den einfachen Dingen des Lebens zufrieden zu geben, mich sogar für sie zu begeistern. Natürlich hatte ich meine »einfachen« Hausboot-Tage geliebt und die Monate, in denen Candace und ich im VW-Bus herumgondelten, und die Jahre, die wir auf dem Segelboot gehaust haben. Dennoch kommt – sehr zu meinem Schrecken – in unregelmäßigen Abständen ein unbezähmbarer Drang nach »mehr« in mir auf. Von diesen Momenten heilt mich jetzt die Toskana: Ich besuche einfach meine Nachbarn und komme schnell wieder auf den Boden runter.

Denn die Zufriedenheit mit dem Leben ist in der Toskana ansteckend.

Der Mensch braucht zur Zufriedenheit offenbar nicht viel: ein Dach über dem Kopf, ein gutes Essen auf dem Tisch, frische Luft, eine stabile Familie und gute Freunde in einer echten Gemeinschaft. Bekommt man dazu noch exzellente staatliche Bildungseinrichtungen, ein funktionierendes Gesundheitssystem für alle und anständige öffentliche Verkehrsmittel – okay, und vielleicht noch einen Keller voll Wein, Olivenöl und Knoblauch –, dann ergibt sich, wenn man die Toskana als Maßstab nimmt, eine Gesellschaft aus aufgeweckten, intelligenten, selbständigen, moralisch gefestigten und sozial verantwortungsvollen Menschen. Zufriedenheit ist erreichbar – sollte sie also nicht das Ziel jeder Gesellschaftsordnung sein? Sollte sie nicht überall als Verfassungsziel genannt werden?

Natürlich haben die Leute der Toskana uns viel voraus, weil sie so klug waren, die grandiosen Landschaften und Städte zu bewahren, die sie geerbt hatten. Äußerst rigide Gesetze haben in der Toskana ein krebsartiges Wuchern der Städte verhindert, anders als in Kalifornien oder Florida, wo Doug Bennet von der *St. Petersburg Times* über eine halbfertige, halbverlassene Trabantenstadt blickte, die sich ohne Parks, ohne soziale Treffpunkte, ohne Herz bis zum Horizont erstreckte. »Stuck-Ghettos!« schimpfte er. »Das ist der Inbegriff von allem, was an Amerika schlecht ist.«

Wäre die Welt nicht ein besserer Ort, wenn wir, wie die meisten Menschen der Toskana, unseren Kindern ein Stück fruchtbaren Bodens vererben könnten, ein bescheidenes Haus, ein paar nützliche Grundfertigkeiten und eine eng verwobene Gemeinschaft, aus der wir Identität, Selbstachtung und Stolz beziehen?

Wir könnten wieder werden wie die wahrhaft demokratischen Ecken im Amerika des neunzehnten Jahrhunderts. Alexis de Tocqueville schrieb dazu: »Jeder Bürger entwickelt seine politischen Sitten informell, bei Unterhaltungen an Straßenecken oder auf Plätzen, bei den täglichen Begegnungen in Geschäften, bei Spaziergängen an öffentlichen Gebäuden und Kultstätten und Stellen großer landschaftlicher Schönheit vorbei.«

Wir könnten unsere Städte wieder lebenswert machen. Wenn ihre Bevölkerung wegen der Abwanderung in Kleinstädte, Dörfer und Weiler, wegen der Flucht aufs Land schrumpft, könnten die Städte sich wieder zu lebenswerten Dörfern umorganisieren. Eine derartige Verwandlung ist für Flint (Michigan) im Gespräch, wo halbverlassene Stadtviertel abgerissen und die Menschen um Läden und Dienstleister herum angesiedelt werden sollen. Den Rest der Stadt könnte man verwildern lassen, der Natur zurückgeben.

In den geschrumpften Städten wäre das Auto nur noch eine schlechte Erinnerung; Mütter könnten ihre Kinderwagen ungefährdet zu den örtlichen Geschäften und durch Parks schieben, die Luft wäre so sauber und still wie auf dem Land. Die verbleibende Industrie würde alles mit höchster Behutsamkeit fertigen und auf ihre Produkte eine fünfjährige – oder noch besser: lebenslange – Garantie geben. Die Stadt würde wieder zum kulturellem Zentrum, keine Bühne mehr für Millionäre und Protzer, die nur mit ihren Reichtum angeben wollen.

Die Fixierung auf materiellen Besitz würde aufhören, wenn Raffgeier nicht mehr als Idole, sondern als bedauernswerte Clowns angesehen würden. Eine solche Neubewertung ist durchaus denkbar – beim Rauchen etwa hat sie stattgefunden.

Mancher mag solche Phantasien für sommerliche Träumereien eines Romantikers halten. Ich möchte widersprechen. Ich glaube nicht, dass zwischen unserer von Maschinen beherrschten, massengefertigten Vorstadtwelt und einer humanen, auf Qualität achtenden Welt ein unüberbrückbarer Gegensatz besteht. Tatsächlich scheint der Hauptunterschied, dass wir uns im Stadtleben oft darauf reduzieren, einen gehassten Job weiter zu machen, nur um wohnen und essen zu können. In unseren paar Wochen Ferien stürmen wir dann los und zahlen für all die Dinge, die wir gern machen: Gartenarbeit, Basteln, Besuche, Handwerkern und Feiern – lauter Dinge, die in funktionierenden Dörfern selbstverständlich zum Alltag gehören.

Für die Weltausstellung 2010 planten die Chinesen auf einer Insel nahe Shanghai die Öko-Stadt Dongtan. Sie sollte bei Wasser, Energie und den meisten Lebensmitteln völlig autark sein, die Menschen sollten sich vornehmlich zu Fuß oder mit dem Fahrrad fortbewegen. Sie sollte Äcker, Parks und sogar Sümpfe umschließen: der Traum einer nachhaltigen Stadt der Zukunft. Dabei, schrieb Burkhard Bilger, unterscheide sich das Konzept »gar nicht so sehr von den Städten, die man in Europa vor tausend Jahren gebaut hat.«

Die meisten von uns warten sehnsüchtig darauf, dass ein Dongtan in ihrer Nähe entsteht. Und zurecht. Dann könnten sie tun, was unser Freund Fred Smith auf den Gulf Islands vor der Westküste Kanadas getan hat.

Fred war vierundvierzig und arbeitete als Allrounder in einer Kiesgrube, bis er irgendwann genug davon bekam. Er kaufte sich zwanzigtausend Quadratmeter Grund auf einer kleinen Halbinsel an der Welcome Bay. Der Boden war mit immergrünen Pflanzen bedeckt, und vom Kiesstrand des Grundstücks bot sich ein Blick auf Inseln und schneebedeckte Berge.

An Wochenenden und Urlaubstagen rodete er Baugrund für seine geplante Hütte, außerdem eine Weidefläche für eine Handvoll Schafe. Das Lammfleisch würden sie essen, aus der Wolle würde seine Frau Vi Pullover stricken. Er fällte Bäume, entfernte die Rinde, säuberte die Stämme aus und schichtete sie zum Trocknen auf einen Stapel. Ein Jahr später baute er aus ihnen ein Blockhaus von vierundsiebzig Quadratmetern: Er legte ein Fundament aus Feldsteinen, sägte die Stämme zu und hob sie mit einer Seilwinde und Vis Hilfe an ihren Platz (das ging, weil die Stämme relativ klein waren). Die Dachschindeln schlug er aus angeschwemmten Zedernholz, das er am Strand aufgelesen hatte. Die Steine für den Kamin schleppte er vom Strand herauf. In einer kleinen örtlichen Sägemühle ließ er sich einige Stämme zu Brettern sägen, aus denen er Böden, Türen, Schränke und Fenster machte. Die Möbel sind zum Großteil aus Ästen geschreinert.

Mit achtundvierzig Jahren kündigte Fred schließlich seinen Job. Er hatte keine Rentenansprüche. Nachdem er siebenundzwanzig Jahre in die Arbeitslosenversicherung eingezahlt hatte, bekam er genau eine Woche lang Unterstützung. Die Begründung: Er ziehe in eine Gegend, wo es keine Jobs gebe. Fred und Vi waren ganz auf sich allein gestellt. Sie zogen ins Blockhaus. Vi teilte ihrem Mann mit, ein Jahr lang wolle sie versuchen, am Arsch der Welt zu leben. Das war vor zweiunddreißig Jahren. In diesen zweiunddreißig Jahren hat das Ehepaar die Welcome Bay nur für kurze Urlaube verlassen.

Es geht Fred und Vi gut – und sie haben alles allein mit ihrem Verstand und ihrer Geschicklichkeit aufgebaut. Auf dem wöchentlichen Bauernmarkt verkaufen sie Obst, Gemüse, Eier und Hühner, Vi strickt auf Bestellung Pullover, Fred verdient gelegentlich beim Bau von Holzhütten und der Reparatur von Booten etwas hinzu, daneben fischt er und fängt Krabben. Auf einer Landspitze weit vom Haus entfernt haben sie eine winzige Hütte gebaut, die sie im Sommer an Touristen vermieten. Außerdem haben sie am Strand drei Lichtungen geschlagen, als Zeltplätze für zahlende Gäste. Ihre Ausgaben halten sich in engen Grenzen. Fast all ihre Lebensmittel produzieren sie selbst; fast alles, was sie anbauen, konservieren sie, und sie haben Praktiken wiederbelebt, die man nur noch aus alten Filmen kennt: Sie nähen Knöpfe wieder an, statt das Hemd weg zu werfen, sie stopfen Löcher oder schneidern ihre Kleidung selbst, schnitzen Spielsachen für die Enkel und basteln Geschenke für ihre Freunde.

Sie leben in vollständiger Autarkie und absoluter Sicherheit. Und wenn ich den glücklichsten Menschen nennen müsste, den ich kenne, würde ich »Fred Smith« sagen.

Es ist möglich.

Die Zypressen der Toskana

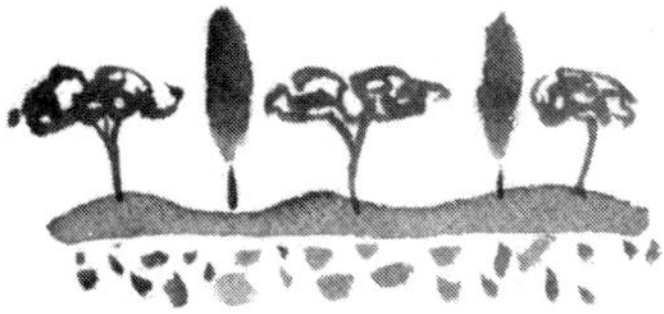

Der Wachturm, in dem ich schreibe, wurde 1511 errichtet, keine zwanzig Jahre nach der Entdeckung Amerikas. Die Jahreszahl ist in langen, eleganten Ziffern in einen Eckstein graviert. Der Turm steht auf einer Anhöhe, so dass ich über das Tal voller Hügelchen hinweg blicke, über den Olivenhain und den von uns gepflanzten Weinberg, auf eine Ansammlung von Zypressen, die sich dunkel gegen den Himmel abzeichnen. In dem Hain steht eine winzige Kapelle inmitten eines von einer Mauer umgebenen Friedhofs. Erst wenn man fast davor steht, sieht man die stets halbgeöffnete Tür, das hohe, verwilderte Gras ringsum, aus dem hier und da ein verrostetes eisernes Kreuz spitzt. Beugt man sich hinunter, erkennt man umgestürzte Grabsteine, so alt, dass die Namen darauf längst verwittert sind. Die Stille und die Schatten der Trauerzypressen machen diesen Ort zu einem angenehmen Refugium an heißen Sommertagen.

Die Zypressen stehen seit Jahrhunderten hier. In unserem Tal gibt es zwei weitere solcher Haine, einen neben Camigliano, einem Dorf auf einer Hügelkuppe, den anderen um ein Kloster, das den Hügelkamm dominiert. Sie heben sich immer scharf von ihrer Umgebung ab, im Juni von den hellen Weizenfeldern, im Oktober von den roten Weinstöcken, im Dezember vom weißen Puderzucker, der herab gerieselt ist wie eine Segnung. Egal, ob man Oliven pflückt, Rebstöcke zuschneidet, im Gemüsegarten Unkraut jätet oder Heu macht: Wenn man hochsieht, springen einem die Zypressen ins Auge. Ich habe mich immer gefragt, warum. Hat die Kirche sie gepflanzt, als dunkle, stets zum Himmel zeigende Kerzen? Um dir jederzeit klar zu machen, dass, wie schwer das Leben hier auch sein mag, dich am Ende das Paradies erwartet? Oder haben die *contadini* sie gepflanzt, die mit ihren Familien die Scholle beackertern? Als Ermahnung, dass man das irdische Leben besser heute genießen sollte, weil morgen schon der kalte Marmor auf einen wartete? Wenn ich mir Paolucci ansehe, der jede Arbeit unterbrechen würde, um ein Schwätzchen zu halten, oder Marina mit ihrem einladenden Lächeln oder Francesco mit seinem schraubstockartigen Händedruck und seinen hartnäckigen Einladungen, einen Moment hereinzukommen, dann können die Zypressen nur eines bedeuten: dass es nie zu früh ist, sich mit einem Freund auf ein Glas Wein zu setzen.

Ein Toskaner in der Küche

von Pino Luongo

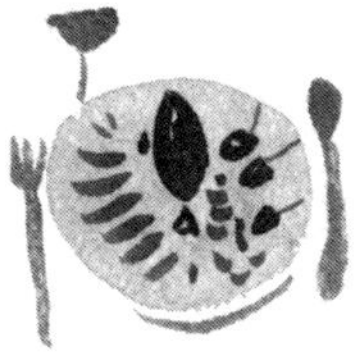

Pino Luongo, ein Toskaner in der fünfzigsten Generation, ernährt unsere Familie seit mehr als zwanzig Jahren. Er brachte Candace nicht nur das Kochen bei, sondern vor allem die Liebe zum Kochen. Und er lehrte sie, in der Küche zu improvisieren und kreativ zu sein. Damit gab er ihr einen ersten Vorgeschmack auf die toskanische Selbstsicherheit und Unabhängigkeit.

Die Leidenschaft, die er dem Leben, den Menschen und dem Essen entgegen bringt, macht die Essenz des Lebens in der Toskana aus. Er kocht nicht mit Messbecher und Küchenwaage, sondern mit all seinen Sinnen, und er lädt all seine Leser ein, nein, er zwingt sie, es ihm nachzutun. Seine Kenntnis des Lebens in der Toskana, sein tiefes Verständnis haben dem Buch Tiefe verliehen. Und mit seinen Anekdoten regt er unsere Phantasie an, wie nur ein waschechter Toskaner das kann.

Die folgenden Seiten sind Auszüge seines Kochbuch-Klassikers *A Tuscan in The Kitchen.*

Meine Beziehung zur Küche der Toskana ist ganz einfach: Ich bin mit ihr großgeworden. Voller Liebe für die Landschaft, aus der die toskanische Küche hervorging, und die Art, wie die Menschen mit ihr umgingen, wuchs ich auf. Die Toskana ist eine landwirtschaftlich geprägte Gegend, schon immer haben hier Bauern das Land beackert, ihr Gemüse selbst gezogen, eigene Tiere gehalten. Die Menschen hier waren nie reich, aber sie haben immer etwas Originelles einfallen lassen, um aus den vorhandenen Dingen etwas Wunderbares zu kochen.

Bei uns heißt es, wenn man wie ich aus einer Familie kommt, in der jede Ressource zu hundert Prozent ausgenutzt werden muss, wird man ein phantasievoller Koch. Selbst wenn man später wohlhabender wird und sich teurere Dinge leisten kann, beherrscht man noch immer die Kunst, aus wenigen Zutaten etwas ganz Besonderes zu machen.

Die Küche der Toskana gibt dir diese Chance. Sie ermutigt dich, vom Rezept abzuweichen und das Original zu verbessern. Denn die Küche der Toskana ist nie zur Institution geworden. Sie war immer offen für die Anstrengungen und die Phantasie einzelner Köche, dank derer Rezepte noch weiter verfeinert wurden. In der Toskana wollen wir gar nicht, dass Küchenchefs für uns zaubern – wir wollen essen wie bei Mamma!

In der Toskana finden wir, dass man nirgends so gut isst wie zuhause. Dabei sollte das Kochen nie mühselig sein. Es sollte Vergnügen bereiten, etwas zu schaffen, um es mit den Menschen, die man am meisten liebt, zu teilen.

Das Grundprinzip des Kochens in der Toskana lässt sich am einfachsten anhand eines Bildes erläutern. Stellen Sie sich eine winzige toskanische Dame vor, die in ihrer Küche genügend Pasta, Olivenöl, getrocknete Bohnen, eingemachte Tomaten, Knoblauch und so weiter vorhält, um für alle Eventualitäten gerüstet zu sein. Ihre Arme sind nicht mehr so stark, aber sie muss auch nicht groß Lebensmittel schleppen. Sie schlendert über den örtlichen Markt, um sich das aktuelle Angebot anzusehen. »Ach, es ist Donnerstag. Dann gehe ich zum Fischmarkt, heute gibt es dort frischen Fisch.« Dort wählt sie ein paar Sardellen, die sie mit Knoblauch, Petersilie, Olivenöl und Weißwein kochen wird. Als nächstes fragt sie den Metzger: »Du hast heute ein Schwein geschlachtet, stimmt's? Gib mir vier Koteletts. Ich bin in fünf Minuten wieder da.« Sie geht zum Geflügelladen und kauft vier, fünf Eier. Dann geht sie zum Gemüsestand. »Es ist Mai, habt ihr gute Kirschen?« »Klar doch.« Sie nimmt auch Rucola, Gurken, Tomaten mit. Auf dem Heimweg kauft sie beim Bäcker einen Laib Brot. Zufrieden kommt sie nach Hause, sie hat ihren täglichen Spaziergang gemacht und ihre Pflichten erfüllt.

Behalten Sie diese Vision, auch wenn Sie nicht in einem Städtchen auf einem Hügel der Toskana leben.

Um Ihnen das Leben einfacher zu machen, habe ich die Zutaten danach aufgeteilt, wo wir sie in der Toskana üblicherweise aufbewahren. Dinge, die auch ohne Kühlung haltbar sind, habe ich unter Speisekammer (*la dispensa*) gelistet; verderbliche Dinge stehen unter Kühlung (*la cantina*). Wenn Sie beides mal mit den Dingen gefüllt haben, die man für die folgenden Rezepte wiederholt braucht, müssen Sie nur noch die frischen Zutaten kaufen, die unter der Kategorie Markt (*il mercato*) aufgeführt sind.

Aber beginnen wir mit einigen Grundzutaten der toskanischen Küche.

Olivenöl

Achten Sie beim Kauf unbedingt auf *extra vergine*-Qualität. Sie garantiert, dass die Oliven handgepflückt wurden und das Öl nach dem alten Verfahren gepresst wurde, mit Mühlsteinen und ohne Hitze. Sehen Sie auf dem Etikett nach, ob das Öl gleich vom Erzeuger der Oliven abgefüllt wurde. Das weist auf eine rigorose Qualitätskontrolle hin.

Olivenöl kann natürlich auch zum Kochen hergenommen werden, aber hauptsächlich ist es Geschmacksträger – man lässt es daher am besten, wie es ist: roh, natürlich. Olivenöl eignet sich hervorragend, um Suppen oder Braten abzurunden – es ist wie ein himmlischer Mantel.

Frisch gepresstes Olivenöl, gänzlich unfiltriert und ohne jeden Zusatz ist die beste natürliche Medizin der Welt. Es fördert die Verdauung und ist gut für Leber und Bauchspeicheldrüse. Wenn Sie vor einem großen Saufgelage einen Löffel Olivenöl schlucken, bekommen Sie hinterher keinen Kater.

Odori

Die Grundlage vieler Gerichte der Toskana, seien das nun Suppen, Soßen oder Braten. Odori ist eine Mischung aus fein gehackten roten Zwiebeln, Sellerie, Karotte, Petersilie und gelegentlich Knoblauch; in allen möglichen Kombinationen. Benetzen Sie den Boden einer Pfanne mit Olivenöl und bedecken Sie ihn dünn mit dem gehackten Gemüse. Wenn Sie in die Pfanne blicken, sehen Sie eine hübsche, vielfarbige Mischung aus orangefarbenen Karotten, hellgrünem Sellerie, dunkelgrüner Petersilie und roten Zwiebeln. Sautieren Sie das Gemüse bei mittlerer Hitze, bis es glasig wird und das Öl absorbiert ist. Machen Sie dann mit den nötigen Schritten weiter, die zur Fertigstellung von Suppe, Soße oder Braten nötig sind.

Knoblauch

Jeder isst gern Knoblauch, aber niemand riecht gern danach. Manchen Gerichten drückt der Knoblauch brillant seinen Stempel auf, wie etwa *spaghetti aglio, oglio e peperoncino* oder *fettunta*. Doch bei den meisten anderen Gerichten entfernen Sie ihn besser nach dem Anbraten, insbesondere bei Gerichten mit subtilem Geschmack. Das Knoblaucharoma sollte da und doch nicht da sein.

Hinweis: Bei den meisten Gerichten, für die Knoblauch verwendet wird, zerdrückt man die Zehe zuerst mit der Handkante oder der flachen Seite eines Messers.

Kräuter

Ich rate Ihnen, sich mit verschiedenen Kräutern vertraut zu machen – wie sie schmecken, sich auf bestimmte Gerichte auswirken, sich in Soßen verhalten. Dann müssen Sie sich nicht auf Rosmarin zum Fisch, Salbei zum Wild oder Lorberblätter zu rotem Fleisch beschränken.

Meine liebsten gängigen Kräuter sind Salbei, Basilikum (frisch, nicht getrocknet!), Rosmarin, Estragon, Thymian (frisch, nicht getrocknet!) und Lorbeerblätter.

Die toskanischen Bauern haben das Geheimnis der Kräuterverwendung immer gekannt; Kräuter können ein Gericht dramatisch verändern. Selbst wenn die Familie am Verhungern war, selbst wenn das Essen aus den simpelsten Zutaten bestand, der Bauer legte immer letzte Hand an und fügte den ganz besonderen Touch aromatischer Kräuter hinzu.

Wenn Sie wollen, können Sie Ihre Kräuter selber ziehen, im Winter auf sonnigen Fensterbänken, im Sommer draußen auf der Terrasse. Manche Kräuter eignen sich getrocknet auch gut – zum Beispiel Lorbeerblätter und Oregano –, doch Salbei und Rosmarin schmecken frisch viel besser. Auch beim Thymian besteht ein Riesenunterschied zwischen frischem und getrocknetem.

In meinem Restaurant halte ich Kräuter in großen Mengen vor. Ich kaufe sie pfundweise. Doch auch getrocknete Kräuter haben ihren Nutzen, insbesondere, wenn Sie sie selbst getrocknet haben.

Im Winter bekommt man nicht alle Kräuter, deswegen sollte man klugerweise im Sommer einen Vorrat anlegen. Selbstgetrockneter Salbei, Oregano, Rosmarin, Estragon, Thymian und Lorbeer schmeckt noch immer doppelt so gut wie getrocknetes Zeug aus dem Supermarkt.

Tomaten

Frische Fleisch- oder Eiertomaten verwende ich nur während der Saison im Salat, und frische Eiertomaten nehme ich nur dann für Soßen und Eintöpfe her, wenn sie sehr reif sind.

Wenn sie früh in der Saison gepflückt werden, noch leicht orangefarben und nicht zu saftig sind, eignen sie sich hervorragend für Salate. Später, wenn sie reif sind, verarbeite ich sie zu *filetto di pomodoro,* das ich für bestimmte Gerichte einsetze, etwa mit frischer Pasta. Wenn die Tomate frisch, köstlich und reif ist, kocht man sie so kurz wie möglich. Lassen Sie bei Gerichten, die lange kochen, die Haut auf den Tomaten; das verleiht dem Essen einen besonderen Geschmack und zusätzliche Konsistenz.

Außerhalb der Saison sind Dosentomaten auch okay, solange Sie gute Qualität kaufen.

Pasta

Ich empfehle Ihnen, importierte getrocknete Pasta zu kaufen, weil sie sich schlicht einfacher *al dente* kochen lässt als heimische Nudeln. Überprüfen Sie schon nach drei, vier Minuten

Kochzeit, ob die Nudeln durch sind. Ihre Zähne verraten Ihnen, ob es so weit ist. An frischer Pasta verwenden wir in der Toskana am liebsten *tagliatelle* – flache, dünne Nudeln – und die noch dünneren *taglioline*. In der Küche der Toskana spielt frische Pasta eine ebenso wichtige Rolle wie getrocknete, weil sie gut zu pikanten und komplexen Soßen passt.

Brot

Das Brot der Toskana kann aus Vollkorn- oder Weißmehl gemacht sein, ist aber nie gesalzen. Vor Jahrhunderten war die Toskana ein so armes Land, dass viele Menschen sich das hoch besteuerte Salz nicht leisten konnten. Aus der Not wurde schließlich Tradition, nachdem man herausgefunden hatte, dass ungesalzenes Brot den Geschmack der dazu gereichten Speisen unterstrich, aber nicht veränderte.

Hinweis: Wenn ich Brot erwähne, meine ich immer einen Laib knuspriges Bauernbrot.

Bohnen

In der Toskana lieben wir Bohnen und essen sie zu jeder Jahreszeit: frisch oder getrocknet, in Salaten, Suppen, Schmorgerichten oder zu Braten. An frischen Bohnen nehmen wir am liebsten Gartenbohnen, Ackerbohnen und alle Arten, deren Hülsen man nicht mitisst. Getrocknet sind *cannellini*-Bohnen, rote Bohnen, Linsen, Kichererbsen und Limabohnen am populärsten.

Der Kern der toskanischen Küche

Die toskanische Küche steht und fällt mit den Zutaten. Der Geschmack eines Gerichts hängt viel stärker von den gekauften Zutaten als von Ihrer Kochkunst ab. Hat man erst einmal die besten Zutaten, ist die Hauptarbeit bereits getan. In der Toskana nehmen Bauern, Fischer und Jäger mehr Einfluss auf das Geschmackserlebnis als Köche.

In der Toskana gehen wir auf den Markt, schauen, was am besten aussieht, und planen unseren Speiseplan darum herum, anstatt schon vorher zu entscheiden, was es zum Abendessen geben soll. Kaufen Sie keine bereits geschnittenen und veschweißten Lebensmittel. Kaufen Sie lieber dort ein, wo Sie das Gemüse berühren und inspizieren können und wo der Fisch präsentiert wird, wie er aus dem Meer kommt. Achten Sie auf seine Farbe, die Kiemen, die Augen, und riechen Sie, ob er frisch wirkt. Sie werden diese Art des Einkaufs schnell liebgewinnen – und sie wird Ihre Herangehensweise ans Kochen verändern.

Vergessen Sie bei meinen Rezepten Messbecher und vorgegebene Kochzeiten! Ich möchte Ihnen gern vermitteln, dass Sie in Ihrer Küche tun dürfen, was Ihnen passt. Und dass es am ehesten gut gelingt, wenn man seinen Menschenverstand einschaltet.

Der Name des Rezepts verrät Ihnen, welche Zutaten ein Gericht beherrschen; kaufen Sie mehr davon. Wenn Sie Suppe aus Krabben mit weicher Schale machen, sind Krabben die Hauptzutat. Der Geschmack, der gesamte Charakter des Gerichts ergibt sich daraus, wie ein, zwei Zutaten die anderen dominieren, doch auch hier dürfen die Mengenverhältnisse variiert werden. In der toskanischen Küche wird sich nie ein Koch hinstellen und sagen: »Genau so geht's, nur so darf man dieses Gericht machen.« Stattdessen heißt es oft: »So machen wir es, das ist eine der Arten, die uns zusagt.« Wenn Sie beim Kochen Ihren Instinkten folgen, lernen Sie unter Umständen mehr darüber, wie Sie gern kochen.

Und glauben Sie nicht, dass die Ergebnisse besser würden, wenn Sie exakte Mengenangaben und Kochzeiten bekämen. Manchmal verändert schon die von Ihnen verwendete Hitze oder die Größe der Pfanne den Geschmack. Während des Kochprozesses stehen ständig Entscheidungen an. Opfern Sie nicht all Ihre Freiheiten, lassen Sie sich nicht von Teelöffeln und Garzeiten gängeln. Ich gebe Ihnen keine exakten Kochzeiten vor, sondern sage lediglich, ab wann Sie beim Kochen überprüfen sollten, ob etwas fertig ist. Warum? Erstens, weil es exakte Garzeiten nicht gibt. Und zweitens, weil sich auch ganz ohne Uhr feststellen lässt, ob etwas fertig ist: Man schaut in den Topf. Wirkt die Sache zu trocken? Wie riecht es? Überprüfen Sie mit einer Gabel, wie zart das Gekochte ist. Wenn das Fleisch noch zu rosa ist, kochen Sie's länger. Wenn was zu trocken ist, geben Sie Flüssigkeit hinzu. Ist nur logisch.

Rezepte

Vorspeisen: ein guter Anfang!

Fettunta

Geröstetes Knoblauchbrot

Im Lauf ihrer Geschichte ist die Toskana von Banditen, Fluten, Regierungen und Päpsten verwüstet worden. Bauern wussten, was es bedeutete, Hunger zu haben oder sich Tage, Wochen oder Monate lang nur von Brot zu ernähren. Zu Beginn des letzten Jahrhunderts protestierten die Bauern mit einem Generalstreik gegen ihre Behandlung durch die reichen Landbesitzer. Sie hörten schlicht zu arbeiten auf, alle. In jener Zeit wurde in der Toskana vielleicht die *fettunta* erfunden, als einzige Möglichkeit, eine monatelange Nahrungsmittelknappheit zu überstehen.

Mehl hatten Bauern immer, also machten sie aus Mehl und Wasser ein ganz einfaches Brot. Auch dickes, unfiltriertes Olivenöl – das die Reichen mit ihrem verfeinerten Geschmacksempfinden verschmähten – hatten sie immer. Anfangs war *fettunta* einfach Brot, das mit Olivenöl beträufelt, mit Salz bestreut und dann geröstet wurde. Dann fingen die Bauern an, Knoblauch und, gelegentlich, Tomaten hinzuzufügen. Der große Unterschied: Heute essen wir *fettunta* zum Genuss, aber früher brauchte man sie zum Überleben.

Fettunta kann man nicht aus vorgeschnittenem, in Plastik verpacktem Brot machen. Man muss einfaches italienisches Brot mit rescher Kruste verwenden.

Speisekammer: Olivenöl, Salz, schwarzer Pfeffer
Kühlung: Knoblauch
Markt: gutes italienisches Brot

Brot in Scheiben schneiden und die Oberseite jeder Scheibe mit einer Knoblauchzehe einreiben. Beim Reiben zerfasert die Zehe und verteilt sich über die Scheibe. Olivenöl darüber träufeln. Daheim ist es schön, einfach das geröstete Brot zu servieren und auf dem Tisch Knoblauchzehen, eine Flasche gutes Olivenöl, Salz und Pfeffer bereit zu stellen. Jeder gibt dann selbst so viel Knoblauch, Öl, Salz und Pfeffer aufs Brot, wie ihm schmeckt.

Crostini alla fiorentina

Hühnerleberpastete nach Florentiner Art

Mein Großvater war ein waschechter Florentiner in einundfünfzigster Generation. Oma machte ihm oft *crostini* mit Hühnerleber. Ich weiß noch, wie ich ihn gefragt habe: »Warum ist das Brot so weich, wenn wir das bei dir essen? Meine Mutter macht die *crostini* anders.« Er verriet mir, dass man in Florenz das Brot in heißer Hühnerbrühe anfeuchtet, bevor man die Pastete aufträgt. Wenn man hartes Brot ganz kurz in Brühe stippt, um es nur kurz anzufeuchten, wird es nicht matschig. Das ist eine Art der Florentiner, altes Brot aufzubrauchen.

Ich liebe dieses Rezept, weil ich intensive Aromen schätze. Genießen Sie diese tollen *crostini* mit einer Scheibe *prosciutto* und einer Flasche jungem Weißwein, der noch ein wenig moussiert. Suchen Sie sich einen Platz, von dem Sie Florenz überblicken, setzen Sie sich und vergessen Sie den Rest der Welt.

Speisekammer: Olivenöl, Kapern, Sardellen, Salz, schwarzer Pfeffer
Kühlung: Butter, Hühnerbrühe, frische Petersilie (optional)
Markt: Hühnerleber (eine pro Person), frisches italienisches Brot

Hühnerlebern bei mittlerer Hitze in einer 50:50-Mischung aus Butter und Olivenöl sautieren. Lebern herausnehmen, kleinschneiden und mit Kapern und Sardellen vermengen. Mit Salz und Pfeffer abschmecken. Das Ganze zurück in die Pfanne und mit ein wenig Brühe übergießen. Pürieren, bis es die Konsistenz einer dicken Paste hat. Warm oder mit Zimmertemperatur auf frischem Brot servieren. Gegebenenfalls gehackte Petersilie darüber streuen.

Porcini alla griglia
Gegrillte Steinpilze

Am besten servieren Sie gegrillte Steinpilze als eigenen Gang, denn sie schmecken so intensiv und einzigartig, dass sie für sich allein stehen können. Steinpilze sind die egozentrischsten Pilze überhaupt. Sie dulden – und brauchen – neben sich gar nichts auf dem Teller. Das einzige, was ich zu gegrillten *porcini* reichen würde, wäre eine Flasche hervorragenden Rotweins. Die ist Pflicht. Und jetzt volle Konzentration auf die Zunge, denn der Geschmack ist unglaublich. Ich könnte drei Mal täglich *porcini* essen.

Speisekammer: Olivenöl, Salz, schwarzer Pfeffer
Markt: frische Steinpilze

Die Stiele von den Hüten trennen und für eine andere Verwendung weglegen. Hüte mit Öl beträufeln und umgedreht, wie auf den Kopf gestellte Regenschirme, auf einen Grill oder Bratrost legen. Wenn sie halb durch sind, fühlen sie sich schwammig an und geben ein wenig Wasser ab, wenn man sie sanft drückt. Jetzt die Hüte wenden und weiter garen lassen, bis sie zart, aber noch fest sind. Mit Olivenöl besprenkeln und mit Salz und Pfeffer würzen.

Suppen aus Brot und Phantasie

Suppen und Pasta isst man überall in Italien, aber in der Toskana hat die Suppe einen noch höheren Rang als die Pasta. Jeden Tag kommt zumindest einmal Suppe auf den Tisch; der Suppengang gilt als unverzichtbar.

In der Toskana liebt man seine Suppen schwer und dick, mit oder ohne Brot. Brot gehörte als einziges Element von jeher zur regionalen Küche, aber dank des Einfallsreichtums von Generationen stieg die einfache Bauernsuppe zum kulinarischen Kunstwerk auf. Das Brot füllte den

Magen, während die Phantasie der Köche für den guten Geschmack sorgte. Wenn man heute in der Toskana eine Brotsuppe bestellt, weiß man, dass man ein originales Bauerngericht isst. Aber selbst bei »brotlosen« Suppen gilt das Streben des Kochs dem Ziel, in jedem köstlichen Löffel möglichst viele Geschmacksnoten zu vereinen.

Ribollita ist ein Beispiel für *zuppe di pane,* Brotsuppen, die die Menschen vor vielen Jahren in der Gegend von Montalcino oft aßen. Brot, eine Hauptzutat, stillte den Hunger, während die restlichen Zutaten für Geschmack sorgten, für Feuchtigkeit und Duft. Diese Suppen sind dicker und schwerer als die dünnflüssigen Suppen, die die meisten gewöhnt sind.

Ribollita

»Zerkochte« Brot- und Gemüsesuppe

Bohnen und roter Kohl gehören in der Toskana zur *ribollita* unbedingt dazu. Das restliche Gemüse variiert, je nach Jahreszeit und Laune des Kochs. Im Folgenden beschreibe ich die Variante, mit der ich aufwuchs. Träufeln Sie hinterher Olivenöl in jede Schüssel und servieren Sie die Suppe mit rohen Frühlingszwiebeln. Ein Bissen Frühlingszwiebel verleiht jedem Löffel Suppe eine frische Extrawürze.

Speisekammer: Olivenöl, Dosentomaten in ihrem Saft, kurz vorgekochte *cannellini*-Bohnen, Salz, schwarzer Pfeffer, *odori*

Kühlung: Kartoffeln
Markt: Zucchini, Blumenkohl, Weiß- und Rotkohl, Mangold, Spinat, Brot

Olivenöl in einem großen Topf erhitzen, *odori* hinzufügen und bei mittlerer Hitze anbraten. Kartoffeln in grobe Stücke, Zucchini in dünne Scheiben, Blumenkohl in Röschen, den Kohl grob, den Mangold feiner schneiden und mit Spinat und *cannellini*-Bohnen in den Topf geben, sobald die *odori* weich sind. Nur so viel Wasser hinzufügen, dass das Ganze bedeckt ist. Bei geringer Hitze zerkochen lassen. Mit Salz und Pfeffer würzen. Die Suppe vom Herd nehmen und das in Stücke geschnittene Brot sowie Olivenöl hinzugeben. Die Suppe abkühlen lassen, damit sich die Aromen miteinander verbinden. Gerne auch über Nacht in den Kühlschrank stellen. Danach das Ganze wieder aufwärmen und bei schwacher Hitze mindestens dreißig Minuten lang kochen lassen. *Ribollita* heißt »verkocht«, es ist also unmöglich, die Suppe zu lang zu kochen.

Polenta

Brei aus Maisgrieß, nach Art der Toskana

Im späten neunzehnten Jahrhundert wütete in der Maremma, einem Teil der Toskana, eine Malaria-Epidemie. Die Behörden in den angrenzenden Gebieten wurden ermächtigt, an Orten, wo Menschen gestorben waren, Nahrungsmittel zu vernichten und Hütten niederzubrennen. Betrachtet man Gemälde aus der Toskana, in denen Lebensmittel der Bauern dargestellt sind, sieht man auf Abbildungen vor der Epidemie Brot auf dem Tisch. Hinterher dominiert oft etwas Gelbes in der Mitte des Tischs: Polenta. Die Toskana verarmte während der Epidemie so sehr, dass nur noch Reiche sich Brot leisten konnten, und Arme auf Polenta zurückgreifen mussten.

Polenta, ein guter Ersatz für Brot oder Pasta, darf von der Konsistenz flüssig sein wie Grießbrei, aber auch fest wie schwerer Kuchen. Gelegentlich mache ich sie mir auf die erste Art und esse sie mit in Tomaten angebratener Wurst – ein sehr gehaltvolles Essen. Trinkt man dazu noch eine gute Flasche Wein, ist der Tag gelaufen. Nichts kann einen mehr aus der Ruhe bringen.

Speisekammer: gelber Maisgrieß, Salz, schwarzer Pfeffer

Einen Topf Wasser aufkochen und den Grieß ganz allmählich zugeben; eine Handvoll nach der anderen durch die Finger rieseln lassen. Derweil mit der anderen Hand unablässig rühren. Weiter unter stetigem Rühren Grieß zugeben, bis die Masse so fest wird, dass ein hölzerner Kochlöffel senkrecht stehenbleibt. Mit Salz und Pfeffer abschmecken. Je nach persönlicher Vorliebe und je nach Beilage kann man die Polenta fester oder flüssiger machen. Gibt es Tomatensoße dazu, sollte man sie vielleicht fester machen, serviert man sie mit Wild, vielleicht weicher. Bringt man die Polenta mit Pilzen oder Gemüse auf den Tisch, also weicheren Beilagen, macht man sie am besten ziemlich dünnflüssig.

Pasta, sonst nichts

Wenn meine Brüder und ich von der Schule heimkamen, waren wir immer am Verhungern. Doch Essen gab es erst, wenn mein Vater von der Arbeit kam. Wenn es bei ihm sehr spät wurde, bekam auch meine Mutter Hunger. Dann saßen wir um den Tisch, vor uns die leeren Teller, und drehten Däumchen, während meine Mutter vom Fenster die Straße beobachtete, ob mein Vater nicht bald käme. Er parkte das Auto an der Ecke und ging den Rest des Wegs zu unserem Haus zu Fuß. Eines Tages fragten wir: »Mama, was machst du am Fenster?« Und sie sagte: »Ich halte nach den Schuhen eures Vaters Ausschau, so dass ich die Pasta ins Wasser werfen kann.« Wenn sie die Spitze seiner Schuhe um die Ecke kommen sah, gab sie die Pasta in den Topf. Bis er daheim ankam, war die Pasta genau richtig durch – *al dente.*

Pasta muss in einer großen Menge sprudelnd kochenden Wassers gekocht werden. Die Nudeln müssen frei im Wasser herum schwimmen können. Setzen Sie das Nudelwasser schon auf, bevor Sie eine Soße anfangen, dann können Sie die Pasta in den Topf werfen, wenn die Soße fast fertig ist.

Ob die Nudeln schon durch sind, überprüfen Sie, indem sie eine herausholen und mit dem Fingernagel durchtrennen. Wenn sie sich zu hart anfühlt, braucht sie noch ein bisschen. Den gleichen Test können Sie auch mit den Zähnen durchführen. Genau richtig, *al dente*, wie wir es nennen, ist die Pasta, wenn sie einen angenehmen Biss hat, also nicht zu weich und nicht zu hart ist.

In der toskanischen Küche werden die Soßen mit der Pasta vermischt, nicht drübergegossen. Wenn die Pasta durch ist, gießt man das Wasser ab und gibt die Nudeln sofort in die Pfanne mit der Soße, solange beides noch heiß ist. Das erlaubt den Poren der Pasta, den Geschmack der Soße aufzunehmen; die Aromen verteilen sich gleichmäßig. Wenn Sie Parmesan hinzufügen wollen, tun Sie das ebenfalls, solange noch alles in der Pfanne ist. Gut umrühren. So geht die Soße eine noch engere Verbindung mit der Pasta ein.

Kaufen Sie Parmesan immer mit Rinde. Erstens steht auf der Rinde der Name des Käses und seine Herkunft. Lassen Sie sich kein beliebiges Stück Hartkäse andrehen; nichts reicht an das Original aus Parma geschmacklich heran. Und zweitens schmeckt geriebene Rinde köstlich. Verwenden Sie sie gerieben zum Kochen oder, vermischt mit Parmesan aus dem Inneren des Laibs zum Drüberstreuen über das fertige Gericht. Kratzen Sie lediglich die Schrift mit einem scharfen Messer ab.

Parmesan braucht keine Kühlung, außer wenn man ihn sehr lange aufbewahrt. In meinem Restaurant wickele ich ein feuchtes Baumwolltuch um den Laib, damit er nicht austrocknet. Wenn Sie Parmesan kühlen wollen, wickeln Sie ihn in ein feuchtes Baumwolltuch und schlagen Sie beides in Plastikfolie ein. So hält der Käse ewig. Aber kaufen Sie Ihren Parmesan lieber nicht in allzu großen Mengen. Wenn Sie ihn einmal probiert haben, möchten Sie ihn gleich ganz aufessen.

Tagliatelle all'ortolana

Frische Eiernudeln mit den Aromen des Gemüsegartens

Diese Soße eignet sich für alle Pastasorten außer Pappardelle, für sie ist sie zu dick. Sie können also auch Penne oder sogar Spaghetti hernehmen. (Linguine verwende ich bei meinen Rezepten nie; hierbei handelt es sich um eine süditalienische Pasta, die wir in der Toskana nicht hernehmen. Wir bevorzugen runde Spaghetti.) Das Rezept lässt sich das ganze Jahr über kochen, wobei man je nach Jahreszeit unterschiedliches Gemüse verwendet.

Bei manchen Gerichten wie diesem muss das Gemüse von Hand geschnitten werden. Ich verwende immer eine *mezzaluna,* ein halbmondförmiges Messer, weil ich gern die Unvollkommenheiten der Scheiben sehe. Schneidet man das Gemüse mit einem Zerkleinerer, dann zerfällt das Gemüse unter der Krafteinwirkung und verliert beim Kochen seine Konsistenz. Der Geschmack ist okay, aber die Präsenz des Gemüses geht verloren.

Speisekammer: Olivenöl, Salz, schwarzer Pfeffer
Kühlung: Rote Zwiebeln, Hühner- oder Gemüsebrühe, Parmesan, Butter (siehe Anmerkung)

Markt: Beliebige Kombinationen an Gemüsesorten: Ackerbohnen, Auberginen, Spinat, Zucchini, Spargel, Artischockenherzen, Broccoli, Karotten, Mangold, Tomaten. Dazu frische Kräuter Ihrer Wahl: Minze, Salbei, Oregano, Petersilie, Basilikum. Außerdem Tagliatelle (frisch, wenn möglich).

Olivenöl in einer Pfanne erhitzen und die klein geschnittenen Zwiebeln bei mittlerer Hitze goldbraun anbraten. Auberginen schälen und würfeln, Spinat grob schneiden, Zucchini würfeln und alles zusammen mit den Bohnen in die Pfanne geben. Mit Salz und Pfeffer abschmecken und die Hitze verringern. Weiter köcheln lassen und umrühren, bis das Gemüse zart, aber noch knackig ist. Brühe hinzugeben, wenn das Gemüse zu trocken wird. Spargel blanchieren, in Stücke schneiden und hinzufügen, wenn der Rest fast fertig ist. Ebenso die Artischockenherzen dämpfen und vierteln, die Broccoliröschen dämpfen, die Karotten in Ovale schneiden und dämpfen oder Mangold klein schneiden und blanchieren und hinzugeben. Nur genügend Tomaten hinzugeben, um dem Ganzen Farbe zu verleihen. Dann die Kräuter hinzufügen.

Pasta in sprudelndem Wasser *al dente* kochen und das Wasser abgießen. Pasta in die Soße geben, zusammen mit Parmesan und Butter. Bei leichter Hitze gründlich mischen und servieren, mit Extraparmesan in einem Schüsselchen.

Anmerkung: Überall Butter statt Olivenöl verwenden, wenn Sie's gern gehaltvoll haben.

Penne alla rozza

Federkielförmige Pasta in derber Soße

»Derb« bezieht sich hier auf den harten Zusammenprall von Gemüse und Fleisch in dieser Soße. Obwohl die Zutaten lässig zusammen geworfen scheinen, ist das Gericht Ausdruck des Vertrauens auf ein glückliches Ende.

Speisekammer: Getrocknete Steinpilze, Olivenöl, Lorbeerblatt, Rotwein, Dosentomaten in ihrem Saft, Penne, schwarzer Pfeffer
Kühlung: Sellerie, Zwiebeln, Parmesan, Butter
Markt: *prosciutto* in dicken Scheiben

Die getrockneten Steinpilze mindestens dreißig Minuten einweichen lassen, dann Wasser abgießen, die Pilze ausdrücken, kleinschneiden und zur Seite legen.

Olivenöl in einer Pfanne erhitzen und *prosciutto*, den klein gehackten Sellerie und die in dicke Scheiben geschnittene rote Zwiebel hineingeben. Bei sehr kleiner Hitze anbraten. Wenn das Gemüse weich wird, Steinpilze hinzufügen und weiterbraten. Wenn die Mischung vielversprechend zu riechen beginnt, wird es Zeit, das äußerst klein geschnittene (fast schon pulverisierte) Lorbeerblatt und großzügig Wein hinzu zu geben. Danach die Tomaten. Die Hitze ein paar Minuten hochdrehen, damit sich die Aromen verschmelzen. Dann die Hitze herunterdrehen, die Pfanne teilweise zudecken und alles etwa dreißig Minuten köcheln lassen.

Unterdessen die Penne in sprudelndem Wasser *al dente* kochen, das Wasser abgießen und die Pasta mit geriebenem Parmesan und einer kleinen Menge Butter in die Soße mischen. Mehr Butter untermischen, wenn Ihnen die Soße noch zu trocken erscheint. Vor dem Servieren schwarzen Pfeffer darüber mahlen – den Pfeffer aber nicht schon beim Kochen in die Soße geben, weil er sonst den *prosciutto* säuerlich macht und den Geschmack des Gerichts verändert.

Spaghetti alla pirata

Spaghetti nach Piratenart

Speisekammer: Olivenöl, rote Peperoni, guter Weißwein, Dosentomaten in ihrem Saft, Spaghetti
Kühlung: Knoblauch
Markt: Shrimps, Miesmuscheln, beliebige andere Muscheln mittlerer Größe, Tintenfisch

Die Meeresfrüchte säubern und Schalen entfernen. Große Shrimps zerteilen, Tintenfisch in Ringe schneiden.

Olivenöl in einer großen Pfanne erhitzen und den zerdrückten Knoblauch bei mittlerer Hitze goldgelb anbraten. Knoblauch entfernen und die Meeresfrüchte in die Pfanne geben. Etwa fünf Minuten lang scharf anbraten, bis der Geschmack des Olivenöls und des Knoblauchs absorbiert wurde. Rote Peperoni zerdrücken und nach Geschmack hinzufügen. Mit zwei Gläsern Weißwein ablöschen. Den Wein verdunsten lassen, dann Tomaten hinzugeben, bis die

Meeresfrüchte bedeckt sind. Die Hitze herunterdrehen, sobald die Soße wieder kocht. Bei mittlerer Hitze dreißig bis fünfundvierzig Minuten köcheln lassen, bis die Soße auf die Hälfte reduziert ist. Ein wenig kaltes Wasser hinzugießen, wenn die Soße zu trocken wird.

Unterdessen die Pasta in sprudelndem Wasser *al dente* kochen, Wasser abgießen und Pasta in die Soßenpfanne geben. Vermischen und servieren.

Spaghetti alla maremmana

Spaghetti nach Art der Maremma

Die Maremma ist die harmonischste Gegend der Toskana. Sie hat Berge, Strände, Hügel und Äcker – alles, was man sich nur erträumen kann. Einst war die Maremma *aquitrino*, Sumpfland, aber heute ist sie eine wilde, urige, fruchtbare, reiche Provinz. Wenn sie dich nicht kennen, begegnen dir die Bewohner der Maremma sehr reserviert. Ihre Herzlichkeit zeigen sie erst ganz allmählich.

In der Maremma ist die Gastfreundschaft noch sehr stark ausgeprägt: Wenn ein Freund dich auffordert »Komm doch mal vorbei«, dann musst du schon mindestens zum Essen bleiben. Du musst etwas bei ihm essen; etwas anderes kommt überhaupt nicht in Frage.

Dies ist ein ganz eigenes Gericht der Maremma. Obwohl die Gegend nur hundert Kilometer lang und vierzig breit ist, habe ich das Gericht auf fünf, sechs verschiedene Arten zubereitet gesehen. Daran zeigt sich, wie phantasievoll die Leute dort kochen. Gerichte mit »Maremma« im Namen schmecken typischerweise sehr intensiv, rass. Für dieses Rezept braucht man nur wenige Zutaten, die aber sämtlich einen intensiven Geschmack haben. Für mich passen zu diesem Gericht Spaghetti ideal, Sie können aber auch Penne verwenden. Pecorino passt besser als Parmesan, weil er schärfer schmeckt. Sie können das Gericht zu jeder Jahreszeit kochen. Nehmen Sie im Sommer ganz frische, reife Tomaten, schneiden Sie sie klein, werfen Sie sie hinein und lassen Sie sie mitkochen.

Speisekammer: Olivenöl, Salz, schwarzer Pfeffer, Rotwein, Tomaten im eigenen Saft (frische oder aus der Dose)
Kühlung: Knoblauch
Markt: frische Pilze, Aubergine, Erbsen, süße italienische Wurst, geriebener *caciotta* oder Pecorino.

Olivenöl in einer großen Pfanne erhitzen und den zerdrückten Knoblauch bei mittlerer Hitze goldgelb anbraten. Knoblauch entfernen. Die Pilze – welche Sie verwenden, steht Ihnen frei – in Stücke schneiden, die Auberginen schälen und in ebenso große Stücke schneiden und beides mit den Erbsen in die Pfanne geben. Die Wurst pellen und mit der Hand zerkrümeln. Die Stücke in die Pfanne geben und weiter bei mittlerer Hitze braten, bis die Zutaten sich kombinieren und Farbe annehmen. Mit Salz und Pfeffer abschmecken. Auf große Flamme stellen, den Inhalt der Pfanne mit Rotwein bedecken, umrühren und weiter kochen lassen. Genießen Sie den herrlichen, intensiven Geruch der Soße und des Gemüses.

Wenn Ihre Nase sagt »Das ist gut, lassen wir es so«, die Tomaten dazugeben und ein wenig Hitze wegnehmen. Zwanzig Minuten köcheln lassen. Wenn die Soße zu trocken wird, kleine Mengen Rotwein nachgießen.

Unterdessen die Pasta in sprudelndem Wasser *al dente* kochen. Wasser abgießen und Nudeln zur Soße in die Pfanne geben. Käse darüber und bei niedriger Hitze gründlich mischen. Servieren; am Tisch sollte ein Schüsselchen mit zusätzlichem geriebenem Käse stehen.

Spaghetti alle vongole in bianco

Spaghetti in weißer Venusmuschelsoße

Speisekammer: Olivenöl, rote Peperoni, Spaghetti
Kühlung: Knoblauch, frische Petersilie
Markt: mittelgroße bis große Venusmuscheln oder »falsche« Venusmuscheln (*venerupis philippinarum*) in ihrer Schale

Die Muscheln mindestens eine Stunde mit Wasser bedecken und dann sehr gründlich waschen.

Den Boden einer tiefen Pfanne mit Olivenöl bedecken. In Scheiben geschnittenen Knoblauch und zerdrückte Peperoni hinzugeben und die Flamme aufdrehen. Wenn das Öl sehr, sehr heiß ist, Sicherheitsabstand nehmen und die Muscheln hineingeben. Abdecken und braten lassen, bis die Schalen sich vollständig geöffnet haben. Alle Muscheln wegwerfen, die sich nicht geöffnet haben.

Währenddessen die Pasta in sprudelndem Salzwasser *al dente* kochen. Dann das Nudelwasser abgießen.

Jetzt haben Sie zwei Möglichkeiten: Sie können die Muscheln einfach in ihren Schalen lassen, die Pasta untermischen und servieren. Oder Sie pulen die Muscheln aus ihren Schalen, werfen die Schalen weg, und geben die Muscheln zusammen mit ihrem Wasser, Olivenöl und Knoblauch wieder in die Pfanne zurück. Die Hitze ein paar Minuten hochdrehen, um die Flüssigkeit verdunsten zu lassen, dann die Pasta untermischen und servieren. Wenn man es auf die zweite Art macht, absorbiert die Pasta den Muschelgeschmack sofort und schmeckt dann viel intensiver, als wenn man die Muscheln in der Schale ließe.

Frittata di Pasta

Italienisches Pasta-Omelett

1968 bestreikten wir unsere Schule. Eines Morgens warfen wir bei Unterrichtsbeginn die Lehrer raus und besetzten die Klassenzimmer. Die Polizei umstellte das Gebäude und wir warteten nur darauf, bis sie es stürmen würde. Angesichts der bevorstehenden Konfrontation waren unsere Nerven am frühen Nachmittag zum Zerreißen gespannt. Da rief mir plötzlich jemand vom Fenster aus zu: »Pino, deine Mama ist da.« Ich dachte: »Verdammt, sie kommt mir immer in die Quere, wenn ich das am allerwenigsten brauchen kann.« Da stand sie, inmitten einer Schar Polizisten, einen großen Picknickkorb in Händen. Erst als die Polizei ihn auf Waffen durchsucht hatte, durfte sie ihn mir geben. Statt Waffen enthielt er mein Mittagessen: *frittata di pasta*, frisches Brot und eine Flasche Wein, komplett mit Servietten, Besteck, Salz und Pfeffer. Sie hat wohl geglaubt, wir veranstalteten ein Picknick da drin. Das war mir sehr peinlich – man kannte mich ohnehin schon als den Schüler, dessen Mutter ihm jeden Tag dick belegte *panini* in den Schulranzen stopfte.

Der einzige Ort, an den sie mir nicht folgte, war das Gefängnis, in das man mich an jenem Abend steckte. Sie versuchte es, aber man ließ sie nicht hinein.

Speisekammer: Olivenöl, Pasta vom Vortag in ihrer Soße, schwarzer Pfeffer
Kühlung: Eier

Pasta mit ein wenig Olivenöl in einer Pfanne bei mittlerer Hitze anbraten. Eier verrühren und darüber gießen. Salz und Pfeffer hinzufügen. Wenden, sobald die *frittata* unten braun ist und auch die andere Seite anbräunen. Wird sehr knusprig.

Über Fisch

Tipps für den Fischkauf: Einen wirklich frischen Fisch erkennt man an seinen noch roten Kiemen und lebendig wirkenden Augen. In Italien sagen wir manchmal über jemanden: »Er schaut drein wie ein toter Fisch.« Einen

Fisch, der nicht mehr lebendig wirkt, wollen Sie gar nicht essen – wenn er tot aussieht, ist er für gar nichts mehr gut.

Wie man Fisch ausnimmt: Entfernen Sie die Schuppen und nehmen Sie den Fisch aus, oder lassen Sie das vom Fischhändler erledigen. Aber lassen Sie nicht die Gräten rausmachen! Wenn ich von »Fisch zubereiten« spreche, meine ich immer den ganzen Fisch. Filettieren Sie einen Fisch nie vor dem Garen. Seine Haut schützt den Fisch beim Kochen ebenso, wie er ihn im Wasser geschützt hat. Filettierte Fische werden beim Kochen schnell trocken, zäh oder, beim Dünsten, zu feucht. Wird der Fisch als Ganzes zubereitet, schützt ihn seine Haut vor zu viel Hitze oder Feuchtigkeit.

Natürlich lassen sich die folgenden Rezepte auch mit filetiertem Fisch zubereiten, das Ergebnis wird aber weniger gut schmecken. Manche Menschen bevorzugen oft Fischfilet, weil ihnen Gräten unheimlich sind. Aber man braucht keine Angst haben – Zunge und Zähne verraten Ihnen schon, wenn Sie was im Mund haben, das Sie nicht schlucken wollen. Außerdem lassen sich Gräten nach dem Kochen leichter entfernen. Doch passen Sie beim Servieren gut auf, dass Ihnen keine Gräte entgangen ist.

Hinweis: Sollten Zahnbrasse, Wolfsbarsch, Großkopfmeeräsche, Seezunge oder ein sonstiger im Rezept erwähnter Mittelmeerfisch nicht erhältlich sein, kann man ersatzweise auch gängige andere Arten wie Roten Schnapper, Streifenbarsch, Stachelmakrele, Zackenbarsch, Meerbarbe oder jungen Kabeljau verwenden.

Insalata di mare alla toscana

Meeresfrüchtesalat nach Art der Toskana

Speisekammer: Olivenöl, Salz, Pfeffer, grüne oder schwarze Oliven
Kühlung: Knoblauch, Petersilie, Zitronen
Markt: Venusmuscheln, gepulte Shrimps, Tintenfisch

Die Muscheln in kaltem Wasser einweichen, bis sie Sand abgeben. Die Muscheln dämpfen, bis sie sich öffnen, dann Fleisch aus den Schalen pulen. Muscheln, die sich nicht geöffnet haben, wegwerfen. Das Wasser abgießen, aber aufbewahren. In zwei separaten Töpfen Shrimps und Tintenfisch in Dampf garen, bis sie weiß und zart sind. Muschelfleisch, Shrimps und Tintenfisch in genügend Olivenöl mischen, dass alles schön befeuchtet wird. Mit in Scheiben geschnittenem Knoblauch, gehackter Petersilie, Zitronensaft, Salz und Pfeffer würzen. Geben Sie ein wenig von der erkalteten Muschelsuppe hinzu und servieren Sie den Salat mit Zitronenschnitzen und Oliven.

Pesce arrosto con patate

Gebratener Fisch mit Kartoffeln

Ferragosto, Mariä Himmelfahrt, ist in ganz Italien ein wichtiger Feiertag, zu dem meine Mutter und früher meine Oma immer dieses Festmahl gekocht haben. Daheim lässt es sich prima machen – im Restaurant kann ich es nicht anbieten, weil die Gäste zu lange warten müssten. Aber daheim lohnt sich das Warten.

Speisekammer: Olivenöl, Salz, schwarzer Pfeffer
Markt: ganzer Fisch von mindestens zwei Kilo. Rechnen Sie pro Esser ein knappes Pfund Gewicht. Neue Kartoffeln, Rosmarin (frisch, wenn möglich).

Bratrohr auf mittlerer Hitze vorheizen. Den Fisch entschuppen und ausnehmen (lassen), aber seinen Kopf dran lassen. Ein Backblech mit Olivenöl befeuchten (auch seitlich) und den Fisch drauf legen. Die in Stücke geschnittenen Kartoffeln um den Fisch aufs Blech legen. An die Seiten Rosmarinzweige legen und alles mit Salz, Pfeffer und Olivenöl würzen. Dreißig Minuten im Rohr lassen. Alle zehn Minuten kontrollieren, ob die Kartoffeln nicht am Blech anbrennen. Der Fisch ist durch, wenn man eine Gabel bis zum Rückgrat hineinstechen und ohne Widerstand wieder herausziehen kann. Dann sollten die Kartoffeln auch durch sein. Verwenden Sie einen kleineren Fisch, kochen Sie die Kartoffeln besser ein wenig vor, damit sie später im Rohr zur gleichen Zeit gar sind wie der Fisch.

Cacciucco

Fisch- und Broteintopf nach Art der Toskana

Die Bewohner des toskanischen Küstenstreifens von Porto Santo Stefano im Süden bis nach Livorno im Norden lieben ihren Fischeintopf, den *cacciucco*. Zwischen den Stränden dieser Küste erstrecken sich dunkle, dichte Kiefernwälder, die größtenteils noch völlig intakt sind. Dorthin gehen die Anwohner gerne zum Fischen. Es gab einmal eine Holzhütte in der Nähe von Castiglione della Pescaia, eine einräumige Hütte mit einem großen Kamin. Darin lebte ein alter *pescatore*. Dieser Fischer hatte ein kleines Geschäft daraus gemacht, *cacciucco* zuzubereiten. In der Abenddämmerung brachte er seine Netze aus, am Morgen holte er sie ein und bereitete den Fisch für *cacciucco* vor. Im Winter arbeitete er für ein großes italienisches Unternehmen auf einem Trawler, aber im Sommer kochte er vor seiner Hütte *cacciucco*. Unter seinem Dachvorsprung stellte er ein paar Tische auf, so dass die Gäste beim Essen im Schatten sitzen konnten. Er servierte die Mahlzeiten in Tonschüsseln und ich fragte mich immer, wo er sie abspülte – wahrscheinlich im Meer, das in der Gegend sauber und klar ist.

Wenn man hinkam und kein *cacciucco* war fertig, machte das auch nichts, denn man war direkt am Strand und konnte sich mit einem Glas örtlichen Weißweins in den Sand legen. Sonne und Wein bewirkten bald, dass man einschlief, und bevor man sich's versah, erwachte man vom Duft des fertigen *cacciucco*.

Der Fischer bereitete das Gericht in einem gewaltigen Eisentopf zu, der vor seiner Hütte über einem Holzfeuer hängte. Er goss Öl in den Topf, fügte Knoblauch und Zwiebeln hinzu und briet alles an, bis es fast verbrannt war. Dann gab er Krabben, Miesmuscheln und Venusmuscheln dazu, später große Stücke Fisch, Aal, was er gerade hatte. Im Folgenden kamen die Fische nach Größe absteigend in den Topf, die kleinsten Fische und die Shrimps ganz zum Schluss. Er warf Eiertomaten hinterher – die überall in der Toskana wie verrückt wachsen – und einen Haufen Petersilie.

Wenn sich die Aromen der Tomaten mit denen des Fischs und der Gewürze verbanden und das Ganze herrlich zu duften begann, löschte er es mit kaltem Wasser ab und ließ es kochen. Zwanzig Minuten später befand man sich im Himmel.

Ich war jung, und ich liebte es, im Sommer dorthin zu fahren und für ein paar tausend Lire zu Mittag zu essen. Als ich mich Jahre später wieder auf die Suche nach dem *pescatore* machte, fand ich niemanden mehr. Man konnte noch die Spuren der Feuer sehen, die er gemacht hatte, aber der arme Kerl war gestorben. Leider hat sich niemand gefunden, der ihn ersetzt hätte. Dabei war sein *cacciucco* so köstlich!

Speisekammer: Olivenöl, Salz, Pfeffer, *fettunta*
Kühlung: Knoblauch, rote Zwiebeln, frische Petersilie
Markt: Muscheln, darunter Miesmuscheln und Venusmuscheln, Shrimps, gesäubert, aber in der Schale, verschiedenste Fische, darunter Aal und kleine Fische, entgrätet und in Stücke geschnitten, Tomaten (frisch oder aus der Dose)

Den Boden eines großen Topfs mit einer großen Menge Olivenöl bedecken, grob gehackte Zwiebeln und gehackten

Knoblauch hineingeben und bei mittlerer Hitze goldbraun anbraten. Venus- und Miesmuscheln hinzugeben. (Alles, was intensiv schmeckt und saftig ist, kommt als erstes in den Topf.) Danach Aalstücke und den restlichen Fisch der Größe nach hinzugeben, die größten Stücke zuerst, dann sukzessive immer kleinere. Am Ende kommen die Shrimps hinein. Alles kurz bei großer Hitze kochen lassen. Mit Salz und Pfeffer würzen, dann die Tomaten dazugeben (frische Tomaten vierteln, Dosentomaten in Stücke schneiden und mit ihrem Saft verwenden). Petersilie (bis auf einen kleinen Rest für die Dekoration) fein hacken und hinzugeben. Wieder aufkochen lassen und alles mit kaltem Wasser ablöschen. Zum Köcheln bringen und bei schwacher Hitze unabgedeckt garen lassen, bis der Fisch zart ist. Vorsicht, nicht verkochen lassen! Nach etwa zehn Minuten zum ersten Mal überprüfen, ob der Fisch durch ist. Wenn er einer Gabel keinen Widerstand mehr leistet, ist er gar.

Sobald der *cacciucco* fertig ist (was nicht sehr lang dauert, weil man ja nicht will, dass der Fisch zu weich wird und auseinander fällt), legt man ein Stück fettunta in jede Schüssel, schöpft den Eintopf komplett mit Schalen heraus, dekoriert mit Petersilie und fertig.

Gamberi alla pescatora
Shrimps nach Fischer-Art

Speisekammer: Olivenöl, Salz, Weißwein, Dosentomaten, schwarzer Pfeffer

Kühlung: Knoblauch, Petersilie
Markt: Shrimps, mit oder ohne Schale

Den Boden einer Pfanne mit Olivenöl bedecken und den zerdrückten Knoblauch bei mittlerer Hitze goldbraun anbraten. Knoblauch herausnehmen und Shrimps hinzugeben. Anbraten, bis sie weiß werden. Überschüssiges Olivenöl abgießen, eine Prise Salz hinzufügen und so viel Weißwein darüber gießen, dass alles gerade bedeckt ist. Bei mittlerer Hitze weiter kochen. Wenn der Wein teilweise verdunstet ist, Tomaten, fein gehackte Petersilie und Pfeffer hinzugeben. Bei halb geöffnetem Deckel zirka vier Minuten mit niedriger bis mittlerer Hitze kochen lassen.

Ein Schwein für alle Jahreszeiten

Jedes Jahr ließ mein Vater ein Schwein von einem Bauern groß ziehen und schlachten. Wir räumten einen riesigen Tisch frei, um das Schwein zu zerlegen, und für wirklich alles fand sich eine Verwendung: Das Blut kam in Blutwurst; aus Kopf, Ohren und Füßen wurde *soppressata* gemacht (eine Art Salami), die Rippen wurden zu Spareribs, aus der Lende schnitten wir Schnitzel, aus der Keule wurde *prosciutto*. In ein, zwei Tagen wurde das gesamte Tier verarbeitet, und das Schwein, das wir im Hof des Bauern gehalten hatten, lagerte jetzt im Keller. Jetzt würden wir im Sommer *prosciutto* und im Herbst *cotechino* haben. Herrlich!

So halten es die Leute in der Toskana; auf dem Land und sogar in der Stadt. Ein Städter ohne Verbindungen zu irgendeinem Bauern, der ihn mit Eiern, Pilzen und Gemüse versorgen würde, ist schlicht unvorstellbar. Während der Saison versuchen wir so viel wie möglich zu konservieren, so dass wir das ganze Jahr über Dinge genießen können, die eigentlich gerade keine Saison haben.

Im Mittelalter konservierten die Menschen Fleisch und Gemüse für den Winter oder für Kriegszeiten. So konnten sie die Türen jederzeit verrammeln und dank ihren gewaltigen Nahrungsmittelvorräten ewig durchhalten.

Die Menschen der Toskana sorgen noch immer gerne auf diese Weise vor. Nahrungsmittelvorräte hat jeder daheim. Man weiß ja nie, was kommt …

Rostinciana

Gegrillte Spareribs

Speisekammer: Olivenöl, Salz, schwarzer Pfeffer
Markt: Schweinerippchen

Salz, Pfeffer und Olivenöl in der Hand mischen und jedes Rippchen einzeln einreiben, besonders an den Kanten, wo das Fett ist. Die Spareribs über einem heißen Holzfeuer grillen, über glühenden Kohlen oder unter dem Grill Ihres Bratrohrs, bis es knusprig ist.

Tipp: Man kann die Rippchen auch in einer Pfanne, deren Boden knapp mit Olivenöl bedeckt ist, in einen heißen

Ofen geben. So garen sie fast genauso wie auf einem Grill, brauchen allerdings länger. Testen Sie nach etwa dreißig Minuten zum ersten Mal mit einer Gabel, ob das Fleisch durch ist. Wenn Sie das Fleisch knuspriger wollen, gießen sie die überschüssige Flüssigkeit ab und legen Sie die Rippchen wieder zurück in den Ofen, bis sie ganz durch sind.

Vegetarische Gerichte

Vegetali alla griglia
Gegrilltes Gemüse

Meine Großmutter legt Brennnesseln über das Feuer, wenn sie Gemüse grillt, um das Gemüse vor direkten Flammen zu schützen. So verbrennt es nicht und bekommt eine zusätzliche Duftnote. Ich persönlich hasse Brennnesseln, seit ich im Alter von zwölf Jahren meine Freundin in ein Feld entführte, um ihr einen Kuss zu geben. Doch diese erste Romanze endete mit Brennnesseln im Gesicht – beinahe hätte ich der Liebe abgeschworen!

Wie auch immer, so grillen wir in der Toskana: Trockenes Holz auf den Boden eines Grills schlichten. Mit grünem Holz bedecken. (Grünes Holz brennt nicht, gibt aber aromatischen Rauch ab.) Zweiglein frischer Kräuter mit Olivenöl benetzen, zwischen zwei Lagen Hasendraht schieben und das Ganze auf das grüne Holz legen. Oben auf den Hasendraht das mit Olivenöl bestrichene Gemüse legen. Über dem Feuer lassen, bis das Ergebnis köstlich riecht und schmeckt. Inzwischen grille ich viel Gemüse, bei dem ich das nie für sinnvoll gehalten hätte. Glauben Sie mir, das ist eine unentdeckte Welt! Wenn Gemüse nur kurz einer Flamme ausgesetzt wird, findet eine natürliche Reaktion statt, die ihm einen tollen Geschmack verleiht. Ich habe schon viel gegrillt, zum Beispiel Farnspitzen. Vor dem Grillen dünsten, dann schmecken sie köstlich.

Gegrilltes Gemüse kann mit *prosciutto* oder Salami gereicht werden und schmeckt zu *fettunta* besonders gut. Eine Gemüse-Grillplatte ist ein hervorragender Appetitanreger. Verwenden Sie jahreszeitabhängig, was gerade erhältlich ist.

Speisekammer: Olivenöl, Salz, schwarzer Pfeffer
Markt: frisches Gemüse Ihrer Wahl

Das Gemüse in eine flache Pfanne oder auf ein Backblech legen und mit Salz, Pfeffer und Olivenöl würzen. Über ein Holzfeuer legen, unter den Grill des Backrohrs oder einfach ins heiße Backrohr schieben. Während des Garvorgangs Gemüse einmal wenden.

Mit allen drei Zubereitungsarten lässt sich Gemüse perfekt garen, es wird saftig und wohlschmeckend. Natürlich wird es gegrillt knuspriger, aber selbst im heißen Backofen wird das Ergebnis toll. Hinterher nach Belieben Zitronensaft oder Essig drüberträufeln.

Panzanella

Panzanella ist ein weiteres Beispiel dafür, was toskanische Köche alles mit Brot anstellen. Bei diesem Gericht nimmt das Brot die Säure des Essigs perfekt auf und kontrastiert wunderbar mit dem frischen, knackigen Salat.

Speisekammer: Rotweinessig, Olivenöl, Salz, schwarzer Pfeffer
Kühlung: Gemüsebrühe, rote Zwiebeln
Markt: Brot vom Vortag, Gurke, Frühlingszwiebeln, Tomaten

Das Brot in Würfel schneiden, mit kalter Brühe anfeuchten und überschüssige Flüssigkeit ausdrücken. Brotwürfel in eine Schüssel legen und mit Essig beträufeln. Gut mischen, damit das Brot die Aromen aufnehmen kann. Gurke schälen und in dünne Scheiben schneiden, den weißen Teil der Frühlingszwiebeln in dünne Scheiben schneiden, Tomaten würfeln und alles zum Brot in die Schüssel geben. Mit Olivenöl, Pfeffer und Salz abschmecken. Vor dem Servieren kühlen. Dieser Salat kann auch im Kühlschrank aufbewahrt und am nächsten Tag serviert werden.

Die amerikanische Originalausgabe erschien 2009 unter dem Titel
The Wisdom of Tuscany bei Albatross Books at W. W. Norton, New York.

ISBN 978-3-85179-218-8

Umschlaggestaltung: Stefan Hilden, München
Satz: Christine Paxmann, München
Druck und Bindung: CPI Moravia

www.thiele-verlag.com